Daniel Conversano

Désolé Jean-Pierre

Première édition - texte intégral

Les Éditions Petit Jean

Imprimé en Slovénie

ISBN : 987-2-8399-2314-9

REMERCIEMENTS PARTICULIERS

Ernest Gabriel, Thomas Wanter, Charles Janson,

Joffrey Marrot, Hassen Occident,

Elena Kotomina, Robin Le Corre, Audrey Tournois,

Antoine Razaveth et Vincent R.

Je les remercie pour leurs relectures, leurs corrections, leur amitié, et la source d'inspiration que certain(e)s sont encore pour moi.

Daniel CONVERSANO

PRÉFACE

- par Piero San Giorgio[1]

Ce roman est un cri.

Le cri du cœur d'une jeunesse paumée.

Je ne me rendais pas compte à quel point la génération qui a entre 20 et 35 ans aujourd'hui, est paumée. En lisant le livre de Daniel Conversano, je découvre qu'une partie de celle-ci n'a tout simplement aucune perspective de succès économique et social. Elle n'a guère la possibilité de gagner sa vie et n'entrevoit aucune chance d'accumuler, dans un futur prévisible et calculable, de quoi s'installer décemment pour construire une famille. Rien ne lui permet d'espérer un avenir meilleur ou digne – encore moins glorieux.

Cette génération, qui a théoriquement accès au plus grand confort matériel de toute l'histoire de l'humanité, souffre paradoxalement d'un manque de repères. Pour toute vision civilisationnelle, elle n'a reçu que celle d'une consommation illimitée. Elle dépense l'argent durement gagné par ses parents, quand ce n'est pas une allocation de l'État, pour acheter le gadget de l'année, suivre des modes incessamment changeantes – des tatouages aux fringues, en passant par les smartphones – tel Sisyphe déambulant dans un supermarché du vide.

Contrairement aux générations précédentes, qui avaient encore des points de comparaison avec un monde enraciné, sain, viril, ces hommes et femmes nés entre 1985 et 2000, ont eu à subir dès leur naissance une humiliation quotidienne et grandissante. Je veux parler du gauchisme, cette idéologie moralisatrice, totalitaire et désastreuse, véhiculée par les gouvernants, par les médias et par le système éducatif ; une idéologie d'autant plus vicieuse qu'elle est rarement évoquée publiquement, alors qu'elle est omniprésente. Le gauchisme considère les jeunes

1. Écrivain survivaliste suisse, auteur de *Survivre à l'effondrement économique* (Paris, Le Retour aux Sources, 2011), *NRBC : survivre aux évènements Nucléaires, Radiologiques, Biologiques et Chimiques* coécrit avec Cris Millennium (Paris, Le Retour aux Sources, 2016) et d'autres titres.

blancs comme des grands méchants loups, des « privilégiés », des êtres sans identité mais coupables de tous les maux humains : esclavagisme (certes immoral, mais on oubliera volontairement de parler des dizaines de millions d'Européens et de Noirs mis en esclavage par les Arabes au Moyen Âge), colonisation (un désastre à ne jamais renouveler mais qui n'a duré qu'un petit siècle, et a tout de même apporté à des peuples encore à l'âge néolithique en terme de progrès scientifiques, médecine, voies de communication et technologies modernes…), collaboration (l'Histoire étant écrite par les vainqueurs…), Shoah, et j'en passe.

Depuis leur plus tendre enfance, les jeunes d'aujourd'hui se sont vu nier une éducation équilibrée basée sur le sens critique, les faits historiques bruts, l'utilisation de la logique et de la raison, au profit de simplifications grossières, de sophismes, d'exagérations, voire de mensonges purs, tout cela allant dans le sens d'une pensée unique fondamentalement destructrice. Alors que le patrimoine immense laissé par nos ancêtres est bel et bien là, présent dans notre environnement à tous les coins de rue, rien n'est plus enseigné qui puisse rendre à nos jeunes la saine fierté de savoir de qui ils sont les héritiers, ou leur permettre d'avoir une vision d'avenir positive tant comme individus que comme collectif, ou encore de se représenter comme des maillons d'une longue chaîne allant, mythologiquement mais aussi réellement, d'un passé glorieux vers des lendemains rayonnants.

À ces humiliations s'ajoutent les déprédations et violences que leur font subir les racailles, véritables colonies installées sciemment par les gouvernements de gauche comme de droite, pour soumettre et contrôler la population française. Ces allogènes et leur nombre grandissent à vitesse exponentielle, ne cherchant pas (pour la plupart) à s'intégrer, mais bien à imposer leurs cultures d'origine. Cultures d'ailleurs si « enrichissantes » que tous fuient les quartiers d'immigration dès que possible, fût-ce au prix d'une perte sèche sur la vente de leur bien immobilier, de loyers plus chers ou de trajets plus longs : tout plutôt que de vivre au quotidien avec ces « chances pour la France » !

Ainsi, le pays se disloque et se partitionne en zones ethniques où des lois tribales et religieuses régissent tous les aspects de la vie, en dehors des allocations diverses qui, elles, sont toujours non seulement acceptées, mais même bruyamment exigées, sous peine d'émeutes.

Gare à celui qui en parlerait en mal ou qui en dénoncerait les mécanismes : l'épée de Damoclès de la vulgate antiraciste est là, prompte à condamner à l'isolement social par l'accusation de sexisme, d'homophobie, de xénophobie, de racisme, de fascisme, de nazisme et ainsi de suite. Prompte aussi à hurler au risque du retour des zeureslesplusombres™ et de nous avertir que leventreestencoreféconduùasurgilabêteimmonde™ !

Le gauchisme ne manque pas de vocabulaire pour stigmatiser le jeune Blanc. Et, bien souvent, le jeune Blanc contribue au gauchisme en le suivant ou à tout le moins, en ne s'en démarquant pas – contribuant ainsi à sa propre servitude.

Quant à la famille, ultime rempart pour préserver culture, morale, bon sens et Amour, elle ne semble plus capable de le faire. Dans la plupart des cas, les deux parents sont obligés de travailler. Les familles décomposées-recomposées – ensembles hétéroclites issus des divorces et de l'incapacité à s'entendre entre deux adultes responsables, qui toucheraient près de la moitié des foyers français – se retrouvent elles aussi sans repères. La famille n'est simplement plus là. Son absence, ou son inconsistance, laisse très tôt toute liberté aux instances de l'État pour prendre en charge l'endoctrinement des rares têtes blondes qui restent[2].

Toute trace d'insoumission résiduelle sera ensuite laminée par l'effet constant des milliards d'euros investis en publicités qui, en plus de leur fonction première d'incitation à l'achat, jouent un rôle d'influence et d'ingénierie sociale puissant[3].

---

2. Il est difficile de faire beaucoup d'enfants lorsqu'on est fortement taxé pour encourager la natalité de populations venues d'ailleurs. Selon les tests de dépistage de la drépanocytose, 39% au moins des naissances en France sont du fait de non-européens. Le chiffre monte à près de 70% en région parisienne, indiquant que les bébés blancs sont déjà une minorité dans ces maternités franciliennes qui ne sont *déjà* plus les nôtres. Voir Fdesouche, « Drépanocytose : la carte du grand remplacement mise à jour », 13 novembre 2017 (http://www.fdesouche.com/906357-drepanocytose-la-carte-du-grand-remplacement-mise-a-jour-chiffres-2016).

3. Alors que les mariages entre hommes noirs et femmes blanches représentent moins de 2% des mariages, les publicités montrent cette configuration dans plus de 80% des représentations. Une

La jeunesse d'aujourd'hui, comme celle décrite dans ce roman, fluctue entre petits boulots et stages non rémunérés, quand elle ne stagne pas tout simplement dans le chômage chronique. Les plus chanceux finiront dans l'esclavagisme du salariat, où on leur demandera soumission et conformisme, en échange du privilège « incroyable » d'un virement à chaque fin de mois.

Pour un temps, du moins, car plus tôt que tard, ils seront considérés comme pas assez productifs ou trop âgés, et se feront jeter comme des malpropres. D'autres s'essaieront à l'activité indépendante ou à la création d'une entreprise. Ceux-là, qu'ils réussissent ou non, seront condamnés à subir l'une des fiscalités les plus élevées au monde et se feront voler près de 50% des revenus générés par leur travail. Cet argent paiera une cohorte pléthorique de fonctionnaires et d'employés affiliés à l'État, une cohorte aussi inutile et lourde qu'inefficace, mais bénéficiant d'avantages inouïs[4]. Il servira aussi à payer une classe politique aussi incestueuse que corrompue, une clique d'associations et de médias imposant une pensée unique totalitaire, avec des codes de navigation dans le politiquement correct que les habitants de l'Union Soviétique auraient immédiatement reconnu et, enfin, à subventionner l'intensification de la colonisation de leur propre pays par des futurs Montaigne et autres Einstein du XXIe siècle.

Pas étonnant que cette génération de Français se sente paumée, donc. Dans les plaisirs éphémères de la consommation, des drogues, de l'alcool, des sorties, du sexe (pour ceux qui en ont les moyens), elle cherche une échappatoire ou un oubli. Sans passé, sans avenir, les jeunes Blancs sont paumés – perdus dans le néant.

---

suggestion constante pour promouvoir un cas de figure ardemment voulu par les élites mondialistes. Comme disait en substance Nicolas Sarkozy à Palaiseau le 17 décembre 2008, vous vous métisserez de gré ou de force ! Voir sur YouTube un extrait de son discours (https://www.youtube.com/watch?v=VF6MezJ884M).

4. En France, les dépenses publiques représentent près de 50% du PIB. Le secteur public français est l'un des plus coûteux au monde. Or, ce coût doit bien être payé par quelqu'un, on le met donc sur les épaules de salariés et d'entrepreneurs sans défense. Voir Le Figaro, « La France, championne européenne des dépenses publiques », 7 mars 2017 (http://www.lefigaro.fr/economie/le-scan-eco/dessous-chiffres/2017/03/06/29006-20170306ARTFIG00258-la-france-championne-europeenne-des-depenses-publiques.php).

Pour les jeunes hommes surtout, difficile de devenir un adulte responsable, puis un père de famille à son tour, quand il n'y a aucune figure virile autour de soi à laquelle s'identifier, les pères ayant été depuis longtemps si dévalorisés qu'ils ont fait démission de leur rôle ancestral. Finalement, une adolescence éternelle est si plaisante et si peu contraignante…

Alors, certes, tous les jeunes ne sont pas dans cette situation. Les plus privilégiés, les plus doués ou les plus chanceux, restent sur ce qui a fait la fortune de ma génération et celle des baby-boomers qui m'a précédé : études efficaces, suivi de jobs plaisants et bien rémunérés, souvent à l'international, permettant de vivre loin de ce marécage irrespirable. Et si l'odeur commence à se faire sentir aussi dans les beaux quartiers des villes et dans les zones pavillonnaires protégées jusqu'alors, le déni reste puissant. On continue à danser, tandis que le bâtiment est en proie aux flammes.

Tel un Anders Breivik de fiction, Lionel, le héros de ce roman, lui, n'est pas dans le déni.

Il est bien l'un de ces paumés représentatifs de la nouvelle génération. Il n'est ni un débile, ni un malade mental, ni un *loser* complet. Mais, comme beaucoup, il n'a pas eu un parcours remarquable.

Passant sa vie entre plaisirs faciles sans finalités, entre romantisme touchant et rage contenue, il est resté simplement normal. À un détail près : il est terriblement politiquement incorrect. Il est coupable des « crimes de la pensée »[5] qui sont de plus en plus courants dans une jeunesse en phase de pré-révolte : il amalgame allègrement tous les immigrés avec des envahisseurs brutaux, fanatiques, criminels ; il assimile les élites globalistes à tous les juifs, parce que cette élite est très visible dans les médias et les organes du pouvoir ; il semble admirer les idéologies de gauche et dépassées, que sont le fascisme ou le national-socialisme, aux résultats très discutables… On peut certes le regretter.

5. Voir le classique *1984* de George Orwell.

Mais nous constatons sur Internet et autour de nous que ces idées et réflexes sont aujourd'hui omniprésents, prémices d'une guerre peut-être plus meurtrière que toutes les précédentes.

Pressentant que le seul changement positif envisageable sera brutal, et faisant sienne la pensée de Périclès, qui disait déjà en 430 av. J-C que « *ce n'est pas parce que tu ne t'intéresses pas à la politique, que la politique ne s'intéressera pas à toi* », Lionel décidera de prendre les devants. Seul, tel un héros mythologique hollywoodien, il élaborera un plan machiavélique pour changer – ou sauver ? – le monde boréal. Les mauvaises habitudes prises dans l'Occident moderne, confortable et crétinisant, le rattraperont-il ? Aurait-il finalement, comme nous tous, trop à perdre pour passer à l'action ? Trouvera t-il mieux à faire pour son avenir et celui des siens ?

Il y a dans Lionel, toute proportion gardée, une figure christique, une sorte de Ferdinand Bardamu de notre temps – ôté de sa dimension épique, puisque la médiocrité contemporaine rend le principe même de l'épopée impossible. De la révolte à la rédemption par l'amour, c'est une histoire éternelle qui est racontée ici. Comme le Tyler Durden de Chuck Palahniuk, le Lionel de ce roman est un jeune homme de son époque, qui devra faire des choix déterminants pour son avenir et pour celui du monde dans lequel il vit. Trouvera t-il son salut ?

Périclès, encore lui, disait qu'*il n'est point de bonheur sans liberté, ni de liberté sans courage.*

Je crois qu'aujourd'hui, le courage ne réside plus dans les actes héroïques, violents et spectaculaires, mais dans un long travail de préparation à la résilience, de constitution d'une famille forte, de (re)création de groupes d'amis solides et soudés, et, à terme, d'une armée garante de nos libertés, capable peut-être, un jour prochain, de reconquérir le pays.

L'auteur et son personnage l'ont compris.

Et vous ?

Piero SAN GIORGIO
Genève, décembre 2017

les éditions
Petit Jean

—

Désolé Jean-Pierre

Un soir d'hiver pluvieux, j'ai glissé sur une merde de chien.

Il y a des anecdotes qui ne s'inventent pas. C'est vraiment ce qui m'est arrivé. Un petit bout de crotte oublié en pleine rue, orange et puant, m'a fait perdre l'équilibre. Je précise « puant », car j'ai été amené à le sentir de plus près, une seconde plus tard.

Un *replay* s'impose pour que chacun se fasse une idée de la scène. Si un mec m'avait filmé à ce moment-là, mon exploit aurait fait le buzz sur internet, j'en suis sûr.

Mon pied droit a d'abord foulé le paquet ramolli par les eaux. Toute la jambe est partie avec dans l'élan. J'ai fait le grand écart, les deux guiboles en ciseaux. Douleurs inimaginables au niveau des cuisses. Mais ça n'était pas encore terminé…

Quand mes fesses ont touché le trottoir, elles ont rencontré un morceau de bouteille cassée – une bière tchèque s'il faut être exact : de la *Kezol* – et ce morceau est entré dans le gras de mon cul.

J'ai lentement basculé sur le côté, fou d'une haine totale envers et contre tous. J'ai allongé mes jambes et posé ma joue gauche sur le sol, les deux bras blottis contre ma poitrine.

Pendant plusieurs minutes, j'ai fait du 24 boulevard Richard-Lenoir, où je venais de m'effondrer, un triste lit de fortune.

C'était il y a un peu plus d'un an. Un lundi.

Le lundi 22 février 3016.

Une pluie morne et éparse avait rendu le pavé de Paris glissant. J'avais un rencard avec une jeune femme à qui je parlais depuis un moment sur un site de rencontres. En retard pour mon rendez-vous, j'ai eu alors la mauvaise idée de courir pour faire attendre la miss le moins longtemps possible. Vloum, badaboum…

Jamais l'expression « toucher le fond » ne m'avait semblé aussi juste et conforme aux circonstances. Rien n'allait en ce bas monde, ni chez moi, ni chez les autres. À l'horizon, que de la laideur et du désespoir…

Cette laideur, je l'observais d'ailleurs, démissionnaire, la tête aplatie contre le trottoir. À quelques centimètres de mon nez, il y avait une feuille morte écrasée sur le sol qui dégageait une odeur agréable. Elle ne masquait pas tout à fait celle de la merde de chien, mais je m'y accrochais comme un nourrisson s'accroche à l'odeur de sa maman, avant de s'endormir entre ses seins.

En dehors de cette feuille brisée par le vent et le talon des passants, rien à sauver à l'entour…

Un bar de poivrots d'où sortait une chanson d'aujourd'hui à plein volume. Du RnB avec voix trafiquées au synthétiseur. De la daube en barre absolument inaudible.

Quelques bamboulas en terrasse, parlant dans un dialecte africain à vous rendre sourd en un rien de temps.

Deux arabes en scooters qui s'engueulaient. L'un bossait pour *Pizza Cut*, l'autre pour *Sushi Food*. Faites vos jeux, rien ne va plus.

Une Française obèse au bras d'un chinetoque à lunettes, se prenant en selfie avec lui, sourire crispé, regard vitreux de truite morte. Eh, oh ! C'est de l'amour, on n'a pas le droit de critiquer, c'est interdit par toutes les putains de lois de ce pays, OK ?! Grossophobie et niakophobie, le crime compte double !

Je dois continuer ou vous en avez assez pour cette fois ?

Moi, j'essayais de respirer calmement, d'inspirer et d'expirer en faisant le vide en moi-même. Assez vite d'ailleurs, la colère avait fait place à la léthargie. J'avais décidé de rester allongé par terre, au milieu du trottoir, jusqu'à ce que quelqu'un se décide à me relever de force. « Quand ce quelqu'un viendra à mon aide, je ne ferai rien en retour pour l'aider à me mettre debout, je jouerai au mort et à l'enclume » : voilà ce qui était décidé. Je voulais faire chier le monde jusqu'au bout, j'étais d'humeur loustic, j'avais des envies de drame, de théâtre grand-guignol. J'étais soudainement pris d'une arrogance très rimbaldienne. Tous les Français me semblaient être complètement débiles. L'évidence de ma supériorité ne faisait plus aucun doute. Une supériorité inutile, inféconde, qui finirait dans la solitude et l'oubli. Mais une supériorité quand même…

Je me disais qu'en rentrant chez moi, probablement, j'avalerais une boîte entière d'anxiolytiques, en faisant passer tout ça avec une grosse quantité de whisky. J'en avais une chouette bouteille dans le frigo, il fallait bien qu'elle serve à quelque chose. Le lendemain, certainement, je serais mort.

En attendant, j'étais planté au sol en position fœtale. Le ciel noir me pleurait dessus à fines larmes acérées. C'était comme si Lucifer me jetait des gouttes de sperme depuis les nuages, en se foutant de ma gueule et en me traitant de « sale pédé ! ».

Une femme âgée est passée près de moi. Elle m'a observé une bonne minute. Puis elle a repris son chemin en secouant la tête de droite à gauche, l'air de dire « *C'est pas possible, ces jeunes, aujourd'hui* »... Ouais, mais désolé d'exister, grand-mère ! Au pire, occupe-toi de ta vie de vieille morue ! Fais des mots croisés, vote Républicains tout ton soûl, complote et espionne ta voisine. Mais laisse-moi tranquille.

Trois jolies filles se sont ensuite agglutinées autour de mon corps, en me demandant si j'allais bien. La politesse ne me quitte jamais, j'ai le sang blanc. Donc, j'ai répondu :

— Je vais très bien, merci.

Deux d'entre elles sont reparties aussitôt, mais la dernière m'a regardé droit dans les yeux pendant quelques secondes. Puis en chuchotant, elle m'a demandé avec compassion si j'étais...

— ... sûr que tout va bien, vraiment ?

J'ai souri et je lui ai fait un clin d'œil. Elle a dû croire que je me moquais d'elle et elle a rejoint ses amies précipitamment.
En un regard, j'avais compris que ces trois-là votaient à gauche. La gauche toute propre, le vote PS complètement foireux. Ce genre de choses finit par se deviner. Pourtant, je ne pouvais pas m'empêcher de les trouver sympathiques. Elles s'étaient arrêtées pour voir comment j'allais. Le minimum, quand même.

Un peu plus loin, un groupe de mecs en survêtements fumaient quelques joints. Des Arabes, des Noirs, des moitié-moitié et des O.R.N.I. : Objets Raciaux Non-Identifiés.

Ils roulaient des mécaniques en se prenant pour des gangsters de luxe et gênaient le passage des braves gens, comme d'habitude. Tout en les insultant sans raison, évidemment, sinon le jeu ne serait pas drôle.

Peu à peu, le manège habituel avait pris forme. À l'approche des cinq ou six voyous (« voyous », quel mot élégant pour dire : « sacs à merde agressifs »), les passants changeaient de trottoir pour les éviter. Un vrai gag. Ils préféraient m'enjamber sans se demander ce que je pouvais bien fabriquer par terre, que d'avoir le moindre échange avec ce groupe de sales types qui les humiliaient en continu et les regardaient avec méchanceté depuis l'autre côté de la rue. Allongé au milieu du passage et recroquevillé sur moi-même, je restais moins dangereux aux yeux de mes compatriotes, qu'une bande d'Algériens patibulaires. Il valait mieux sauter au-dessus de bibi pour poursuivre sa route, que de chercher à tisser un minuscule lien humain avec ces mecs-là. Tout le monde sait que se frotter à *eux*, c'est aller au-devant de grosses emmerdes.

Mais je n'en veux pas à ces passants trop passifs. Ils n'y sont pour rien. C'est normal, quand on est bien élevé, de chercher à éviter les conflits. Le problème, c'est que depuis que la France est devenue une terre d'asile pour toute la crouillerie de l'univers, éviter les conflits est devenu un boulot de chaque instant. On n'est jamais certain de ne pas finir la tronche à l'envers, même quand on n'a absolument rien fait pour mériter de se prendre une branlée. C'est de la pure loterie, en gros.

Même si on a obéi en donnant notre portefeuille quand des racailles armées de couteaux nous l'ont demandé « gentiment », on peut toujours se faire percer le bide par ces monstres, s'ils se sont réveillés, au petit matin, d'humeur à ouvrir quelqu'un en deux. Ils sont le mal personnifié. Il m'a toujours semblé raisonnable de les haïr.

Alors, quand on les repère à plus de 100 mètres, solution préventive : on a tendance à changer de trottoir. Au bout d'un moment, ça ne se réfléchit même plus, et on fait ces détours et ces concessions instinctivement. On a raison de le faire, puisque nos villes sont déjà complètement envahies et qu'elles ne nous appartiennent plus.

Ce soir-là, j'avais pensé, et je pense encore à cette comparaison entre les Arabes en meute et les merdes de chien, ainsi qu'à l'expérience quotidienne qui consiste à éviter de tomber dessus.

Quand je repère une merde de chien dans le sens de ma marche, je ressens une vive inquiétude. Cette phrase d'alerte s'écrit en rouge sang dans mon cerveau :

« *ATTENTION ! Ne mets pas ton pied dedans, malheureux !* »

Puis, je réfléchis à une stratégie pour l'éviter. Je change de trottoir, ou bien j'enjambe l'étron en prenant toutes les précautions possibles pour ne pas que l'ourlet de mon jean entre en contact avec cette chose dégoûtante.

Enfin, quand le danger est passé, c'est le bonheur et la détente totale. Ouf, il ne s'est rien passé – au moins pour cette fois ! La vie poursuit son cours…

Qui peut dire sans se mentir à lui-même qu'il ne ressent pas d'émotions similaires en croisant une brochette de dix Arabes qui traînent en bas des immeubles ou au beau milieu de la rue, comme c'était le cas ce soir de février où je suis tombé par terre ?

Ces arriérés arrogants que la presse de gauche a le culot d'appeler « chances pour la France », sont imprévisibles, parce que rien n'a vraiment d'importance à leurs yeux, pas même leur propre existence. Les hommes sensés craignent les caractères comme ceux-là, parce qu'il est dans notre nature d'angoisser face à ce qui ne s'explique pas. De rester sans solutions devant ce qui échappe au rapport rationnel entre les causes et les effets.

Les racailles sont aussi repoussantes que les merdes de chiens.

On est dégoûté en les regardant, on ne veut surtout pas entrer en contact avec elles, et quand on arrive à s'en éloigner par miracle, on ressent un grand soulagement. Tout ça est vrai, pas exagéré pour un sou, je l'affirme, et suffit à résumer le cauchemar absolu que représente la vie dans la France contemporaine. Ici, les hommes et les femmes de bien passent leur temps à essayer de ne pas mettre leurs pieds dans des excréments, ou à ne pas – si c'est inévitable et dans la logique du « moins pire » – y tomber tête la première. Dans la merde ou sur un groupe de sales bougnoules. Ce qui revient au même.

Un gâchis d'énergie considérable, une existence pour rien, à résoudre des problèmes qui n'en seraient pas dans une Europe remplie de Blancs.

Même quand on fait tous les efforts pour que ça ne se produise pas, les accidents finissent par arriver. Ça m'était justement arrivé ce 22 février 3016. Cette glissade malheureuse avait été le déclic, le début d'une complète révolution dans ma façon d'appréhender le futur.

On ne peut pas passer une existence entière à regarder où on met les pieds et à s'inquiéter de tout.

Si je restais sans agir, de jeunes innocents pouvaient et allaient, demain, dans six mois ou dans dix ans, tomber sur une bande de métèques assoiffés de sang, comme moi j'étais tombé sur cette merde de chien. Avant de se faire humilier, violer, tuer par eux, à cause de mon manque de courage et de ma fainéantise pathologique.

Personne ne le fera à ma place. Quarante ans que ça dure. Quarante ans que personne n'a bougé le petit doigt. Il n'y aura pas d'équipes de sauvetage. L'équipe de sauvetage, c'est moi. C'est à moi de mettre les mains dans le cambouis.

Par n'importe quel moyen, je dois faire dégager ces barbares du territoire français. N'importe quel moyen. Je dis bien « n'importe quel moyen »... Même le plus immoral, le plus abject, le plus tragique.

Seul compte le résultat final : leur retour au bled, dans la jungle du rien infrastructurel.

Là d'où ils n'auraient jamais dû sortir.

Là d'où ils ne sortiront jamais plus.

Maintenant que la volonté était en moi, il fallait trouver un plan pour l'accomplir. Un plan au sein duquel l'échec serait inenvisageable.

J'allais le trouver quelques mois plus tard.

En attendant, je suis resté au sol jusqu'à ce que des pompiers viennent à mon secours, en simulant une grande souffrance au bas du dos à leur arrivée. Ce soir-là, je voulais qu'on me bichonne, qu'on s'occupe de moi, longuement, avec déférence. Je voulais que le sourire d'une infirmière grassouillette me redonne, le temps d'une nuit peut-être, goût à l'existence.

Qu'on me donne l'impression que la vie en France mérite encore un peu, un tout petit peu seulement, d'être vécue.

II

L'idée est venue alors que je regardais la télévision en famille, pendant les fêtes de Noël 3016.

Il était 13 heures. Nous regardions le journal de 13h de Jean-Pierre Perlod, sur TFa.

Les infos étaient tristes et stupides, comme elles le sont toujours. Des morts partout, des accords signés à droite et à gauche, des traités de paix, oui, oui, l'écologie… c'est bien, excellent même. Chômage en baisse de 0,03%. Un exploit. Afrique centrale ? Une guerre, encore, Dieu sait pourquoi. Ils n'ont pas besoin de motif pour s'entretuer à la machette. Bref…

Est arrivée ensuite cette habituelle fin d'édition durant laquelle le présentateur, Perlod, nous parle d'une région française enracinée, de ses particularités, de ses commerces fameux et de leurs histoires. D'autres fois, il s'agit de mettre en avant un artisan, une famille de musiciens folkloriques, un musée oublié de tous et qui a l'odeur du terroir profond, etc.

Très souvent, ces cinq minutes à la gloire de tous les Dupont de France et de Navarre, sauvent ma journée entière. Ce sont cinq minutes de calme et d'allégresse qui me rendent sincèrement heureux. On y voit le visage de Français respectables qui semblent aimer leur pays, qui nous parlent en long et en large de leur village qu'ils aiment plus encore, et d'un seul coup, on se sent revigoré. Enfin un peu de normalité, de choses saines, encourageantes, à se mettre devant les yeux… et à chaque fois, ce soulagement pitoyable après ces courtes vidéos, une pensée qui nous réchauffe l'âme en la traversant : « Ça existe donc encore, la France ! ».

Cette dose quotidienne de bons sentiments et de culture patrimoniale est une nécessité absolue. Du moins, c'est ce que j'avais toujours pensé jusqu'ici. Aujourd'hui, j'ai plutôt tendance à penser le contraire.

Le sourire de Perlod à la fin de ses reportages chéris, est ce qui fait tenir le Français debout. Mais le Français doit d'abord poser un genou à terre, avant de reprendre ses forces et de repartir au combat sur des bases plus solides. Le moral du peuple doit être anéanti pour allumer en lui le feu ardent de rage, qui, en général, donne naissance aux révolutions.

Quand les Dupont et les Martin vont au boulot au lever du jour, pour payer les allocations des nègres qui bourgeonnent dans les cités HLM, ils le font presque avec le sourire, en songeant que quelque part dans notre pays, un Jean-Pierre Perlod respire le même air que le leur.

Savoir que des Perlod existent nous rassure, et nous fait continuer la mascarade un jour de plus, le dos voûté mais le cœur fier.

Les Perlod sont nos bouées de sauvetage. Le navire a coulé depuis longtemps mais grâce aux Perlod, les rescapés battent encore des pieds dans l'océan, en croyant à une possible survie.

Les Perlod nous comprennent. Ils sont comme nous, ils pensent comme nous, ils ont les mêmes aspirations, ils sont simples et humbles alors qu'ils font pourtant partie du gratin télévisuel. Ils ont beaucoup d'argent mais sont restés des hommes normaux. Ce sont des êtres exceptionnels. Et nous les aimons autant qu'il est possible d'aimer des inconnus qui, eux, ne nous connaissent pas.

Ce jour-là, Perlod nous parlait d'un village médiéval, Yvoire, en Haute-Savoie, qui se situe près de la frontière suisse. Un bijou en effet. Je l'avais visité avec une amie, quelques années auparavant. Une cité en pierres et en fleurs, au bord du lac Léman. Le meilleur de l'Europe concentré dans un bourg de 900 âmes, charmantes et débonnaires.

Nous en avions arpenté les rues en tous sens, dans le froid et le brouillard. C'était si merveilleux que nous avions décidé d'y passer une nuit, dans un hôtel au prix évidemment indécent. On s'était endormis avec le bruit des vaguelettes pour nous bercer, la fenêtre grande ouverte malgré le vent glacial. Avant le sommeil, je lui avais fait l'amour. Ça n'était qu'une amie, mais c'était aussi une femme, après tout…

Peu de choses méritent encore qu'on se ruine pour elles, mais l'expérience du beau, oui ; ça, c'est encore une bonne raison de se mettre dans le rouge. Nous vivons pour voir et vivre de belles choses sur Terre, tant qu'on a la chance d'y être.

J'avais prêté une attention toute particulière à ce panorama sur Yvoire, dont le commentaire en *off* nous expliquait qu'il avait été élu « plus beau village français » à de nombreuses reprises.

C'est assez curieux, mais on a tendance à ne s'intéresser, après un certain âge surtout, qu'à ce qu'on connait déjà. En l'occurrence, ce village que j'avais longuement visité et qui n'avait plus de secrets pour moi.

La voix de Perlod me soigne à chaque fois que je regarde son 13h, mais il est plutôt rare que je l'écoute *vraiment*. Je veux dire, comme on écoute quelque chose en se concentrant dessus à fond, pour en retenir chaque détail avec certitude.

Je connaissais Yvoire, mais je voulais en apprendre davantage sur ce chef-d'œuvre du passé, dont je me rappelais chaque coin de rue avec une émotion intacte. Alors, cette fois, j'ai bien écouté.

Revoir des images de la petite église, du port calme et crépusculaire, des cafés aux devantures multicolores, bref, me souvenir tout simplement, m'avait fait un bien fou. J'ai été d'ailleurs surpris par mon air benêt en découvrant notre reflet à tous dans l'écran de télévision, alors qu'un incident technique avait interrompu la transmission, l'espace d'une seconde ou deux. Mon sourire béat était celui du gosse qui écoute son papi lui raconter l'histoire d'un chevalier sauvant une princesse des griffes de dragons maléfiques.

Quand l'image est réapparue, Perlod arborait un sourire pareil au mien, comme s'il me l'adressait. Il a dit :

— Petit problème en régie, veuillez nous excuser... c'était donc un reportage sur Yvoire, en Haute-Savoie. De bien belles images qui rappellent combien la France est riche de sa propre Histoire et de son patrimoine millénaire. Ça donne vraiment envie d'y faire un saut !

En jetant un regard circulaire sur le reste du salon, j'ai réalisé que tous mes proches avaient le même sourire naïf et bienveillant aux coins des lèvres.

Mon père, mon frère, mes tantes. Tous étaient emportés par la bonhomie de Perlod et la douceur de ses sujets de fin de journal.

Il faut le dire, les 13h de Perlod sont de qualité. On a envie de se rendre dans la plupart des villages dont il nous parle. On voudrait y aller pour remonter le temps. Pour vivre là-bas comme les Blancs d'autrefois, en toute quiétude, en bonne intelligence avec notre voisinage, sans chichis, sans coups bas, sans névroses.

Il n'y a que les gauches et les étrangers pour être indifférents au travail de Jean-Pierre Perlod, ou ne pas aimer le personnage. On ne peut pas ne pas l'aimer. Zéro gramme de méchanceté chez cet homme, c'est un modèle de politesse et d'affabilité.

Par exemple, j'ai du mal à l'imaginer coucher avec une femme. Il faut toujours une forme de bestialité pour avoir une érection en béton et pénétrer un sexe de femme correctement. Je ne sais pas pourquoi, mais je n'arrive pas à me représenter Perlod en train de le *faire*. C'est un saint. Il n'a pas de pénis. Ne s'est-il pas fait cocufier d'ailleurs, il y a quelques années ? Tout le monde ou presque l'a su. Pas étonnant, quand on ne baise pas sa femme, parce qu'on est trop occupé à aimer la France et à être un chic type 24 heures sur 24.

Tous les gens fiables et généreux aiment Jean-Pierre Perlod.

Les sourires que je lisais sur le visage des miens, en cérémonie religieuse devant le journal de ce sacré Jean-Pierre, étaient les plus sincères qu'on puisse imaginer.

Perlod fait l'unanimité. Je ne connais personne qui le déteste réellement.

Parce que Perlod, c'est la France, et que la France, c'est Perlod.

La France, oui. Pondérée, ouverte, sympathique, camarade, champêtre, indémodable.

Cette France que les Japonais viennent découvrir en faisant le tour du globe, histoire de « le voir pour le croire » de leurs yeux souriants : oui, il existe un pays aussi merveilleux que le nôtre. Un pays de cocagne, un paradis avant le vrai.

Notre pays, le plus grand de tous. La plus belle création du Seigneur.

Quand j'ai vu cette gaieté se dessiner sur le visage de mon frère, un garçon pourtant froid et peu émotif en général, souriant après le reportage de 13h sur Yvoire, en écho (car ses risettes sont communicatives) au propre sourire de Jean-Pierre Perlod, tout heureux d'avoir mis à jour l'existence de ce village, j'ai compris ce qu'il me restait à faire…

Pour réveiller les Français, il allait falloir que je les choque à un point qui dépasserait l'entendement humain.

Commettre un acte irréel, qui provoquerait sur les masses anesthésiées, un effet que ni les morts de *Charly Bobo*, ni ceux du Bacatlan, ni ceux du 14 juillet 3016 à Nice, ni l'égorgement du père Mamelle, n'avaient suffi à provoquer jusqu'alors.

Un meurtre ignoble, unique et absolument triste.

Que personne n'oublierait jamais.

Je me suis fait cette réflexion des centaines de fois déjà : pour moi, il est évident que les attentats islamistes contre les Blancs vont continuer en France. Il y en aura encore des dizaines et des dizaines, de plus en plus meurtriers. Si on réfléchit en termes statistiques, il paraît impossible qu'un proche de victime ne cherche pas à se venger un jour ou l'autre. Ça pourrait arriver après le quinzième attentat ou dès le prochain.

On ne sait pas quand ça arrivera.

On n'a plus le temps d'attendre.

Quelle mort d'un parfait innocent donnerait à CHAQUE Français, l'impression d'avoir perdu un membre de sa famille ? Comment puis-je accélérer le processus vers cette guerre inévitable que nous devons gagner ? Qui possède ce statut d'icône, en France, de nos jours ? Qui pourrait être notre oncle ou notre papounet à tous ? Celui dont l'assassinat donnerait à des milliers d'hommes et de femmes l'envie d'en découdre enfin, et d'aller jusqu'en enfer pour le venger ?

Oui, c'était décidé.

Il allait falloir que j'assassine Jean-Pierre Perlod.

Et que je fasse porter le chapeau à l'État islamiste.

Les Français doivent en arriver à croire que les Arabes ont tué notre Jean-Pierre national. Voilà quelque chose qui pourrait les réveiller, ah, j'en suis sûr, je jubile à chaque fois que j'y pense !

Comment réussir ? Comment rendre possible ce qui est nécessaire ? J'écrirai plus tard à ce sujet.

Mais j'avais enfin trouvé le remède à cette inertie déshonorante, et cette victoire intellectuelle me remplissait d'une joie indescriptible !

Restait et reste encore l'étape la plus difficile de n'importe quel plan à franchir : sa réalisation. Il y a toujours un gouffre entre le 0 (rien), l'idée (possibilité de quelque chose) et le 1 (œuvre achevée).

C'est à l'étape de l'idée que le commun des mortels abandonne en général. Potentiellement, les gens ont tous des idées extraordinaires, mais en pratique, ils n'en concrétisent jamais une seule. La paresse et la pleutrerie sont les fléaux qui font s'écrouler le monde occidental sous son poids de pachyderme. Tous les Blancs en sont plus ou moins atteints, en Europe, particulièrement.

Moi, je dois employer toutes mes forces pour la réussite de ce projet, pour la survie de la nation et de son peuple, au nom de mes ancêtres et en leur honneur.

Je n'ai pas le choix. De mon sérieux dans l'effort dépend la vie de millions d'aryens irremplaçables, sans lesquels cette planète n'aurait plus aucun avenir.

L'heure de la vengeance sonnera bientôt. Au loin, j'entends déjà l'horloge entamer son décompte.

Tic-tac, tic-tac, tic-tac…

III

Nous sommes le jeudi 2 mars 3017.

Une soixantaine de jours est passée depuis le JT de 13h au cours duquel j'ai eu cette idée folle.

J'avais besoin de temps pour trouver en moi l'énergie nécessaire au passage à l'acte.

Volontairement, j'ai mené, après Noël, une vie dissolue et éreintante pour épuiser mes nerfs. Je me suis amené au plus bas niveau de bonheur concevable, dans un mélange de laisser-aller ; de jouissance morose (par exemple, un samedi soir passé avec des prostituées camerounaises à gueules de travestis : elles ne savent pas sucer une bite, et l'opération vous coûte 60 balles) ; mais aussi d'efforts sportifs presque dangereux pour la santé. Comme courir à fond après avoir mangé un plat très copieux, jusqu'à le dégueuler une heure plus tard dans une souffrance horrible.

J'ai aussi songé à toutes les choses que je haïssais dans cette France multimerdique. Je me suis mis à leur contact de force, pour rappeler à mon esprit à chaque fois que je sentais ma motivation faiblir, pourquoi il était indispensable que j'agisse bientôt.

Par exemple – alors que je résidais à Paris à ce moment-là, pour me dégoûter une dernière fois de cette ville démoniaque – j'allais souvent me poser dans un *CFK* (ces fast-foods où l'on ne mange que de la viande de piaf) à Barbès ou à Clignancourt, et j'essayais d'y lire un roman exigeant sur le plan intellectuel, ou un essai de philosophie qui requiert une concentration sans faille. On dira peut-être que je cherchais les ennuis et l'inconfort stupidement, mais dans un pays civilisé, après un repas ou un bon petit capuccino, on devrait pouvoir sortir un livre et le lire sur place sans être trop dérangé par le tapage ambiant. C'est mon avis, en tous cas, et c'est ça l'Europe de nos rêves les moins fous ; une Europe que j'espère contribuer à faire renaître bientôt.

Je me souviens d'un voyage fabuleux aux pays baltes. Peu importe où j'allais, là-bas, le silence régnait en maître. Je n'ai jamais trouvé un degré de civilisation plus élevé. J'ai d'ailleurs une théorie à ce propos : plus un pays est silencieux, plus les gens qui y vivent sont intelligents. L'absence de vacarme inutile est notable et révélatrice. Le lien entre silence et intelligence est un des plus évident qui soit. Il faut avoir une cervelle toute creuse pour ne pas être gêné par les bruits stridents et les conversations braillardes dans les lieux publics.

Quand vous êtes au sud du Portugal, par exemple, vous ne jouissez pas de la même tranquillité qu'en Estonie. Plus on descend vers l'Afrique, plus ça sent l'Afrique. Et l'Afrique, ça pue. Logique, en même temps. C'est bruyant, c'est chaud, c'est moite, et les gens ont des comportements extravagants. Plus on descend dans le sud, plus on s'éloigne de la civilisation.

Je me rappelle d'une fois où un train a grincé exagérément en arrivant à la gare de Lyon Part-Dieu ; c'était le train que j'allais prendre ensuite pour remonter sur Paris. Le crissement était atroce. Mes poils s'hérissent encore quand je repense à ce tintamarre infernal. Dans un réflexe d'auto-défense face à ce qui était une véritable agression acoustique, tous les Blancs de la gare avaient mis leurs deux mains sur leurs oreilles. Tous les Blancs. Les Blancs, mais pas les autres. En face de moi, une grosse mama africaine, qui boîtait à cause de la largeur de ses cuisses, marchait tranquillement vers le train pendant son freinage. Elle n'avait pas l'air sourde, mais le bruit ne la gênait pas du tout. Dingue ! 150 décibels d'aigus interminables, c'est normal à Yaoundé ! Je me souviens bien m'être demandé : mais qui sont ces gens, au juste ? Y a-t-il un neurone dans leur crâne pour recevoir un signal d'alerte, à un moment ou à un autre ? *Houston, on a un problème ! Les nègres n'ont pas de cerveau !*

Pendant cette période où j'ai sciemment tenté de me dégoûter de l'existence, j'ai aussi beaucoup bu. Un grand classique. Quand on boit de l'alcool, qu'on fume des clopes très fortes et qu'on le fait régulièrement et avec « sérieux », si j'ose dire (2 paquets par jour : la base du crétin qui veut raccourcir sa vie à coup sûr), on atteint un malheur étrange et pénétrant en moins d'une semaine. Je conseille cette formule magique à tous les candidats au suicide.

D'abord, on se décale. On se murge et on fait de son appartement un cendrier invivable. Réveil garanti à 15 ou 16 heures du « matin ». L'hiver, à ces heures-là, il fait déjà presque nuit. C'est vraiment super pour finir maboul en un rien de temps. Ensuite, on fait la même chose mais en sortant plus souvent, et si possible, dans des discothèques assez huppées. Là-bas, que des boudins ou des filles trop canons, donc hautaines et difficiles à serrer. Dans ces boîtes, et puisqu'on ne tire pas, on boit encore plus que partout ailleurs. Ça coûte cher, très cher. En deux semaines, on peut claquer, en faisant l'andouille en *nightclub*, la quasi intégralité de son salaire. Je l'ai fait pour ne plus pouvoir faire machine arrière ensuite. Pour ne plus changer d'avis sur le sort que je me réserve. Pour que le seul et unique but de mon existence soit de sauver ma race.

Le premier mois de cet anti-régime achevé, j'étais déjà à jeter à la poubelle. Une épave qui schlingue. Ce rythme sinistre m'a rapidement et considérablement enlaidi. Mes proches me l'ont même fait remarquer. Cernes, pellicules grasses, infections urinaires, tout y était. J'ai néanmoins persisté dans la dinguerie en février. Chaque jour, un pourcentage de haine supplémentaire composait mon corps plein de nicotine et de Pastis. Il faut savoir que lorsqu'on boit et qu'on fume (je ne parle même pas de psychotropes, parce que là, c'est le carnage), et qu'on le fait volontairement pour se détruire, très vite, on ne bande plus. Fini, la gaule du matin. Même quand on arrive à glisser une souris dans son plumard, on n'est plus certain d'arriver à l'honorer comme elle le mérite.

Par exemple, le 31 janvier, après une semaine de sévères ivrogneries, j'avais réussi sans trop savoir comment, à ramener une gonzesse dans l'appartement du pote chez qui je squattais. J'étais chez lui parce que je ne voulais plus vivre près de mes parents. Je m'entends plutôt bien avec eux mais à leur contact, je ne pourrai jamais devenir le ninja nationaliste, solitaire, méthodique et déterminé, qu'il est nécessaire que je devienne.

Bref, je disais : j'avais ramené cette nana assez mignonne chez mon pote. Mais impossible de durcir suffisamment, ma nouvelle haleine d'alcoolique n'aidant pas non plus à érotiser le moment, il faut le reconnaître. Elle était restée, pourtant, au chevet de ma queue toute molle. Les femmes sont parfois surprenantes. On leur montre notre côté « tocard » et elles le trouvent touchant. La nullité, la glande et les tares les plus honteuses séduisent parfois des Françaises de qualité… Je n'ai jamais vraiment compris pourquoi. Elles semblent rechercher le malheur avec une opiniâtreté étonnante.

À côté de cela, je réfléchissais à mon plan. Je renforçais mon caractère, en me faisant par exemple des brûlures de clopes sur le bras ou à l'intérieur des jambes. J'ai arrêté quand j'ai compris que je pouvais en mourir à la longue, ces brûlures pouvant finir par s'infecter. Mais je l'ai fait à chaque réveil, quand même, pendant presque un mois. C'était mon rituel de surhomme en construction. On croit que la douche froide est le meilleur moyen de retrouver ses esprits, mais la clope brûlante au creux de la main, dans le genre, c'est pas mal aussi.

J'allumais le bout avec un briquet en forme d'aigle nazi (chopé sur *Ebuy* à 7 dollars, après tout, on s'amuse comme on peut). Je jouais avec ma respiration par à-coups, comme une femme enceinte avant une contraction, pour disposer mon cerveau à la douleur à venir. Et j'enfonçais la cigarette dans la peau. Peu à peu, j'arrivais à ne plus hurler au contact des cendres en feu contre mon épiderme. Et je disais, en me regardant dans le miroir, les dents serrées :

— Tu vas le faire, tu vas le faire, tu vas le faire, tu vas le faire…

Je le répétais des centaines de fois, en fixant mon reflet droit dans les yeux. Je faisais tout pour y croire au maximum. Je m'entraînais à ne plus rien ressentir. À ne vivre que pour remplir mon objectif.

Pour éliminer Perlod avec succès, et surtout, de la manière choisie (décapitation au couteau, comme « eux »), il allait falloir d'abord que je tue l'humain en moi. Que je le transforme en robot indestructible et dénué de sentiments.

Alors je répétais cette phrase inlassablement dans ma tête. Tu vas le faire, tu vas le faire, tu vas le faire…

Aussi et dans un principe analogue, je regardais par masochisme des émissions horripilantes, comme le *Minuscule Journal d'Anal +*, de cette gigantesque fiotte, Ian Bardèze, ou bien l'émission hystérique de Cyril Hanouka, avec ses chroniqueurs plus vulgaires et stupides les uns que les autres.

Ça me rappelle qu'une fois, j'avais rendu visite à mes parents et que, voyant Hanouka s'agiter dans l'écran plat de mon père, j'avais demandé à ce dernier, goguenard, s'il n'en avait pas marre de tous ces juifs qui font les clowns à la télé. Si mes parents ne partagent pas mes idées politiques, au moins la parole est-elle totalement libre chez nous. Le racisme de bon aloi y est toléré. À part quand j'essaie de réhabiliter Hitler à table et devant les petits cousins, tout se passe à peu près bien. Donc, à propos de Cyril Hanouka, mon daron m'avait répondu :

— Ah bon, parce que le Hanouka, il est juif ?

Mais merde, qu'est-ce que les gens ont à la place des yeux ? Du charbon ? C'est pas possible. Il avait enchaîné comme ça...

— Je croyais qu'il était Indien.
— C'est un Indien de Jérusalem centre, papa, avais-je dit en ricanant.
— Ces conneries me détendent, après, j'ai bien compris que c'est pas un bouillon de culture, le truc…

Si, justement. *Louche pas sur mon poste* est une émission culturelle. Une émission de culture gauchiste ultra-violente, faite pour laver le cerveau des connards qui la regardent.

Des connards qui la regardent comme mon paternel, et qui, en 3000 putains de 17, ne sont pas capables de détecter un youpin qui fait le zouave à la télé.

Passons. Le principe de cette errance est compris, j'espère.

Je m'imposais un programme fait d'activités déviantes, d'insomnies et de consommation de produits de divertissements, pour me mettre en colère au point de craquer. Pour me préparer au plus grand des sacrifices. Car j'estime les « chances » de me faire prendre à environ 80%.

Naturellement, j'ai réécouté pendant cette période de descente aux enfers, tous les discours de l'État islamiste et notamment ceux enregistrés après leurs massacres chez nous. J'ai vu également des dizaines et des dizaines de vidéos, vu, revu et re-revu, des *Télescopes* de Noirs et de bicots de banlieues agressant en direct des Blanc(he)s. *Ioutoube* en est aussi rempli.

Les vidéos ne sont même plus signalées pour apologie de la violence. Ils en publient trop. Les modérateurs n'arrivent plus à suivre le rythme de ces enculés.

Les commentaires sous ces vidéos-là sont encore plus savoureux :

— Exellent, le CeFran ki se fai tarté la face, zarma !

235 likes.

Haine pure.

Ça se passe chez nous et les Français acceptent ça avec la patience du professeur qui fait face à quelques élèves un peu trop turbulents. « C'est bon, y'a pas mort d'hommes non plus »… eh bien si, précisément.

Le radar de survie des Européens de l'Ouest doit vraiment être mis à jour. On leur montre un couteau de boucher, eux, ils voient une tige pour barbe à papa.

Les nationalistes devraient se renommer *Les Vivants*, car c'est vraiment ce qui les différencie des autres. Ils sont tout simplement encore vivants. La distinction est claire. Vivants d'un côté, morts de l'autre.

La politique intérieure et extérieure du pays, nous, on s'y intéresse. Les vidéos de décapitation enregistrées par des musulmans aux quatre coins de la planète, on les regarde. Les communiqués audios de l'EI, on les écoute également. On se renseigne, on réfléchit à la situation. On vit avec notre temps.

C'est amusant que les natios soient traités de rétrogrades par les gauches, alors que nous, nous sommes connectés à l'actualité en permanence. Il n'y a pas plus « *in* » que le nationaliste d'aujourd'hui. Aucun abstentionniste, aucun socialiste, aucun coco ne connaît le monde contemporain mieux que nous. On sait TOUT, on a tout lu, vu, décortiqué et ingéré mille fois. On a tout mangé, digéré, chié et remangé. Personne ne sait mieux que nous dans quel pétrin l'Occident s'est fourré. Les autres gens sont en train de comprendre au ralenti des choses qu'on a pigées depuis vingt ou trente ans. C'est lent, vraiment trop lent : les mentalités avancent moins vite que l'immigration dans ce pays. Ce coup de pouce que je vais donner à la France, elle en a foutrement besoin...

Ma croyance dans l'utilité de l'assassinat de Jean-Pierre Perlod – dont on fera croire qu'il a été exécuté par des islamistes (c'est le but unique de l'opération) – repose sur deux principes :

• Les Blancs de notre époque sont individualistes. Tant qu'un drame ne les touche pas personnellement, ils ne s'intéressent pas aux problématiques générales du monde. Or, Jean-Pierre Perlod n'est pas considéré comme un étranger par la partie du cerveau qui contrôle nos affects et nos sentiments. C'est du moins ce que je crois. Voilà des années qu'il pénètre notre sphère personnelle à l'heure du repas, avec son franc-parler et sa bonhomie. On le voit souvent, on l'estime beaucoup, on l'aime, même, d'une certaine manière. C'est le tonton sympathique que tout le monde rêverait d'avoir. Sa mort, dans la main de ces affreux, ferait un mal fou au peuple de la France réelle. J'en suis intimement persuadé.

• En dehors des gens normaux (je vous prie de m'excuser, je reformule : de l'électorat FN déjà acquis aux valeurs patriotiques), les spectateurs de Perlod sont souvent des personnes âgées entre 40 et 70 ans, et qui votent UMP/Républicains, Centre ou bien Ducon-Gnan-Gnan. Des nigauds increvables, certes, mais qu'on préfère avoir le dimanche à déjeuner plutôt que la nièce chiante qui mange BIO, ou le voisin fonctionnaire et Cégétiste, qui tient aux 35 heures comme à la prunelle de ses couilles. Nos vieux sont des *bêtas*, racistes comme chacun doit l'être, mais qui continuent connement de faire un blocage sur le vote Front, en général pour des raisons économiques ridicules. Ils sont sûrs qu'ils ne toucheront plus leur précieuse retraite si un parti non-conventionnel arrive au pouvoir. C'est cet électorat qui manque au FN pour l'emporter, et nous l'obtiendrons si Perlod expire sous la lame d'un Arabe quelques semaines seulement avant les présidentielles. Nous l'emporterons à mon sens à un degré de certitude de 100%.

Je réfléchis à cela tout en l'écrivant.

C'est cynique, n'est-ce pas ? Je l'admets, on est clairement dans le domaine du machiavélisme. Mais vous savez ce qui est encore plus machiavélique ? Nous avoir fait croire que ramener tout le Maghreb en France serait un bienfait pour nous et pour l'humanité. Tous ces journaux télévisés malhonnêtes y ont contribué, TFa, France 22, W6, tous !

Oui, je ne vois que cette porte de sortie. J'en suis navré pour Jean-Pierre Perlod, mais c'est le chemin le plus court vers la libération que j'ai réussi à trouver.

On a récupéré à gauche toutes les voix qui devaient nous revenir. Les hommes et les femmes qui, en 3017, sont encore du côté des socialopes ou de l'extrême gauche n'ont plus à être réinformés, ce sont des scélérats finis, point à la ligne.

Ils resteront pour toujours étrangers à l'idée de bien commun.

On ne me fera pas croire qu'il y a encore quelque chose à sauver chez le Français qui s'apprête à voter Benoît Habon ou gauche écologiste. Celui-là est un malade mental ou un salaud, et dans les deux cas, c'est incurable.

Non, l'électorat qui se trompe de bon cœur, c'est le classe moyenne ou le « prolo + » qui vote Républicains.

Par « prolo + », j'entends par exemple l'aimable boulanger qui est d'accord avec vous sur tous les sujets, déteste les petits étudiants gauchistes à la manque, est effrayé à mort par l'islam et l'immigration bamboulesque, et qui est un père ou une mère de famille honorable, sans histoire, avec qui on a plaisir à passer du temps.

Mais voilà, c'est un *noob* de la politique qui n'a rien compris au système et qui glisse le bulletin Sacrosi (jadis) ou François Fignon aujourd'hui, avec le sentiment du devoir accompli. Ce profil type constitue notre meilleure cible, car le droitard de modeste condition est un élève obéissant, qui trahit le reste de ses camarades en croyant bien faire. On lui a dit à l'école que le Front, c'était nazi. DONC : il ne votera jamais pour eux. Parce que « *le maître l'a dit, alors c'est vrai* ». Il faudrait à ce gaulois médiocre le programme du Front, mais sans le Front aux commandes. Il n'arrive pas à le balancer, ce putain de bulletin anti-immigration, c'est au-dessus de ses forces.

À moins d'une circonstance exceptionnelle…

Je crois vraiment que la décapitation filmée et sous faux drapeau (car c'est ainsi que je procèderai) de Jean-Pierre Perlod, pourrait enfin retourner l'opinion publique en notre faveur. C'est un acte impensable qui pourrait faire gagner 30 ans à la cause nationale. Nous faire gagner tout court, et dans les délais les plus brefs.

Les Français pardonnent tout, mais cette mort-là, ils ne la pardonneront pas. Ce sera le meurtre du père castor qui, chaque jour, nous racontait une belle histoire. Le meurtre de l'Innocence faite homme. Inconsolable. Impardonnable.

Il n'y a que par les urnes que la donne pourra être changée. Les Français ne veulent pas faire le sale boulot eux-mêmes, ils attendent ça du gouvernement. Il n'y a que le Front qui puisse nous sauver dans l'état actuel des choses. C'est une lourde responsabilité pour un parti qui n'en a pas les épaules, ni peut-être même le désir, mais nous n'avons pas d'autres options. C'est notre meilleure cartouche. Il faut qu'on gratte ces 10-15% qui nous manquent pour faire gagner Martine De Laine.

Ces voix, on les trouvera chez les Blancs, artisans, commerçants, ou chez les petits chefs d'entreprises qui traditionnellement, font confiance à la droite flasque pour serrer la vis et passer un bon coup de *Carsher* – ce qu'elle ne fait bien sûr jamais. Ce Français-là n'est pas viscéralement réfractaire au vote FN, mais il reste sur un vote Républicains par confort psychologique, bêtise et habitude sordide. Il est à un cheveu de nous, et en même temps, à une galaxie. C'est incroyablement frustrant.

Il faut dire que le vote Républicains est aussi un vote de grands bourgeois et d'aristos.

Mais leur choix à eux, le choix des riches donc, n'a pas une grande importance. Si les élections ne sont pas truquées (et je ne crois pas qu'elles le soient), leur poids dans la balance reste faible, parce qu'ils représentent une part minoritaire de la population. Combien de rentiers, de millionnaires, de ducs et d'archiducs en France ? Pas assez pour nous faire perdre la présidentielle. Il vaut mieux « choper » tous les pauvres, les marginaux et les classes moyennes, que de faire des efforts pour séduire les grands bourgeois. Ces derniers échapperont toujours à l'immigration africaine qui nous génocide, toujours, je dis bien TOUJOURS.

Si leur argent ne suffit plus à maintenir leur niveau de vie ici, ils s'expatrieront dans quelques années au moment opportun. Sans aucun remord, je puis vous le garantir. Certains ont déjà commencé à le faire, d'ailleurs. Leur résidence secondaire en montagne dans un chalet 4 étoiles et leur superbe château hérité de grand-papa, ils les vendront à des promoteurs juifs à la première occasion, pour se garantir une deuxième vie tranquille en Floride ou en Australie. Aucun problème, le juif paie en temps et en heure, c'est le meilleur ami des grands bourgeois de France. Les bourges adorent vraiment les juifs, vous ne l'aviez jamais remarqué ? Ils les admirent. Vous ne trouverez jamais de critiques du nazisme plus virulentes que chez les riches bourgeois catholiques. Les bourgeois catholiques détestent les nazis et vénèrent les juifs, avec lesquels ils n'hésitent pas d'ailleurs à marier leurs fifilles ou leurs fistons. Les juifs rachètent leurs biens, quand les rentes ne rapportent plus assez aux très pieuses familles de la cathosphère française ! Et quand ce ne sont pas les juifs, c'est l'Émirati ou le Qatari qui balance les billets verts.

Les riches catholiques bradent tout notre patrimoine pour continuer leur vie de resquilleurs à particules. Que tous les Charles de la Couillonerie aillent bien se faire trouduculer. On s'en occupera plus tard, pas de problèmes. Chacun aura sa part du gâteau de merde que la France d'en bas leur prépare.

J'insiste toutefois sur ce point car beaucoup de natios ne l'ont pas encore compris : les bourges nous haïssent parce que nous n'avons plus besoin d'eux pour acquérir du savoir. Maintenant, il y a *Vikipédia*. L'accès aux bibliothèques et à la connaissance illimitée est gratuit pour tous. En tant qu'intermédiaires, ils ne nous sont plus d'aucune utilité.

Les bourgeois blancs sont transis de peur à l'idée que la classe moyenne et le prolétariat s'organisent en communauté, dans un système de gratuité des échanges (objets/érudition) grâce auquel nous n'aurions plus besoin d'eux, de leurs bouquins à 35 balles pièce, ou de leurs formations dans des domaines où nous pourrions aujourd'hui réussir de façon autodidacte.

Juiverie et bourgeoisie ont toujours été des alliés de circonstances.

Combien de bourgeois de naissance ont été radicalement antisémites dans l'Histoire de notre pays ? Ça se compte sur les doigts d'une main, révisez vos classiques, les gars…

Il n'y a que les pauvres ou les grands aristocrates, c'est-à-dire les vrais dirigeants, les Rois, les Empereurs, pour être dégoutés des juifs comme nous le sommes.

Le rêve bourgeois est le même que le rêve juif : mener une vie de jouissance totale et d'inaction parasitaire.

Une vie à regarder les autres se tuer à la tâche (en labourant « leur » terre jadis… en se faisant cirer les pompes au bureau, aujourd'hui) pendant qu'eux comptent leurs biftons, en se la faisant turluter par Marie-Charlotte.

Les bourgeois ne peuvent qu'être hostiles à la méritocratie fasciste. Dans une société aryenne de justice et d'effort vers le Bien, ils seraient positionnés tout en bas de l'échelle et moqués par tous les citoyens. À eux aussi, on aurait écrit à l'encre indélébile *Arbeit macht frei* sur la tronche, en guise de devise personnelle.

Trouvez-moi un bourgeois français, y compris dans les rangs de l'extrême droite, qui fasse aujourd'hui l'éloge du Reich (de façon allusive, c'est toujours possible, on le sait). Allez, trouvez m'en un seul ? Ces fumiers se la jouent tous bonapartistes. Ça fait plus propre, ça vous donne un genre, ça habille le dissident comme il faut.

Ils veulent qu'on les respecte comme des nobles d'autrefois, alors qu'ils se comportent comme des branleurs au RSA qui ne se battent plus pour les intérêts de leur pays. Qu'est-ce qu'un héritage familial, sinon un RSA de riches ?

En attendant, nous devons être indifférents au vote des possédants dont les intérêts seront toujours opposés aux nôtres. Dans le cas particulier de mon plan, l'attentat sur Perlod pourrait même réveiller l'âme cacochyme de quelques friqués qui (et c'est à noter) n'apprécient pas tellement qu'on leur décapite leur beau-fils, présentateur vedette sur TFa. Il est concon Jean-Pierre, mais il a fait un bon mariage avec Marie-Charlotte, la fifille de Jean-Aristo. Ça ne se fait pas de tuer le Jean-Pierre de la Marie-Charlotte. Surtout à l'heure du thé.

Ce bon vieux Jean-Pierre…

Je n'arrive pas à croire que je vais faire ce que je vais faire. Alors que je vais le faire, croix de bois, croix de fer, si je mens, etc.

Vous savez quoi ? Je ne suis même pas convaincu que Jean-Pierre Perlod vote FN. Je vais vous dire, je suis sûr que malgré quelques allusions de sa part un peu taquines, en dernière intention, il reste sur un vote Républicains.

Parce que Jean-Pierre est un chauvin, c'est vrai, mais que lui aussi a peur du fascisme. On lui a dit que c'était mal, le fascisme du FN, on lui a dit si souvent qu'il a fini par s'en persuader. Perlod, il veut sauver ses belles régions françaises, mais il veut y arriver sans faire de mal à une mouche. Il veut que le migrant rentre chez lui, mais sans que le sang ne coule d'un côté comme de l'autre. Sauver l'Europe chrétienne, oui, mais sans se fâcher tout rouge avec l'Orient musulman. La force tranquille… Quelle criminelle naïveté !

Désolé, Jean-Pierre : on ne fait pas d'omelettes sans casser des œufs. D'ailleurs, je ne te laisserai pas le choix.

Que tu le veuilles ou non, la France rayonnera à nouveau grâce à toi. Enfin, à ton détriment. Tu es un trop gentil garçon, mon ami. Le peuple doit comprendre que respecter scrupuleusement les lois et les conventions sociales, comme tu le fais, nous conduira tous à l'abattoir.

Quelques sorties télés toutes mignonettes ne suffisent pas à faire de toi un combattant. Tu ne t'es même pas fait virer de ta chaîne tellement c'était mignon. Personne ne t'en a voulu, c'était ponctuel et inoffensif.

Tu es un veau, Jean-Pierre. Un veau qui, à l'approche de la mort, ne cherche même pas à rebrousser chemin et meugle seulement à son bourreau : « *Eh, oh, pas si vite !* »

C'est terminé. On l'a essayée, ta méthode. Le respect.

Mais tu sais, Jean-Pierre, on ne respecte que les vainqueurs.

Nous serons respectés quand nous aurons gagné. Uniquement à ce moment-là.

En attendant, il n'est plus raisonnable d'agir noblement en des temps ignobles. Je ferai ce que j'ai à faire.

IIII

En me relisant hier, j'ai réalisé que je n'avais pas expliqué comment je comptais m'y prendre pour approcher Perlod et réussir mon coup, et que d'autre part, je ne m'étais pas encore présenté dans ce journal. Je n'ai pas décrit qui je suis vraiment, ni comment j'en suis arrivé là aujourd'hui.

Il faut aussi penser à ma postérité et donner quelques éléments biographiques aux plumitifs qui étudieront mon cas un jour.

Comment ?

D'accord, j'ai « choisi » Jean-Pierre Perlod, mais comment l'atteindre ? Eh bien, j'ai un plan pour ça.

Je n'aurais jamais eu l'idée de cet assassinat, si je ne connaissais pas dans le même temps, un moyen concret de toucher ma cible.

Il se trouve qu'un bon ami à moi est facteur dans la ville portuaire de Dieppe, en Seine-Maritime. Le rapport avec Jean-Pierre arrive tout de suite : il y a 2 ans, Cédric, cet ami facteur, m'appelle et me dit qu'il a livré un colis à une star.

Il essaie de me faire deviner laquelle, mais comme le jeu m'ennuie, il me révèle de lui-même qu'il s'agit de Jean-Pierre Perlod.

Depuis toujours, Perlod m'est très sympathique. J'avais donc demandé des détails à mon pote, comme par exemple, s'il était aussi souriant et affable en vrai qu'à la télévision. Parfois, on idéalise quelqu'un qu'on ne connaît qu'à travers la télé ou le cinéma, puis, on comprend en tombant dessus au hasard dans la rue, qu'on a affaire à un connard vaniteux de première catégorie.

Mais Cédric m'a dit que Perlod était une crème, exactement comme on peut se l'imaginer, d'une gentillesse et d'une amabilité remarquables, ce qui d'ailleurs, ne m'étonne pas du tout.

Il adore lire et se fait envoyer des bouquins par cartons entiers dans sa résidence de Dieppe, bouquins que Cédric lui apporte avec une joie de « livrer une star » toujours renouvelée.

En semaine, quand Jean-Pierre bosse sur Paris, mon ami facteur a pour consigne de les déposer à l'intérieur de la maison, oui, je dis bien à l'intérieur ! La porte de derrière reste toujours ouverte. Perlod ne craint pas les vols puisqu'il n'a pas d'objets de valeur dans sa maison normande… Cédric insiste lourdement sur ce détail quand il m'en parle, c'est-à-dire à chaque fois :

— Tu te rends compte ? Il part une semaine, quinze jours parfois, et il laisse sa maison ouverte ? C'est vrai que les cambriolages sont pas courants, ici, mais quand même ! Y'a que l'hiver qu'il ferme tout pour quelques mois.

C'est vrai, il faut avoir une grande confiance en la bonté des hommes et en leur civilité, pour ne pas fermer sa porte à clef quand on part de chez soi…

Ainsi donc, Jean-Pierre décompresse de la capitale « à peu près chaque week-end », si j'en crois Cédric, à partir des premiers beaux jours de mars jusqu'à la fin du mois d'octobre, en les passant au bord de la mer. Je dis ça et j'ai honte de m'apercevoir que je ne sais même pas si Dieppe donne sur l'océan ou sur la Manche. Terrible inculture de plouc…

Peu importe. En temps voulu, il faudra que je m'informe auprès de Cédric pour savoir si, cette année encore, Perlod sera régulièrement dans sa maison secondaire à flanc de falaise, et si oui, *quand*, pour que j'aille l'y retrouver…

Une fois assuré de cette chose-là, le principe était d'accomplir la mission ainsi : je lui ferai croire (à JPP), après être entré discrètement et encagoulé chez lui sans me faire remarquer, que je suis là pour le voler. Un cambriolage classique ayant tout intérêt à se passer le plus sagement du monde ! Le couteau du crime me servira à cette étape de menace dissuasive. Je lui banderai la bouche avec du gros scotch pour l'empêcher de crier. Je lierai ses mains dans son dos. Rapidement et dans son dos encore, en lui demandant de ne pas regarder dans ma direction, je placerai un drapeau de l'État islamiste de manière à ce qu'il soit visible dans le champ quand l'enregistrement commencera. Pas besoin de fouiller sur le net pour en trouver, des drapeaux de ce genre. On est en France.

Au marché de Bagnolet, j'ai dit que j'en cherchais un dans le cadre d'un film (je me suis fait passer pour un producteur, j'étais bien habillé, c'était crédible) et un vieux libanais de merde m'a vendu ça pour 100 balles. Bref : après avoir planté le drapeau noir dans le décor, je passerai devant Perlod en posant une petite caméra en face de lui. Il faudra que je la pose sur une table ou un meuble de bureau, et non sur un trépied, pour qu'il n'ait pas le temps de paniquer et de comprendre les enjeux, ni la gravité de sa situation. Puis, immédiatement après, il faudra repasser derrière lui, porter le couteau à sa gorge et… le faire.

Même s'il fallait que cette scène soit théâtralement réussie, j'ai vite mis de côté mon ambition première qui était de réciter un pamphlet anti-France, tout en annonçant ce que je m'apprêtais à faire tandis que Perlod vivrait encore.

Mais j'ignore comment il réagira s'il comprend trop tôt qu'il va mourir, et que l'affaire en cours est sans espoir. Je préfère qu'il ne se voie pas mourir, d'abord par respect et sincère affection envers lui, et surtout pour m'éviter un conflit à un contre un que je ne suis franchement pas sûr de gagner. Comment estimer, à l'avance et avec justesse, la force que déploiera un homme désespéré pour échapper à la mort ?

Après l'avoir tué de cette manière et devant la caméra, je ferai une coupe pour enregistrer mon message aux Français. J'ai longtemps buté sur cette question, celle du « quoi dire ? », avant de conclure qu'il y a bien longtemps que les terroristes ne cherchent plus d'excuse valable pour nous zigouiller.

Pourquoi l'État islamiste voudrait la peau de Perlod, au juste ? Eh bien, parce qu'il est Français et aimé des Français, et c'est ma foi une raison suffisante. L'an dernier, le barbu qui avait tué un policier et sa femme a laissé un testament vidéo. Il n'explique pas dedans pourquoi il a tué ce flic en particulier. Il l'a fait parce que la police française représente le pouvoir et la France elle-même. Égorger un flic, c'est « *niquer la France* » comme ils aiment tant le dire en rappant.

Tuer Jean-Pierre Perlod, c'est aussi *niquer la France* et les Français, nul besoin d'expliquer le pourquoi du comment au point d'en faire une dissertation en vidéo.

Je prendrai une voix de blédard (à force de les côtoyer, j'ai appris chacun des tics de langage qui sont les leurs, et je sais parfaitement parler le « français de banlieue ») en disant sous ma cagoule que tant que des frères seront tués par l'Alliance atlantique en Syrie ou en Palestine, tant que le Califat de mon cul ne sera pas reconnu par les instances internationales, des innocents continueront de mourir en métropole.

Que Perlod incarne la France insouciante qui ne veut pas voir les crimes qu'elle participe à commettre ou qu'elle commet en terre d'islam. Qu'il n'y a aucun innocent en France et que tous les Koufars sont responsables de la mort de chaque musulman à chaque instant, aux quatre coins du globe. Que ce qui vient d'arriver à M. Perlod pourrait arriver à n'importe qui, jusqu'à ce que l'Orient arabe soit libéré de l'emprise occidentale… Je connais leurs conneries par cœur. Sur ce point précis, je me fais confiance. Je serai plus convaincant qu'un Maghrébin pure souche, pour exprimer mes revendications et justifier l'atrocité de mon crime.

Enfin, pour la mise en ligne de la vidéo en minimisant les risques de me faire pincer, je ne me fais pas de soucis non plus.

Il faut bien que ça serve à quelque chose d'être… informaticien. Je vais y revenir plus bas. Mais c'est mon métier. Je sais poster une vidéo sur une dizaine d'hébergeurs, en faisant en sorte qu'aucun service de renseignement ne puisse remonter jusqu'à moi.

Au marché de Bagnolet, il y a deux mois, j'ai aussi acheté (en liquide) un ordinateur que je destine à cette seule tâche, et sur lequel je n'ai enregistré aucune information personnelle, avec lequel je n'ai jamais navigué sur internet, etc. J'y installerai le moment venu un double générateur d'adresses IP et je mettrai la vidéo sur le web après que ces applications seront installées, en sorte que les enquêteurs trouveront la source de la publication en Chine ou au Canada, en rebondissant de fausses IP en fausses IP jusqu'à l'abandon des recherches.

Même quand ils trouveront exactement d'où je l'ai postée – encore faut-il qu'ils y arrivent – ils ne pourront pas remonter jusqu'à moi. Rien ne me relie à cet ordinateur, que je détruirai par les flammes après utilisation unique ; je fonctionnerai avant cela avec le wifi public d'une ville que j'ai précédemment repérée (le réseau y est « ouvert », pas besoin de recevoir un code sur son téléphone pour se connecter) afin de diffuser la vidéo. Comme plusieurs précautions valent mieux qu'une, je me baladerai dans cette ville avec un chapeau aux bords suffisamment longs pour éviter que les caméras de surveillance qui pourraient me trahir (et toujours placées en hauteur, sur les réverbères en général) n'aient « accès » à mon faciès. Je complèterai avec de grosses lunettes de soleil et une écharpe.

En résumé, dans le pire des pires des cas, même s'ils trouvent depuis où et à quelle heure j'ai planifié les publications, ils ne parviendront pas à m'identifier. Et le temps qu'ils y parviennent s'ils y parviennent, je me serai déjà enfui, probablement vers l'Asie du sud-est, où je compte mener une vie frugale, éloignée des réseaux sociaux. Il sera donc très difficile de me repérer en cavale.

Je suis prêt à me couper de tout et de tous, j'ai mis de l'argent de côté en ce sens et prévenu ma famille de ma volonté de faire un tour du monde à pied avec mon sac à dos, en solo, en leur faisant croire que c'était là un véritable objectif, une passion profonde pour le voyage qui tout à coup, m'obsédait. Je fais exprès d'en parler depuis plusieurs mois à table pour que mon absence d'après attentat semble s'inscrire dans un projet cohérent, prévu de longue date et correspondant à l'envie de vivre une « aventure unique », et blablabli et blablabla…

Sur le papier, mon plan sonne juste.

Je regarderai la France brûler dans les flammes de l'enfer qu'elle mérite, en sirotant un lait de coco sur une plage vietnamienne, les doigts de pieds en éventail. Un repos du guerrier bien mérité, il me semble !

Naturellement, je le sais : cette vision est optimiste, et il est probable que je me fasse attraper un jour ou l'autre. Je ne peux pas croire qu'on puisse se rendre coupable d'un tel méfait en s'en sortant aussi bien. Mais pour garder le moral, je me dis que j'arriverai à m'en tirer sain et sauf sans passer par la case prison. Que j'aurai droit à une deuxième vie après cette vie de militantisme acharné.

À présent et comme je l'avais annoncé, faisons un peu les présentations, si vous le voulez bien.

Je m'appelle Lionel Richard et je suis Français. Mon nom de famille est dans le *top ten* des patronymes les plus répandus. Des centaines de Richard sont morts pendant la guerre de 14-18. Plus Français que moi, tu meurs.

En janvier dernier, j'ai eu 34 ans. Je les ai fêtés en mangeant des huîtres dans un restaurant bien au-dessus de mes moyens, puis en baisant une escort lettone qui autorise ses clients à lui faire des cunnilingus. Elles ne l'acceptent pas toutes. La plupart d'ailleurs, ne l'acceptent pas. Il se trouve que j'aime plus que tout lécher des vulves et des clitoris pendant de longues minutes. On va dire que c'est mon truc. La fille était belle, c'était fantastique, je ne le regrette pas du tout.

Quoi d'autre ?

Je suis sans emploi. Tous les petits boulots que j'ai faits après mes études ne me permettaient pas de mettre assez d'argent de côté. Je n'ai jamais fait que travailler pour dépenser le mois suivant ce que j'avais gagné le précédent. Aucun sens. Je m'en sors mieux au RSA, en réparant des ordinateurs à domicile et au black, *of course*.

Mon frère est plombier. Il est con comme un tuba mais il s'en est mieux sorti que moi dans la vie. Je suis méchant parce que c'est lui qui m'a permis de constituer le gros de ma clientèle. Chaque fois qu'il répare une chasse d'eau ou un cumulus, il donne ma carte perso et dit aux gens de me joindre si leur ordi se met à déconner. Et ça marche ! Disons qu'il me permet d'avoir 6 à 10 nouveaux clients par mois, environ. Avec l'alloc, ça se combine bien et je survis avec en moyenne 1200 balles. En province, ça suffit pour tenir le coup.

Réparateur d'ordi n'est pas un boulot plus bête qu'un autre. De temps en temps (c'est très rare, bien sûr, mais ça arrive), on se tape une cliente. Elle nous offre un café, puis deux, puis trois, et quasi inexplicablement, on finit dans son plumard. C'est marrant. La part romantique palpitant encore en moi se dit qu'un jour, en plus d'un plan cul, mon taf me permettra de tomber sur la bonne. Celle à qui je ferai des mômes. Mais ça n'est pas encore à l'ordre du jour.

Description physique, ça intéresse quelqu'un ?

Ok. Il me semble que je suis beau. Grand, cheveux courts et bien coiffés, châtains, yeux verts. J'essaie de m'entretenir un minimum. J'ai le nez un peu en trompette, je ressemble à l'acteur américain Kevin

Baiquonne, pour ceux qui s'en rappellent encore, et puis... et puis j'en resterai là. Il y a des sujets plus sérieux à traiter.

Je suis devenu nationaliste il y a quelques années.

Le sentiment est monté en moi peu à peu, puis s'est imposé dans un éclat de rage, après l'égorgement d'une jeune femme qui habitait à deux rues de chez moi. Je la connaissais un peu, elle était extrêmement gentille. Brillante, en plus, elle faisait des études de maths à la faculté. On se croisait souvent à la laverie en face de chez moi. Elle et moi, on s'envisageait, on se plaisait vraiment, l'affaire était sur de bons rails.

Fin de l'histoire, comme ça, plantée dans la carotide pour rien… si, parce qu'elle était Blanche. Ça m'a vacciné pour toujours de la propagande gauchiasse. J'ai explosé. Ma conclusion est restée la même depuis, je me la répète dans ma tête en me couchant le soir, et en me réveillant le matin : on ne peut pas vivre avec ces gens-là.

Les Noirs, les Arabes, les hindous, les orientaux…

Ils ne sont pas comme nous, ils sont branchés sur un autre canal. La communication est impossible entre des natures si éloignées.

Ces gars-là ont des siècles de retard sur nous en terme civilisationnel. Ça ne se rattrape pas en claquant des doigts ou parce qu'on le veut très fort. Ça ne se rattrape pas du tout quand certains en sont à un niveau d'aptitude au concept ou à la mémorisation des savoirs (qualités indispensables à la vie en ville) proche de zéro, et que les seuls métissages qui pourraient les aider à nous « rejoindre » dans l'excellence nous rabaisseraient nous dans le même temps. C'est une opération perdant/perdant pour les Français et les Françaises. Donc, non, je ne vois pas pourquoi on s'y soumettrait.

Un des grands chocs de ma vie fut la découverte des banlieues et de leur réalité raciale. Nous savons bien que les villes les plus peuplées et denses, sont entourées de villes périphériques pleines de logements sociaux, où se trouvent massivement des étrangers. Sur le papier, on le sait parfaitement. Mais entre le savoir et le voir, il y a un monde.

Les Blancs passent leur vie à trimer pour grimper l'échelle sociale et éviter d'habiter au milieu de cette savane épouvantable. Ce dont les gens n'ont pas conscience, et en particulier les vieux croûtons qui ont tendance à moins sortir de chez eux que nous, c'est de la quantité. La quantité de non-Blancs en France. Je le dis : la quantité d'Afro-musulmans chez nous est TERRIFIANTE.

On nous parle de quelques millions, d'une poignée en somme, et d'un chiffre qui stagnerait (ils font tous sept gosses, mais y'en aurait autant que dans les années 60, oui, oui, mes couilles…) enfin, c'est une blague ! Ils sont des dizaines de millions. Et leur nombre grandit chaque année de façon exponentielle.

Nous avions traversé une mauvaise passe en 3007 et en 3008, à la maison. Mon père avait perdu son boulot, je l'avais donc aidé à distribuer des publicités et des offres d'emplois en boîte aux lettres. C'est la seule entreprise qui a bien voulu engager mon *padré* quinquagénaire, et qui n'avait pas son Bac.

Nous étions chargés de distribuer ces papelards dans les barres HLM autour d'Orléans où ma famille habitait à l'époque. Des dizaines et des dizaines d'immeubles avec pas un seul nom français sur les boîtes.

ABED, LAIB, DEROUICHE, BAHLOUL, KARA, SERIDI, BENSALEM, BOUGUERRA, HAMANI, LOUCIF, BOUDIAF, SOUILAH, BOUMAIZA, HANNACHI, MEROUANI, TALEB, ABDELAZIZ, BOUAZIZ, KHALDI, BELAID, ZIANI, GUERFI, MAKHLOUFI, MERROUCHE, BOUAKAZ, DJABALLAH, DJILANI, GUESSAS, GUETTAF, ALIANE, BOUADJIMI, FELTANE, KECHACHA, MANALLAH, MESSAILI, REGGAD, REZIG, SABER, YAICI, ZEDIOUI, BOUCHOUL, BOUHADJA, BOUSNANE, CHARIM, HERMOUCHE…

L'horreur totale.

Mon père et moi, on rentrait de la distribution K.O. et chaque soir se terminait dans une plus grande tristesse que le précédent. Où qu'on aille bosser, il n'y avait que des non-Européens. Essentiellement des Maghrébins d'ailleurs. Lui et moi, on n'osait même pas en parler entre nous, tant le choc était énorme. On préférait ne pas le croire, rentrer en silence et manger un plat de pâtes en parlant sport pour ne pas voir la vérité en face.

Et encore, se rendre compte du nombre, c'est une chose.

Voir les attitudes méfiantes et les bouillonnements de haine envers nous, croiser les regards toxiques, sentir l'odeur fétide du sang de mouton qu'on égorge derrière une benne à ordures, quand c'est le jour de l'aïd… c'en est une autre.

Se balader en banlieue quand on a une tête de Français, c'est devenir acteur en temps réel d'un western, mais sans avoir le droit de porter un revolver pour défendre sa peau. En cité, les étrangers, c'est nous. Dès qu'ils nous voient approcher, ils se sentent acculés et montent en pression d'un seul coup, en s'imaginant qu'on est venus leur faire je ne sais trop quoi. Tout se passe comme si on entrait dans un *saloon*, sans en avoir demandé la permission au gérant. Les mecs arrêtent de jouer aux cartes et te matent de travers pendant une plombe. Impossible d'y échapper, vraiment.

Il suffit qu'une gamine nous voie arriver depuis son balcon, et elle prévient toute la smala que des nouveaux sont dans la place. On ne tarde plus ensuite à voir débouler les grands frères.

Quand ils pigent que vous n'êtes pas flics, ils se contentent de vous reluquer comme si vous étiez une flaque de vomi à qui Allah aurait miraculeusement octroyé le don d'existence. Leurs yeux n'expriment que de la colère sans cause et de la bêtise pure. Ce sont des animaux.

Parfois, ils vous demandent une clope ou, mettons, vous êtes en train de boire un soda, et ils vous demandent si vous n'en avez pas une gorgée pour eux. Si vous n'avez pas de clopes ni de canettes en stock ou, soyons fous, que vous n'avez pas envie de leur en donner une, parce que ce sont les vôtres et que c'est votre droit après tout, malheur à vous !

— Fils de pute. Nique ta mère, crevard…

Une fois, je m'étais oublié et j'avais enfilé un t-shirt arborant les couleurs du drapeau français en allant leur rendre visite. L'erreur à ne jamais commettre.

Je suis allé distribuer seul dans les mauvais quartiers (c'est-à-dire les quartiers arabes, parce que ça veut dire la même chose), mon père ayant chopé la grippe à ce moment-là. Il fallait écouler le stock de *Bonnes*

annonces avant le lendemain. J'ai distribué dans le quartier en portant un maillot vaguement patriote. C'était pas méchant, je le jure. Un coq bleu-blanc-rouge, près du cœur, en tout petit.
Ils m'ont d'abord jeté des œufs depuis les hauts étages. Ensuite, comme je ne comprenais toujours pas (que je devais partir, parce que ces enflures sont chez eux, hein !), ils sont passés aux pierres.
Ils me jetaient des cailloux, cachés derrière des buissons, perchés sur le toboggan des espaces verts, depuis leurs mobylettes, de partout, et ils le faisaient de toutes leurs forces. Pour me faire mal.
Je suis parti illico. Une pierre énorme qui aurait pu me tuer a cassé la vitre arrière de ma voiture. Je n'ai pas cherché à obtenir réparation, j'ai battu en retraite.

C'est normal en banlieue, tout ça. Des banalités. Le quotidien des Blancs tenus de cohabiter avec *la diversité*, joli mot du vocabulaire gauchiste pour dire « ennemis ».

Sauf que la banlieue, elle n'est pas dans un autre pays, elle est à deux pas des centres-villes. Ils sont là, tout près. À cinq minutes de marche de chez vous. Juste à côté de chez toi. CHEZ TOI.
On en voit traîner devant les gares, dans les fast-foods grecs qui n'ont rien de Grec, par bandes de trois ou quatre, de-ci, de-là. Ce n'est que la face émergée de l'iceberg.
C'est rien du tout, par rapport au nombre réel…

Les gens ne comprennent pas.
Plus on attend avant de changer la donne, plus leurs troupes grandissent à nos frais. Quand nous, nous cherchons à arrondir les angles, eux s'impatientent et n'attendent qu'une seule chose : que la guerre éclate.
Ils n'ont pas peur de crever. Ils veulent crever.

On dit que c'est le gouvernement, ou bien les nationalistes (je ne sais même pas si on est mille en tout, c'est une plaisanterie...), qui cherchent à envenimer les choses, mais tout ça, c'est de la foutaise.
Les Arabes de banlieue ne vivent que pour se battre et se confronter aux autres.

Vous êtes du genre à contempler un arbre plusieurs minutes, en vous satisfaisant du spectacle de ses branches qui tanguent au rythme d'un poétique vent d'automne, n'est-ce pas ?

Très bien. Tant mieux pour vous.

Les musulmans ont un projet beaucoup plus simple : vous tuer.

Vous ou les autres. Vous ET les autres. Tous ceux qui croisent leur chemin, en fait.

Quel que soit le pays où ils s'installent, l'hôte sera considéré comme le fautif unique en cas de problèmes. Le Blanc est responsable de l'ensemble de leurs échecs. Nous sommes coupables de leur nullité extravagante. Pour toujours, à jamais.

Ils ont émigré en Norvège. Ça se passe mal ? C'est la faute des Norvégiens. Ils les ont parqués dans des HLM (avec infrastructures modernes, écoles gratis, centres sportifs, aires de jeux pour enfants, crèches, mosquées), c'est inhumain, on a raté leur intégration. Eux, ils n'avaient pourtant rien fait de mal. Le coran est un livre de paix.

Ils ont émigré en Angleterre. Ça se passe mal ? C'est la faute des Anglais. Ils les ont parqués dans des HLM (avec infrastructures modernes, écoles gratis, centres sportifs, aires de jeux pour enfants, crèches, mosquées), c'est inhumain, on a raté leur intégration. Eux, ils n'avaient pourtant rien fait de mal. Le coran est un livre de paix.

Ils ont émigré en Belgique. Ça se passe mal ? C'est la faute des Belges. Ils les ont parqués dans des HLM, etc.

Les Blancs ne veulent pas le comprendre.

Ils n'ont pas d'armes, ils n'ont pas de haine. Les Français sont gentils. Tragiquement et irréversiblement gentils.

Eux, ils sont armés jusqu'aux dents. Armes blanches, armes à feu, tout ce que vous voudrez. Et ils sont textuellement autorisés par leur livre saint – le seul qu'ils lisent, ils n'en lisent qu'un et ils le lisent tout le temps – à vous considérer comme des non-humains.

Alors, comment on fait ?

Il n'y a qu'au cinéma que l'amour l'emporte sur la haine.

Dans le vrai monde, la haine l'emporte sur l'amour, car la haine tue.

L'amour consomme et consume.

La haine entretient.

Les Taties Danielle atrabilaires vivent centenaires. Les hommes à cœur de libellule se flinguent à mi-parcours, quand ils comprennent que le monde est méchant.
Il va falloir s'endurcir un peu, les cocos.

Le plus drôle est que je pense que si un conflit éclatait au grand jour entre les indigènes européens et les étrangers, nous le gagnerions avec une facilité déconcertante.
Il y a une constante d'airain : c'est toujours le plus intelligent qui gagne une guerre.
Vous allez me dire que les Aryens allemands l'ont eu dans le baba, dans le temps. Cas particulier : faire front à un contre le reste de l'univers, c'est un peu difficile.
Les Français gagneraient la guerre si seulement ils comprenaient une fois pour toute qu'elle a… déjà commencé. Que de l'autre côté, ils comptent les batailles remportées. *Charly*, Bacatlan, Nice. Pour eux, ce sont des victoires. S'ils prennent le pouvoir en France, ils célèbreront ces drames pour nous, comme des moments de gloire inoubliables pour eux. Parce que de leur point de vue, ce sont des victoires. Le 13 novembre, ils en feront un jour férié, vous verrez…
Allez, je continuerai la rédaction de mon journal demain ! Après un examen médical rapide (pourvu que je n'aie rien), j'irai faire un tour dans les Pyrénées en voiture. J'aime voir défiler les paysages de montagne. La montagne, c'est un hobby de Blanc. Les métèques ne peuvent pas comprendre.

Quel jour sommes-nous, déjà ?
6 mars, oui. 6 mars de l'an de crasse 3017…
Bien sûr, j'aurais préféré vivre à l'époque de Marco Polo et Christophe Colomb. Connaître l'aventure et la fierté de l'expansion, plutôt que le stress de la survie immédiate.
Mais il faut bien vivre avec son temps.

Aujourd'hui, on ne crève plus d'une otite ou d'une colique comme au Moyen Âge. Mais on peut y passer parce qu'on a refusé de donner une clope à un Algérien mal luné.

Tous les âges historiques proposent leurs lots de défis à relever, je suppose. C'est vrai qu'on a connu des défis plus motivants.

Quand j'étais gamin, je me disais qu'à 40, 45 ans, j'enfilerai un costume de spationaute pour explorer Neptune et découvrir l'univers d'étoile en étoile, au mépris de tous les dangers.

Non.

Il s'agira « seulement » de sauver mes gosses de la crétinerie et de la cruauté de Mokhtar ou Mamadou. Vie de merde.

Bon.

Il me reste à peine plus d'un mois pour devenir un héros nationaliste et entrer dans la légende.

Je vais le faire. Je vais le faire, JE VAIS LE FAIRE !

JE VAIS LE FAIRE.

Jeudi 9 mars 3017.

Aujourd'hui j'ai rendez-vous chez un gastro-entérologue. Le docteur Rossignolo. Son nom m'a fait rire et j'ai aimé sa bouille rassurante que j'ai trouvée en capture d'écran sur un forum d'hypocondriaque. Les hypocondriaques sont les plus renseignés, ils se tiennent au courant de tout et ils sont de bon conseil quand vous avez l'impression qu'un truc cloche dans votre corps et que vous leur en parlez. Ils savent comment soigner des maladies qu'ils n'ont pas encore ou qu'ils n'auront peut-être jamais. C'est absurde mais utile, dans certains cas.

Je ne suis pas particulièrement thanatophobe. Tout le monde doit bien mourir un jour. Mais je sais qu'un certain nombre de maladies disparues ont refait surface avec la vague d'immigration qu'on se mange en pleine poire depuis quelques années. Ces pédés de socialistes vont les chercher dans des pays d'Afrique dont personne n'a jamais entendu parler. Les gars débarquent ici avec des bactéries qui datent du Jurassique.

Dans l'ensemble, ma santé me préoccupe, parce que j'aurai besoin d'être en pleine possession de mes moyens le jour J. Il n'y aura pas de seconde chance, c'est évident.

Or, depuis un certain temps, j'ai de grosses douleurs dans le haut du ventre. Comme l'impression d'avoir un bébé alien qui pousse au milieu des boyaux. Surtout après avoir mangé. Mon bide gonfle et je fais des gaz malodorants le reste de la journée. Évidemment, le stress quant à la réussite de mon opération doit affecter mon système nerveux et mes organes internes en ricochet. J'impute aussi la responsabilité de ces douleurs à mon mode de vie récent, je l'ai expliqué déjà : déglingue, mauvaise nutrition, sommeil à des heures improbables, un cocktail qui fait vieillir avant l'heure...

Tout de même, je reste inquiet.

Je ne voudrais pas, au moment où les Français apprendront (car tout finit par se savoir) que je suis derrière la mort de Perlod, qu'on dise que j'ai agi parce que j'étais mourant et que je n'avais plus rien à perdre.

Je veux qu'on écrive dans les livres d'Histoire que c'était l'œuvre d'un homme engagé, courageux et sûr de la noblesse de sa cause. C'est très important à mes yeux.

Comme tout le monde, je crois, j'ai peur des cancers. Cette fin de contrat avec l'existence qui arrive tout à coup et qu'on ne peut jamais négocier, moi, ça me fout en l'air. C'est une banalité à dire, mais je préfèrerais disparaître au cœur de la nuit, pendant un rêve, sans m'en apercevoir… Peu de gens ont cette chance, finalement.

Il y a eu quelques cancers du ventre dans ma famille. Je ne peux pas faire semblant de ne pas m'en rappeler.

D'ailleurs, on ne dit pas « du ventre », il n'y a que les enfants qui le disent comme ça. C'étaient des cancers de l'anus, du côlon et de l'estomac. Trois cancers de l'estomac en tout si je me souviens bien. Je dois probablement avoir moi aussi le gène qui merdouille et qui fait crever du cancer de l'estomac. Comme là, depuis le début du mois, j'ai des sensations de brûlures à cet endroit, je me fais tout un film à l'avance.

Je m'étais renseigné sur internet un bon moment à propos des tumeurs à l'estomac. Après qu'un troisième membre de la famille meurt du même truc, tu commences à te poser des questions. T'as les dents qui claquent, et pas de froid ! Tout à coup, ça t'intéresse énormément, la médecine. Sur le web, c'est sûr qu'en terme d'informations, on ne trouve pratiquement quc des conneries, mais là, les renseignements sur cette maladie se recoupaient tous à peu près bien, y compris sur les sites anglophones.

Il s'avère que les cancers de l'estomac sont intrinsèquement liés à une bactérie, *Helicobacter pylori*, qui se trouve justement dans l'estomac et qui, à l'instant où elle décide de danser la farandole, se transforme en machine de mort pure et simple. En lisant un certain nombre d'articles sur le sujet, on finit par comprendre que si on n'a pas, ou si on se fait enlever cette bactérie à temps, on ne peut pas « contracter » (je sais que le mot n'est pas adéquat mais je n'en trouve pas d'autres dans l'immédiat) le cancer de l'estomac.

Autrement dit, pas d'*Helicobacter pylori*, pas de cancer de l'estomac. Cette bactérie est très facile à éradiquer à l'aide d'antibiotiques, mais encore faut-il qu'on la cherche dans votre corps. Vous le saviez, vous ?

Moi, je ne le savais pas. Je l'ai appris à force de recherches.
Il y a plein de choses qu'on ne sait pas.
Des choses très importantes. La réussite est moins liée à l'acharnement et au sérieux dans l'effort (même si ce sont des conditions de réussite non-négligeables) qu'à la connaissance des liens entre causes et conséquences. Savoir où il faut être et quand, connaître les bons tuyaux, prendre le train en marche…

Par exemple, j'avais lu une étude statistique qui montrait que les enfants qui réussissaient le mieux professionnellement étaient les fils et les filles d'enseignants. Parce qu'en général, les profs qui passent leur temps au lycée et à l'université, savent mieux que les autres parents vers quelles filières orienter leurs mômes. Ils savent où est l'avenir, et dans quoi on trouvera demain des emplois qui rapportent.
Alors que toi, tu es un pauvre con, fils de caissière à *Carrouf'*, c'est-à-dire un fils de rien (socialement, j'entends), et tu vas après le Bac où le vent de ton adolescence t'emmène. Nulle part, donc.
De mon côté, le hasard des vents m'a fait atterrir en sociologie. Ne riez pas, c'est sérieux. J'y croyais, moi, au système. Je croyais qu'en allant en sociologie, je ferais de la sociologie, et qu'à la fin, je deviendrais sociologue.
Bon… maintenant vous pouvez rire.
Le moindre têtard insignifiant qui a choisi une école de commerce – je pense à des anciens camarades de collège qui brillaient pourtant par leur inintelligence – a fini plus haut que moi dans l'échelle sociale et dans la course aux biftons. Les soins médicaux, les bonnes femmes, les métiers... tout ça répond à une seule logique, celle qui consiste à connaître les tendances. À *savoir*.

Exemple : si vous n'avez pas compris comment fonctionnent les femmes d'aujourd'hui, vous n'en baiserez jamais une seule. Je dis bien, pas une seule. Jusqu'à mes 22 ans, je ne pigeais pas le truc. Aucun mentor ne m'a expliqué comment faire, alors j'ai parcouru pendant des jours et des nuits le profil de toutes les gonzesses présentes dans ma ville sur *adopteungars.com*. Un site de rencontres bien connu. Gratuit, quand je traînais dessus autrefois.

J'ai comparé toutes les descriptions, les goûts culturels, les photos, etc. Je suis arrivé à un profil type d'homme recherché. Après quoi, à chaque rendez-vous, j'essayais d'incarner ce personnage-là. Ça a marché dès le premier rdv. Du tonnerre même ! En un trimestre de faculté, je me suis tapé quinze nanas. Quinze !!! D'un coup d'un seul, je *savais* comment faire et j'ai rattrapé le temps perdu. C'était dément.

Il y aurait moins de malheur sur Terre et chez les hommes, si ceux qui *savent* offraient leur savoir gratuitement aux générations suivantes, qui, elles, ne *savent* pas encore.

Mais les sachants font en général dans la rétention d'informations. Ils sont bien contents d'être les seuls à savoir et de flotter au-dessus des mecs lambda qui, eux, ne sont jamais au courant de rien.

J'ai remarqué qu'il n'y a que chez les Européens que la concurrence entre individus passe avant la solidarité tribale. On ne fonctionnait pas comme ça avant. On a mis le pied sur la gueule du monde en fonctionnant justement avec un système de transmission communautaire du savoir. *Ceux qui savaient* enseignaient par sens du devoir à *ceux qui ne savaient pas encore*. Rome est née de cette façon. Athènes aussi.

Puis, peu à peu, on s'est tous tournés vers notre nombril, en gardant nos meilleurs plans jalousement, rien que pour nous...

Vous prenez un groupe de dix musulmans, dans un quartier donné, en France métropolitaine. Vous pouvez être certains que dès qu'un des dix va tomber sur une bonne affaire (jobs, fringues pas chères, reventes d'objets divers, gonzesses faciles à piner), il mettra au courant les neuf autres. Ils s'aident, bordel, c'est simple. À la vie, à la mort ! C'est comme ça que ça marche !!!

Chez les Blancs et même entre potes (surtout entre potes, je dirais) ça reste toujours dans le concours de zigounettes et la dissimulation d'informations essentielles, infos qui pourraient aider le Blanc d'en face à se construire une meilleure vie. C'est le contraire de l'entraide sociale et raciale, on ne peut pas faire pire, vraiment. Je peux vous assurer que j'ai rencontré des tas de Français qui préfèrent voir *Amadou le Sénégalais* prospérer avec sa marmaille du Burkina, plutôt que de filer le moindre coup de main au bon Français de la rue d'à côté.

C'est désespérant.

En fait, les Français non-nationalistes agissent comme si les immigrés étaient des invalides. Ils les considèrent si peu en tant qu'adversaires potentiels (c'est ce que j'appelle le mépris de gauche) qu'ils sont sympas avec eux comme on peut l'être avec un gosse attardé. En même temps, cette analyse ne manque pas complètement de sens…

Vous saviez que le QI moyen des habitants de la Guinée équatoriale est inférieur à celui d'un trisomique Français ?

On recommence : un Africain noir lambda est souvent moins intelligent qu'un trisomique Blanc.

Je crois que l'information n'a pas été bien comprise… en gros, si tu envoies une armée de mongoliens d'Europe en Guinée équatoriale, en quelques mois, ils prennent le contrôle du pays. Pour les Guinéens, un mongolo Français, c'est un genre de surhomme nietzschéen. Ils se prosterneraient devant lui en remuant du popotin – très heureux et on les comprend – si on leur en présentait un avec un beau costume trois pièces.

Gardez à l'esprit, chères mères et filles d'Europe, quand le sort a voulu que vous donniez naissance à un trisomique 21, que si cet enfant en a la volonté un jour, il pourrait bien devenir le président de la Guinée équatoriale. Bref, tant qu'il y a de la vie blanche, y'a de l'espoir !

J'attends toujours chez le docteur Rossignolo, j'attends de savoir si j'ai cette punaise de bactérie dans l'estomac et si je vais bientôt en crever. Comme en est mort Jean-Luc Delagrue. Je me souviens que sa mort surprenante m'avait un peu secoué. Je m'étais dit : « Les stars de la télé meurent aussi. Comme tout le monde ». Je ne sais pas pourquoi, mais cette idée me trouble. Delagrue ne devait pas être au courant de l'existence de cette bactérie cancérigène qui hiberne des décennies dans l'estomac avant d'éclore. Sinon, il l'aurait fait enlever en moins de deux. Encore un qui est mort parce qu'il ne *savait pas*.

Je regarde le plafond en espérant que le médecin me fasse vite passer, et en songeant au pauvre Delagrue qui se croyait sans doute immortel. Converti à l'islam pathétiquement, le gars, deux minutes avant que le générique de fin ne défile devant ses yeux. Foutaises…

Il fait très chaud dans la salle d'attente. La compagnie des deux vieilles dames muettes et antipathiques qui s'y trouvent avec moi ne me réjouit en aucune manière.

Il y en a une qui fait des mots croisés, et l'autre qui lit un roman à l'eau de rose. Titre : *C'est lui, le désir de mon être.*

Oh, putain de merde.

On nous dit que les Allemands brûlaient des bibliothèques entières à la belle époque. Moi, je pose la question : quelles bibliothèques ? Si les Schleus ont cramé les bouquins de la collection dont est issu *C'est lui, le désir de mon être*, est-ce que c'est vraiment grave, tout compte fait ?

Oh, ça va, je rigole !

Vous devriez les voir, ces gorgones. Calmes et sereines comme des anges, avec leur roman d'amour, leur magazine à la main et leurs lunettes de presbytes ravies. La tête dans les étoiles ! Elles sont nées en 45, en 50 ou en 55. Elles ont eu une vie de rêve. Elles se sont repouponnées après Woodstock et mai 68 pour ressembler à des mamans respectables, la chatte encore pleine du foutre des « rebelles » qui, dans la foulée de leurs révolutions de branleurs bourges, sont tous devenus banquiers, profs ou conseillers régionaux.

Savent-elles que la France en 3017 compte à peu près vingt millions de musulmans sunnites prêts à nous trouer le cuir au moindre pet de traviole, et que tout ça, c'est de leur faute à elles ? Que c'est à cause de leur vote et de leur égoïsme meurtrier, toute cette chienlit ?

Ce que je peux les détester.

Elles ont le pognon, elles n'en font rien ou quand elles s'en séparent, c'est pour faire des dons humanitaires vers la Bolivie ou le Mozambique. Aux enfants défavorisés, vous voyez. Elles votent mal parce qu'elles n'ont aucune culture politique. Elles grognent à la caisse des supermarchés quand on oublie de les faire passer devant, alors qu'elles ont la journée devant elles. Et elles ne claquent jamais, surtout. C'est terrible ! On dirait que l'espérance de vie des hommes stagne à 70 ans, pendant que celle des femmes est montée à 200. Leur existence nocive s'allonge dans le temps vers + l'infini, et elles votent jusqu'à leur dernier souffle, Socialistes ou Républicains comme des grosses connasses. Cette fois, elles se projettent toutes dans la vie de Brigitte et se disent qu'elles aussi, elles auraient pu être la compagne d'Emmanuel Maçon. Elles vont voter pour lui en masse parce que leur vagin décati leur commande de le faire.

Ce sont elles, aussi, que je veux réveiller avec l'assassinat de Perlod. Qu'elles se disent au moins une fois avant de passer de l'autre côté : «Ah ouais, quand même, la France est dans le pétrin».

Il y a une anecdote si terrible à propos de la laideur morale des femmes âgées que j'ose à peine la raconter. Mais je vais le faire, car seule compte la vérité nue. On doit le savoir. On doit tout savoir.

Je faisais mes courses à *Prizunic*, un matin d'été. Ça devait être en 3004. *Prizunic*, oui, à l'époque la chaîne de magasins s'appelait encore comme ça.

J'y faisais la queue à la seule caisse ouverte. Devant moi, une momie de 90 balais. Nous attendions tous deux que les clients la précédant, une famille nombreuse, finissent de payer.

Au loin, j'ai vu un jeune homme dans un rayon, la vingtaine fébrile, qui regardait autour de lui avec un air soucieux. L'air du type qui s'apprête à faire un sale coup. De fait, une fraction de seconde après m'être dit ça, je l'ai vu voler un paquet de pâtes. Puis, dans une poche intérieure de sa veste, il a glissé une boîte de sauce au Pesto. Je m'étais dit : « Merde, le pauvre... obligé de voler des pâtes ». Mais la dame de la file d'attente, qui l'avait pris elle aussi en flagrant délit, n'avait pas eu la même miséricorde.

Attention, je vais maintenant être grossier. Cette PUTAIN DE VIEILLE SALOPE au teint gris cadavre s'était sentie obligée de prévenir le surveillant, au moment où le jeune avait essayé de passer par le portique des sorties sans achat. Elle n'avait pas pu s'empêcher de faire le mal, ça avait été plus fort qu'elle. J'ai bien cru en mourir de haine.

De voir le surveillant black d'un quintal aller « gronder » un Blanc de mon âge, petit gringalet contraint au vol d'un misérable paquet de *Tortellini* pour ne pas crever la dalle, tout ça à cause de la méchanceté d'une vieille bique censée appartenir au même peuple que nous, une Française comme nous l'étions nous-mêmes, Français... ces éléments tous réunis m'avaient mis le cerveau complètement à l'envers.

Quelle épouvantable garce.

L'agent de sécurité lui a bien sûr fait la leçon, comme quoi ce n'est pas bien de voler et tout le tralala. Je le vois encore jouir de son pouvoir pathétique de vigile à *Prizunic* centre.
Mettez un uniforme à un négro et ça y est, c'est Hollywood, le gars ne se sent plus pisser. Il décolle en orbite interstellaire.

— Alors maintenant, soit tu paies, soit quelqu'un paie pour toi, soit on appelle la Police, y'a pas le choix... avait bredouillé l'agent de sécurité dans ce français nègre si caractéristique qu'ils ont tous, et dont on comprend un mot sur deux avec difficulté.
— J'ai rien sur moi. J'ai pas une thune.

J'avais regardé la vieille qui, à présent, s'en voulait un peu ; je l'avais regardé en essayant de lui jeter un mauvais sort. Je lui avais souhaité d'avoir le cancer bientôt, et d'en souffrir énormément. Avant de mourir seule. Une sanction divine bien méritée à mon avis. J'espère que ma prière a été entendue.
Je me suis avancé vers l'agent de sécurité avec un billet de 10 euros.

— Je paie pour lui. Allez.

On n'humilie jamais assez le Blanc au goût de l'Africain revanchard comme l'était celui de ce Prizunic.
Il ne pouvait pas s'empêcher d'enfoncer le clou. En parlant au jeune homme, coupable d'avoir faim, il disait :

— Tu as de la chance, aujourd'hui. Le monsieur il rattrape tes bêtises.
— Et le monsieur le fait de bon cœur, avais-je rétorqué en jetant également un sort à Mister T.
— Merci, désolé, je le referai plus...

Le jeune avait chuchoté sa dernière phrase, en s'éloignant la queue entre les jambes, tout honteux.

S'il existe un paradis, vous croyez que la vieille peau qui l'a dénoncé y aura droit ? Moi, je ne crois pas.

Que tu balances un mec qui vole du caviar et du bon vin, pourquoi pas. Mais un mec qui vole des pâtes est au bout de sa vie, clairement. Le balancer, c'est comme de tirer sur une ambulance qui transporte des enfants mourants. Quand un nécessiteux comme celui-là te ressemble, c'est encore pire.

Ça aurait pu être le petit-fils de cette femme-là, la chair de sa chair, et c'était à tout le moins un compatriote, mais elle ne paraissait pas en avoir conscience.

Tout l'effondrement du pays est résumé par cette anecdote.

Comment une femme peut à ce point se détacher de son instinct maternel et de toute compassion, pour jeter l'opprobre sur un fils de France qui n'a pas le sou ? Où est passé le cœur de ces abjectes pouffiasses ? En ont-elles encore un ?

Toujours pas mon tour de consulter. J'attends encore chez le docteur en écrivant ces lignes.

Vous savez, je tiens ce petit journal pour m'encourager à l'effort quotidien. Écrire sur le sujet est comme une promesse à moi-même renouvelée tous les jours. À chaque fois que j'y pense et que je l'écris, je rappelle à ma conscience que j'ai pris un engagement solennel et qu'on ne se trouve plus dans le domaine de l'idée, mais bien dans celui du réel.

L'écriture au stylo rend le futur tangible à l'esprit.

C'est aussi une question d'orgueil. Je l'écris pour moi, pas pour vous. Je sais qu'il me plaira de le lire, si mon plan aboutit. Que je serai fier, alors, de relire chaque ligne et de voir par quelle gamme d'émotions j'ai pu en passer avant de toucher au but.

Enfin, c'est aussi une question de sécurité élémentaire. Comme je traîne sur des forums nationalistes et que j'y balance des gros scuds de temps en temps (sous pseudo, OK), je crains une descente policière et une perquisition à tout moment. Peut-être même qu'ils peuvent lire les fichiers à distance quand ils se penchent sur un mec en particulier. Hors de question de révéler tout mon plan dans un document texte relié à mon Drive en ligne. C'est du suicide. Le pire serait de me faire prendre avant d'avoir pu passer à l'acte. J'en mourrais de honte, je pense.

Ce n'est pas prudent de tout mettre sur papier non plus, certes. Il suffirait que j'oublie mon carnet quelque part (et je suis ce genre de personne), qu'on me vole mon sac à dos dans lequel je le transporte, ou que je me fasse cambrioler quand il est à la maison – cambriolages qui arrivent beaucoup plus souvent que ce qu'on croit dans le sud de la France, où je suis revenu après mon escapade parisienne…

Le Sud, c'est bien simple, c'est le Maghreb.

Tous les « sudistes » ont adapté leur vie au changement de peuple dont personne n'a le droit de parler, mais auquel chacun s'adapte pourtant déjà. Les jeunes filles ne sortent plus seules ni en jupes à partir de 22 heures. C'est le couvre-feu. Les commerçants Français commencent à fermer pendant le ramadan pour ne pas que leur devanture se fasse exploser. Il ne faut pas énerver les nouveaux autochtones, ni leur faire l'affront de vendre de la saucisse pendant qu'eux se retiennent de becter. En quoi ça nous concerne, bordel ?

Quand on a un accident de bagnole avec des bougnes en face, alors là, c'est carrément un cauchemar éveillé : ils ne veulent jamais signer le constat quand ils sont fautifs. Et ils sont tout le temps fautifs. Ils roulent comme des assassins. Heureusement qu'ils ne boivent pas, parce qu'ils conduisent comme des ivrognes alors qu'ils carburent à l'eau et au thé vert toute la journée. En cas de carton, si tu insistes pour avoir gain de cause, ils appellent toute leur bande de frangins et tu finis en marmelade. C'est arrivé à un bon copain. Il avait essayé de négocier avec le bicot, quelle ambition ! Les bicots n'ont jamais tort. Ils ont beaucoup souffert pendant la guerre d'Algérie.

Donc mon pote voulait son constat à l'amiable, il en démordait pas, le con. Un SMS plus tard du bique et douze mecs à lui sont arrivés en renfort. Mon pote a essayé de rester digne. Il a sorti aux douze biques, sans se démonter :

— Mais c'est lui qui m'a fait une queue de poisson !

Qu'est-ce qu'il avait pas dit… Comme si les bougnes allaient être pris d'un sens de la justice inédit. Qu'ils allaient fondre en larmes et s'excuser d'agir comme les enflures qu'ils sont.

Le reste s'imagine aisément.

— Quoi, c'est lui qui quoi ? Tu parles de mon frère, c'est ça, chef ?...

Tu penses. Ils me l'ont massacré. Quelque chose de correct.

10 jours d'ITT. Les flics n'ont jamais retrouvé les agresseurs. Même avec le numéro de plaque qu'on leur a fourni.

Bref, bref, bref !

Je décrirai pas à pas la préparation de mon attaque dans ce journal de bord. Je ne peux en parler à personne, alors, il m'a semblé nécessaire de me parler à moi-même par écrit, pour ne pas devenir complètement zinzin.

Je me rappelle avoir vu un film où un mec avait réalisé le crime parfait. Mais il avait résumé l'entièreté de son plan sur un bloc-notes, et les flics ont trouvé le bloc-notes chez lui sans avoir à fouiller très longtemps, quand ils ont commencé à le soupçonner. C'est ballot, hein… tâchons de ne pas reproduire la même erreur. J'irai le scotcher sous ma roue de secours après chaque session d'écriture. Je le ferai dès aujourd'hui.

J'entends de toute façon le patient d'avant moi, qui se rhabille et remercie le doc' chaleureusement. Ce sera bientôt mon tour.

Si la France se relève après l'attentat contre Perlod, dans quelques années, je révèlerai mon identité et ferai éditer ce carnet de notes. Si et seulement si la France se relève…

Ça y est, Rossignolo sort de son bureau et me demande de le suivre.

— Monsieur Richard ?

Oui, c'est moi. Tu ne le sais pas encore, Rossignolo, mais le père Richard que tu t'apprêtes à ausculter sera bientôt un héros.

Pas de cancer à l'horizon, apparemment.

Le doc m'a fait faire une prise de sang et j'ai dû souffler dans un tube après avoir avalé une espèce de potion : tous les compteurs sont au vert, les résultats disent que je suis négatif pour la bactérie. La tuyauterie reste en bon état et ma carcasse tient le coup. Ce n'est que du stress. Je suis dans la force de l'âge. Aucune raison de ne pas agir.

Pourtant, voilà plus d'une semaine que je n'ai pas avancé dans mes préparatifs. On est le 14 mars 3017. Cette vie ignoble défile vraiment à vitesse accélérée et…

… non.

Oublions ce que je viens d'écrire… C'est du mensonge. J'esquive le vrai problème. Parce que c'est moi, le vrai problème. Moi, ma torpeur, mes idées obsédantes et ma tendance morbide à tout remettre au lendemain.

Je recommence.

14 mars 3017. Je stagne sans réel motif depuis près d'une semaine et je commence à douter de ma capacité à agir.

Un sentiment de honte me saisit chaque matin au réveil. Ces dix derniers jours, je ne sais même pas dans quoi ils sont passés…

Enfin, je le sais, mais je ne comprends pas qu'on puisse perdre 10 jours de cette manière. Visionnage de séries américaines, masturbation sur plusieurs sites porno, errances nocturnes bouteille de pinard à la main, tout en ressassant mon adolescence et mes années à la fac… Même quand on a eu un passé sans éclat, voire ennuyeux, on a tendance à s'en souvenir avec nostalgie. Simplement parce que ces moments-là sont passés. La vie humaine est tragiquement courte, et ce n'est qu'en entrant dans ma trentième année que je l'ai réalisé. On ne se dit jamais à 22 ans, qu'on aura 22 ans une seule fois au cours de notre existence, et qu'il faut donc savourer chaque instant avec délectation. Parce que les retours dans le passé sont impossibles, que les regrets nous hantent peu à peu et nous pourrissent de l'intérieur.

Je sais que je ne devrais pas me faire toutes ces réflexions, compte tenu du travail à effectuer pour remettre le pays d'aplomb. Que valent ma vie et mon bonheur, quand on compare leur importance au destin d'un peuple entier ?

Je le sais : je ne suis pas à la hauteur de mon ambition.

C'est une évidence. Le plan est génial mais je ne suis pas à la hauteur de l'excellence de ce plan. Je ne connais aucun exécutant potentiel qui soit susceptible de s'y coller à ma place. Je n'ai pas les moyens d'engager un tueur à gages pour faire le boulot mieux que moi. Où est-ce qu'on trouve des tueurs à gages, au fait, dans l'annuaire ? Je me pose cette question. Il en existe vraiment, en France ou ailleurs, ou le tueur à gages n'est qu'une figure de cinéma mythologique ? C'est bien joli d'avoir des idées, mais si on ne se donne pas les moyens de les concrétiser, elles restent de vaines productions de l'esprit qui tournent en rond dans le ciboulot. Et moi, je ne veux pas être un romancier qui s'invente une vie de combattant, je veux devenir un vrai combattant.

Pour ne pas s'enfermer dans des fantasmes et dans la fiction adolescente, il faudrait pouvoir se vacciner à jamais de la mélancolie et des vagues à l'âme qui flétrissent notre volonté de puissance. Les vagues à l'âme sont utiles quand on se fixe pour objectif de devenir poète. Mais l'époque n'a pas besoin de poètes, elle a besoin de soldats. Dans un autre siècle, j'aurais pu me laisser aller à une vie de bohème, sans m'inquiéter de la politique et du monde des hommes m'environnant.

Seulement, je ne suis pas né en 1624 ; je suis né dans une France occupée par les Africains, les sémites (du bas et du haut), et les pires traîtres à la Nation qu'on puisse concevoir.

Si l'opération Jean-Pierre Perlod fonctionne comme je pense qu'elle fonctionnera, je pourrais, un peu plus tard, après la guerre, peut-être, mener cette vie nonchalante et heureuse, faite de lectures, de bons vins et de jeux de cuisses avec des femmes légères. L'existence est brève, mais on peut en vivre plusieurs à la suite avant la fin de notre temps.

Donc.

Rien à retenir de ces derniers jours ou presque ; rien d'intéressant à noter dans le carnet non plus.

Une grande déprime m'a envahi pendant tout le week-end. Je déteste me sentir aussi faible. Voir et sentir la faiblesse chez autrui m'a toujours agacé. Quand je décèle cette faiblesse en moi-même, c'est encore pire.

Fasciste, je l'étais avant même de savoir ce que le mot « fasciste » signifie. Quand je suis différent (c'est-à-dire imparfait) de ce que mon moi fasciste me commande d'être, je ressens un dégoût envers ma personne qu'il est presque impossible de décrire par des mots. Au mieux, je peux vous en donner une idée vague en vous disant qu'il m'est extrêmement difficile, en ces instants-là, de croiser mon reflet dans une glace. Cette expression qu'on emploie souvent à tort et à travers, « comment peux-tu te regarder dans une glace ?... », fait sens pour moi. Quand je sombre dans l'indolence et la procrastination, que la peur d'entreprendre et d'échouer me paralyse, je n'ose même plus me regarder dans un miroir. À chaque fois, c'est comme des coups de poignard qui jaillissent dans mes reins et me mettent au supplice. Je sais que je ne fais pas ce qu'il faut pour me hisser à la hauteur de l'idée que je me fais de moi, et je me dis que je ne mérite pas d'être qui je suis. Que la Nature aurait dû me faire naître laid, repoussant, avec un pied bot, nain ou hermaphrodite. Drôle d'impression.

Avoir le spleen, par exemple, d'une Europe dont nous étions les maîtres incontestés et que nous, jeunes Français, n'avons pas eu la chance de connaître, est quasiment le critère de sélection numéro 1 pour se fondre dans le décor des petits groupes nationalistes du milieu faf (faf étant l'acronyme de l'expression : *France Aux Français*). C'est pour ça que je les ai tous quittés. La morosité de leur tempérament, liée au fait que la plupart des références historiques et culturelles de leurs chefs sont d'un âge révolu, les prédestine à vivre dans le regret et l'amertume continuelle, et les condamne surtout en tant que militant à une posture de martyr. Ça, c'est encore dans le meilleur des cas. Le pire étant celui de l'anonyme passif qui commente avec cynisme la chute de notre civilisation sur des forums internet, et sur un ton complaisant et vaniteux.

Fantôme ou martyr, que choisir ? Le dilemme est cornélien pour la jeunesse blanche…

Par exemple, je ne comprends pas pourquoi les révisionnistes insistent tant dans leurs recherches qui les tuent socialement et mettent en danger leur vie. Personne ne peut avoir de compassion ni de sympathie envers quelqu'un qui s'épanouit en jouant le rôle du salopard. On dirait que les révisos ont une jouissance masochiste à créer des éléments biographiques qui, lorsqu'on les relèvera après leur mort, nous montreront l'étendue de leur sacrifice. Pourquoi Robert Fauxgrison ne s'est-il jamais expatrié, notamment aux Etats-Unis où il aurait pu continuer son travail tranquillement en le diffusant en français (via internet), plutôt que de gâcher la vie de sa femme et de ses enfants en restant dans notre pays de dingues ? Pourquoi choisir la souffrance sciemment, plutôt que le combat rationnel et sécurisé ?

Je ne veux pas être un martyr, je veux être un tortionnaire.

Je vous le dis.

L'Histoire est écrite par les vainqueurs, l'adage est connu et on ne peut plus vrai. À quoi sert donc de chercher à la réécrire avant d'avoir pris nous-mêmes les rênes du pouvoir ? C'est vouloir remonter vers les sommets à contre-courant, comme le font les saumons. Encore une dépense d'énergie mal orientée.

Toujours est-il qu'il me reste 40 jours avant le dimanche du premier tour.

Je me suis à nouveau juré que je suivrai mon programme d'entraînement dès 9h30 le matin, après le petit-déjeuner. J'avais à disposition quelques cigarettes retrouvées dans un paquet sous l'évier de la cuisine, je les ai fumées, et j'ai éteint la dernière sur le haut de mon torse, juste à la base de mon cou. Je ne sais pas trop ce qui m'a pris. La douleur a été beaucoup plus vive à cet endroit. J'ai crié si fort que j'en ai quasiment perdu la voix. Après avoir crié, j'ai pleuré à chaudes larmes. Ça a duré, je ne sais pas, une vingtaine de minutes peut-être.

Il y a des crises de pleurs qui font du bien, d'autres qui rendent encore plus amorphes qu'on ne l'était avant de se laisser aller à l'émotion. Celle-là m'a fait du bien. Je me sens comme soulagé d'un poids, vidangé, et depuis, j'ai envie de reprendre mon destin en main.

J'écris ici pour établir mon programme de la semaine à venir.

AUJOURD'HUI : Début des séances de musculation à la salle de sport. Grosse séance de cardio, pour se décrasser. Puis 30 minutes de tractions et de soulèvement de poids.

MERCREDI : Musculation (2 heures) ; achat de l'arme du crime à la coutellerie *Tavernier* (puis premiers tests) ; le soir, dîner prévu avec papa/maman.

JEUDI : Musculation le matin ; après-midi, essai du couteau sur des objets faciles à trancher.

VENDREDI : Matin, ordinateurs à réparer chez plusieurs clients à la suite ; après-midi, essai du couteau sur des objets plus épais. Musculation le soir, s'il me reste du temps et de l'envie pour ça.

SAMEDI : Musculation des avant-bras en particulier ; après-midi, plateau repas devant une sélection de vidéos d'égorgements d'hommes blancs par des islamistes. Il y en a une qui me fait toujours décoller vers les cimes de la haine. On y voit un vieil homme canadien (donc, un Français ou un Anglais ethnique), se faire saucissonner la tête par un musulman d'Indonésie. Il a des gémissements d'agonie, de souffrance mêlée à une terreur absolue, pendant que le bourreau lui tranche la gorge jusqu'à séparation de la tête du reste de son corps. La première fois que j'ai vu ça, j'ai mis un coup de poing dans le mur de ma chambre. Si fort que j'ai fait un trou dedans. J'ai alors produit un cri intestinal et caverneux qui a alerté un de mes voisins. Il est même venu voir si j'allais bien. Quand un Blanc, et surtout un Canadien – je les connais, ce sont les gens les plus gentils du monde, des bisounours, ils ne savent pas que le mal existe – meurt de cette façon, ça me donne des envies de vengeances furieuses. Bref, je regarderai cette vidéo et des dizaines d'autres similaires. Pour me rappeler en quel nom j'agis. Le samedi soir, drague et peut-être baise en bar, pour équilibrer la journée émotionnellement.

DIMANCHE : Réparation d'un ordi portable chez moi (la panne est complexe, j'y passerai du temps) ; brunch avec deux copains du lycée ;

l'aprèm, salle de sport, 1h30 de cardio. Le soir, ce sera un film de guerre au cinéma qui est à l'affiche depuis longtemps. Des images de guerre d'infanterie qui vont sans doute me détendre (tout est faux, puisque c'est du cinéma) et me galvaniser en même temps (c'est une représentation de la guerre, malgré tout), même si je m'attends à une purge avec un discours pacifiste à la clé. C'est le dernier Mel Jibson. L'histoire d'un mec qui va faire la guerre, mais sans armes. Parce que cela va à l'encontre de ses principes d'objecteur de conscience. Je t'en foutrais, moi. Tu t'engages à la guerre, tu te bats, sinon, tu ne t'engages pas. Si le mec a réussi à survivre, sans fusil et au front avec les autres, alors c'est un énorme coup de chance qui ne veut rien dire. Ça ne peut pas être utilisé comme modèle reproductible. Mais j'irai le voir quand même. Si le film est aussi mauvais que je le soupçonne, ça réaffirmera encore plus mon envie d'avoir un impact sur le vrai monde, loin de toutes ces gamineries hollywoodiennes.

Programme terminé. Je le relis plusieurs fois et j'en suis satisfait. *Y'a plus qu'à*, comme on dit.

Pour être franc, ce qui m'a mis le moral à plat les jours précédents, ce sont les sondages que j'ai vus quant aux résultats des élections à venir. D'accord, les instituts de sondage peuvent écrire ce qu'ils veulent, et on ne compte pas le nombre de fois où le résultat final a démenti leurs statistiques. Je sais qu'ils peuvent mentir intentionnellement pour faire monter tel ou tel candidat. Je me rappelle aussi qu'ils se sont foutus le doigt dans l'œil jusqu'au coude avec Donald Duck, aux dernières présidentielles américaines. Je n'avais vu aucun journal, aucun média web, aucun spécialiste télé le donner vainqueur.

Mais en imaginant qu'ils grossissent ou amenuisent l'importance d'un candidat par rapport à un autre, je ne crois pas non plus qu'ils puissent pousser l'arnaque jusqu'à inverser totalement les tendances. Si Martine est à 30 et Merluchon à 12 selon eux, il ne se peut pas que Merluchon soit à 30 et Martine à 12. Ça se verrait beaucoup trop au moment des vrais résultats.

Alors, on en est où ?

Au 14 mars...

- FN : 27%

- *En route*, le nouveau parti social-libéral
(l'encule de la décennie) : 24%. Emmanuel Maçon est arrivé au
monde hier matin, et il a trouvé 24% d'électeurs dans
le cul d'une chèvre, apparemment.

- Républicains : 19%

- Socialistes : 13%

- FI (Fanatiques de Gauche renommés FI, pour
France Islamique, j'imagine. Contentons-nous de rappeler ce qu'ils
sont, à savoir des gauches infâmes et anti-Français) : 11%

- le reste, on s'en balance.

Moi, ça me dépasse. J'ai lu par-ci par-là que la position de Martine De Laine dans le classement était sous-évaluée. À quelle hauteur l'est-elle, c'est toute la question ? Vu le contexte épouvantable dans ce pays à bout de souffle, elle devrait être à 38-39% d'intentions de vote en ce moment même.

Les sondeurs mentiraient à ce point-là, à la baisse de dix points ? Non, je ne pense pas.

Il faut dire que les politiques ont eu ce coup de génie de faire éclater les partis classiques droite-gauche, pour éparpiller les voix et les rendre inutiles, en les envoyant vers d'insensés et minuscules candidats. Ce qui fait que De Laine n'a pas autant d'avance au premier tour que ce qu'on aurait pu espérer.

Tout ça, c'est une question de psychologie de foule.

Si le seul parti nationaliste était à 40% au soir du premier tour, les gens commenceraient par envisager la victoire du FN comme possible, et ils auraient envie de souffler sur la flamme qui, hier encore, leur faisait craindre l'incendie. C'est vraiment une question d'instinct grégaire. De vote par imitation. La prise de risque qui n'en est plus une, le côté :

« *Si autant de citoyens ont voté pour elle, aucune honte à le faire moi aussi* ».

Ce serait une véritable libération pour les Français engoncés dans leur trouille panique de l'exclusion sociale.

Un Front à 40% ou plus dès le premier soir, ce serait une révolution dans l'esprit du votant lambda. Une bifle électorale qui détruirait ces réflexes d'auto-censures mortifères, lesquels nous privent du pouvoir depuis tant d'années.

Quand il met le bulletin Front dans l'urne, aujourd'hui encore, le Français (citadin, surtout), a l'impression de s'éjecter du groupe social dominant. Personne ne le voit dans l'isoloir, mais *lui* se voit commettre l'irréparable, et il a l'impression qu'après avoir fait ça, il ne sera plus jamais la même personne. Qu'il ne pourra plus tricher en société.

C'est simple : pour « en être », il faut se déclarer anti-racistes partout où l'on vit et travaille en France, anti-racistes donc anti-Front. Symboliquement, le vote De Laine représente bien un suicide social. Une mort à soi-même. La mort de l'être d'apparence et d'artificialité, le surgissement de l'être politique. La fin d'une vie de divertissements, le début d'une vie de responsabilités. D'une vie d'adulte.

Si on avait pu caracoler en tête à 40% pétantes le 23 avril 3017, les Français n'auraient plus eu cette peur du saut dans le vide sans élastique, ils auraient enfoncé le clou au second tour, j'en suis certain. Les dinosaures du Sénat et les ministres au gouvernement auraient commencé à faire dans leur froc. L'entre-deux tours aurait été mémorable !

Hélas... On ne fera pas ce score, c'est déjà une certitude.

Ces petits malins aux commandes ont osé détruire le Parti Socialiste (intelligence tactique remarquable) pour lui offrir une seconde vie.

Ils ont pris un jeune qui donne un air de nouveauté au vieux manège, Emmanuel Maçon, un produit de la gauche plurielle ayant tout l'air d'un *trader* de Wall Street, qui a sauté en parachute de l'avion François Groland avant le crash. Il s'est réinventé à l'atterrissage, et les gens n'y ont vu que du feu.

— « Bonjour, je m'appelle Emmanuel Maçon, je ne suis ni de droite, ni de gauche. Je suis hors système ! En route vers la victoire, les amis » !

Quelle sorcellerie !

Des mecs comme Maçon ou Jacques Attila doivent s'endormir tous les soirs en s'étouffant de rires, en état de choc burlesque devant la sempiternelle connerie des Français.

En se réincarnant dans la viande du *golden boy* Emmanuel Maçon, le Reich rose socialiste a peut-être prolongé son règne de cinq années supplémentaires. Car il faut bien analyser les reports de voix futurs pour comprendre dans quelle impasse nous nous trouvons aujourd'hui.

Le Parti social-libéral de Maçon n'est pas à 24% en réalité.

Si on s'en tient aux chiffres du jour, il est à plus de 40% déjà.

La séparation politique entre Benoît Habon et Emmanuel Maçon tient du registre de la fable. C'est pratiquement le même électorat.

Les gauchistes les plus féroces, inquiets de l'étiquette « banquier capitaliste » de Maçon votent pour Merluchon, pas pour le PS de Habon, d'accord ? Mettons-les donc de côté.

En revanche, le vote Habon est un vote de fonctionnaires merdiques et de barbus envahisseurs. Si Habon ne passe pas (et il ne passera pas), toute cette chiasse abominable votera Maçon, sans même hésiter une seconde, contre Martine De Laine au second tour. Vous verrez avec quel zèle les musulmans antisionistes (de mes couilles) iront voter pour le candidat du Nouvel Ordre Mondial soutenu par les super-juifs Jacques Attila et Alain Mince. Ça ne dérange pas les bougnoules de voter pour le camp des lézards illuminati, tant que les lézards illuminati leur lâchent les allocations familiales.

Ayons donc à l'esprit que Maçon n'est pas à 24, mais bien à 13+24 = 37 points dès le début, c'est à dire son électorat centriste-cosmopolite, additionné nécessairement à celui des étrangers et des profs de gauche antiracistes qui votent Habon au premier tour.

J'ajoute à ce chiffre la moitié des voix de Merluchon et de l'extrême-gauche ouvrière. Par anticapitalisme, la frange la plus coco de l'électorat Merluchon ne mettra pas le bulletin Maçon dans l'urne, c'est vrai. Il y a de la conviction chez le communiste, on peut au moins reconnaître cela en lui. Même pour « lutter contre le fascisme », il ne voterait pas pour le candidat de la banque. Qu'on se rappelle qu'en l'an 3002, la bonne Arlette, représentante ouvrière à grande gueule, avait été la seule à ne pas donner une consigne de vote claire pour Jacques Chignaque. Ces choses-là se constatent, tout de même.

D'un autre côté, si Fignon, le libéral catholique (il est catholique comme moi je suis imam, mais passons) qui a acquis le vote des vieux presque intégralement, ne passe pas au second tour, une majeure partie de son électorat à lui se reportera sur Maçon, pas sur Martine De Laine. Parce que les vieux Français préfèreront toujours sauver leurs économies qu'assurer à leur pays un avenir. J'ai dit, dans le compte-rendu de la semaine dernière, ce que je pensais de ces êtres vils et méprisables, je ne vais donc pas me répéter. Les problématiques identitaires les dépassent, ils veulent seulement savoir s'ils seront torchés correctement à l'hospice. Cela dit… l'infirmière paresseuse des Antilles, comme compagne de fin de vie, y'a mieux. Bonne chance, les gars !

En somme, j'estime qu'entre la part de l'électorat extrême-gauche qui préfèrera Maçon à De Laine par antifascisme inepte, et celle de l'électorat des Républicains qui en fera de même pour des raisons économiques, on peut ajouter à ces 13% + 24%, environ 10 à 15% supplémentaires.

Comptez vous-mêmes. Cette petite pustule sodomite d'Emmanuel Maçon est à 45/50%, en réalité.

Il a déjà gagné.

Si je ne dévisse pas un boulon dans les rouages de cette mécanique (((huilée))) au poil de cul, on ne pourra pas gagner.

En février, François Fignon a été sacrifié politiquement avec l'affaire Pénélope, sa gonzesse employée par lui à rien foutre, parce que les gouvernants ont compris que les Français, dans un état de nervosité avancée tout à fait compréhensible, ont besoin de l'illusion d'un changement plus net que ce à quoi ils ont droit tous les 5 ans. Parce que ce changement-là – factice mais nécessairement spectaculaire – la droite et la gauche ancestrales ne pouvaient plus l'incarner.

La création de l'astéroïde Maçon et la destruction de Fignon sont des coups de théâtre orchestrés par des publicitaires expérimentés.

Les salopes de Bruxelles et de l'internationale youde ne pouvaient pas compter pour cette fois sur un seul parti, pour priver avec certitude les nationalistes de succès.

Après les élections européennes et les régionales, certains politiciens avaient évoqué la possibilité de former un front républicain (entendre par là : *bande organisée des fossoyeurs de l'Europe blanche*) contre Martine de Laine, et ce dès le premier tour. Je pensais qu'ils le feraient, car le Front atteint des scores si élevés à chaque nouvelle élection (même s'il ne l'emporte pas encore) que la droite et la gauche doivent désormais s'associer d'une façon claire pour s'assurer mathématiquement une victoire. Mais ils ont fait bien mieux que ça.

Ils l'ont fait… sans avoir déclaré qu'ils l'avaient fait ! C'est, au fond, beaucoup plus malin.

J'aurais dû pourtant voir venir le coup.

Emmanuel Maçon, c'est l'hydre U.M.P.S. qui décide enfin de se présenter, en couple contre la France d'en bas, contre nous les petits gars, afin de nous barrer définitivement la route du succès électoral.

Maçon... le social-libéral. Vous comprenez ?

Il n'est pas « ni de droite, ni de gauche ».

Il est de droite ET de gauche.

Toutes les collusions droite/gauche qu'ont pointés du doigt les De Laine, père et fille, sont enfin visibles à l'œil nu. On se moquait d'eux, on les traitait de conspirationnistes, on disait que les De Laine se victimisaient à l'excès. Que les fachos se la jouaient *Kaliméro*, qu'ils n'étaient que des poussins plaintifs incapables de fournir de vraies analyses ! Ah, les salopards !!!

Les gens regardent les lèvres des politiciens bouger ; ils n'écoutent pas vraiment ce qui est dit.

La plupart des hommes et des femmes du monde entier sont incapables de différencier un discours qui ne veut rien dire, d'un discours rationnel et honnête, tant que les deux sont prononcés avec un vocabulaire complexe. Maçon gagnera à l'aide de son verbiage fleuri (« pensez printemps ! ») et de ses grands écarts idéologiques, dont aucun ne fait sens, d'ailleurs, mais qui lui garantissent la confiance d'une majorité d'électeurs de gauche ET d'une majorité d'électeurs de droite.

De droite, parce qu'il est le candidat du Capital, en phase avec son temps et tourné vers l'avenir. Avec Maçon, les possédants resteront les possédants. Ces rentiers inusables auront toujours et toujours plus d'argent, sans avoir à bouger le petit doigt pour le faire fructifier. L'amour de la patrie et du sang blanc valent peu de choses quand on est propriétaire de plusieurs maisons somptueuses à Paris, Deauville et Monaco, qu'il s'agit de conserver.

De gauche parce que Maçon est un progressiste, évidemment. Que la Tradition est un concept vulgaire appartenant à un champ lexical qui lui est inconnu. Que pour lui, et il l'a dit clairement : « La culture française n'existe pas » !

Je sais que cette phrase ne signifie rien. Bien sûr qu'elle existe, la culture française. Même quand on la hait, on ne peut pas nier qu'elle existe. Les musulmans eux-mêmes ne nient pas que le Louvre ou la Chapelle Sixtine existe, ils le nient si peu d'ailleurs qu'ils veulent détruire ce patrimoine exceptionnel parce que notre culture existe, justement, et qu'ils l'ont en horreur. Mais en disant cela, Maçon a fait passer le message. Les initiés ont compris. Ce qu'il dit en vérité, c'est :

— Je suis la France d'après. Je suis cette France moderne, glacée et hideuse que vous aimez tant, chers profs de faculté engagés, chers hipsters tri-sexuels, chers écologistes amateurs d'art abstrait. Je suis le progrès. Je suis la matière. Quand j'arriverai au pouvoir, je détruirai l'esprit, et je ferai régner la matière. Et nous serons libres, enfin.

En général, je refuse les analyses complotistes qui essaient de rendre compréhensible des faits politiques et géopolitiques qui nous dépassent tous absolument. Mais cette fois, c'est simple à comprendre d'emblée et il n'y a pas lieu d'en écrire un essai politique de haute voltige.

La configuration, ce n'est plus les socialistes et les libéraux qui s'échangent le trône en toute amitié, avec le Front qui s'agite en trouble-fête en arrière-plan. Non, pas cette fois.

Ce sont les socialistes et les libéraux qui présentent un seul candidat, pour être certains de garder les clefs du pays.

C'est le *Tous contre Une*, dès le premier tour. Vous verrez d'ailleurs que Maçon va continuer ce que Sacrosi avait commencé à faire en souplesse en 3007. Il mettra des ministres de la droite et de la gauche dans le même gouvernement. Logique d'ouverture, tout ça, tout ça !

Qu'est-ce que je raconte... vous ne verrez rien du tout.

Vous ne verrez rien, car je vais intervenir et mettre un gros bâton dans la roue de l'immigrationnisme triomphant.

Le drame Perlod amènera les récalcitrants aux conclusions qui sont les nôtres depuis des années : la finance, les mœurs, le « progrès social », l'aide humanitaire à l'autre bout du monde, la pollution, la taxe carbone, etc.

Tout cela n'a aucune importance réelle.

L'important, c'est de sauver notre peau.

De sauver le sang Français, le sang Blanc.

Plus de peuple, plus de politique. Plus de projets, plus de pays.

Il est risible de se demander si la France sera communiste ou sociale-démocrate, quand elle sera nègre en 3035 ! Ah, ah, ah ! Vous croyez que les bananias animistes et les Algériens musulmerdes seront plutôt de droite, ou plutôt de gauche, quand… nous n'existerons plus ?

Non, vraiment. Éliminer Perlod sauvera des millions de Perlod à venir. DE VRAIS FRANÇAIS, que le remplacement ethnique menace de disparition. Cette mort désenvoutera en un instant les Français maraboutés par les médias de masse, en les orientant vers le seul vrai danger qui pointe à l'horizon.

En éliminant Perlod, je vais faire comprendre aux Blancs de France qu'ils sont enfermés dans une caverne obscure, et que ce qu'ils prenaient pour la vérité n'était qu'un théâtre d'ombres projetées sur le mur de leur cellule.

Ce sera horrible. La mort de Jean-Pierre Perlod, je veux dire.

Je ne sais même pas si je survivrai émotionnellement à un tel acte. Car Jean-Pierre devra être vivant, quand je lui ouvrirai la gorge en gros plan et face caméra, pour que la vidéo soit un objet d'horreur absolument insoutenable. Un chef d'œuvre de cruauté impossible à oublier pour chacun de nous.

Je finirai peut-être à l'asile psychiatrique, sans jamais réussir à me consoler de m'être rendu responsable de cette barbarie qui sied si peu à ma délicatesse naturelle. J'en crèverai à petit feu, c'est probable.

Mais qui veut bien quelque chose en veut d'abord la condition.

Moi, je veux bien que l'Homme Blanc remonte à la première place sur le podium des races. Car cette place est la sienne. Oui, je le veux bien, c'est le moins qu'on puisse dire.

Je veux bien faire de ce monde un paradis pour nous autres. Qui ne le voudrait pas ?

Il est présentement 17h49.

De mettre toutes ces paroles de guerre sur papier a agité mon esprit.

Je vais de ce pas à la salle de sport dépenser un trop-plein d'énergie qui, si je n'en fais rien, finira en branlette hystérique dans un morceau de sopalin.

Si je ne me reconnais pas dans le catholicisme des bourgeois fignonistes, je dois dire que l'Histoire des Croisades a toujours résonné en moi, me donnant, depuis que je la connais, goût au principe du sacrifice idéologique.

Je suis chrétien, authentiquement chrétien.

J'en parle et j'écris peu à ce sujet, car j'estime que l'allégeance au Seigneur se manifeste par l'action concrète, qu'il ne faut pas se contenter de porter un médaillon de Saint-Christophe pendant un voyage (superstition absurde), ou de simplement déclarer « Je suis catholique » pour l'être vraiment.

Je reviens tout juste de la cathédrale Saint-Jean-Baptiste, où je n'étais plus allé depuis plusieurs mois. Là, j'ai demandé au Tout-Puissant de me donner la force d'accomplir ma mission.

En brûlant un cierge, j'ai pensé à mon peuple et à Jean-Pierre Perlod.

J'ai interrogé Dieu sur le sort qu'il me réserve, si je mets à mort Perlod comme j'ai prévu de le faire. Me le pardonnera-t-Il seulement ? Devrais-je connaître les tourments de l'enfer, pour avoir fait cette chose épouvantable, certes, mais qui aura permis à des milliers de vies chrétiennes, et à d'autres vies innocentes, d'être épargnées par la suite ? Je ne sais pas ce qui pèsera le plus lourd dans la balance…

Comme beaucoup d'Européens, je ne suis plus pratiquant.

Je crois de toute mon âme en l'existence d'un monde céleste, et j'espère l'atteindre autant que je crains de ne pas en être digne. L'humilité me commande de n'aller à l'église que lorsque je mérite d'en franchir les portes. Je me vois mal tenter un dialogue avec le Créateur les jours où je me suis astiqué dès le réveil, ceux où j'ai été faible et au cours desquels je n'ai pas travaillé, ou bien quand je ne suis pas… propre et douché, tout bêtement… je suis comme ça… pudique, vis-à-vis de Dieu.

J'ai trop honte de mes défauts et de mes vices pour les confesser en espérant qu'on me les pardonne. Je n'aime pas du tout ce procédé.

Même quand je me suis comporté correctement pendant une période donnée, je me dis que ça ne suffit pas pour se présenter à Lui et attendre ses grâces. À chaque fois, j'ai l'impression d'être un débile profond souhaitant que les anges l'applaudissent, parce qu'il a enfin réussi à compter jusqu'à 8.

Non, j'ai trop d'estime pour la splendeur des églises, pour les efforts qu'elles ont demandés à leurs bâtisseurs, trop de respect envers la foi catholique et ceux qui sont morts pour elle, pour prendre une prière à la légère. Invoquer Dieu, c'est un acte important, rare, lourd de sens. On ne le fait pas, à mon avis, pour lui demander s'il nous aime encore, quand on a fait n'importe quoi de son corps la veille au soir, ou qu'on s'est vautré dans la gloutonnerie, tandis que des pauvres gens qu'on ne connaît pas crient « famine » quelque part dans le monde.

Ces péchés sont trop communs pour être rapportés à Dieu.

Cette fois, c'est différent. Je suis allé l'implorer, avec l'espoir qu'il prenne pitié de mon âme et qu'il me guérisse de ma veulerie. Je lui ai dit de faire de moi une autre personne. Une personne qui, enfin, serait en mesure de mener cette guerre nécessaire contre le Mal.

Du programme intense que j'avais élaboré pour moi-même le 14 mars, je n'ai presque rien respecté.

Je suis allé au sport un jour sur deux. J'ai bu plus que de raison, alors que je ne devrais pas être en phase de déchéance, mais au contraire dans un crescendo énergétique, sur le plan physique et psychique, exponentiel jusqu'au jour J.

Je ne me suis pas infligé non plus les vidéos d'exécutions et d'égorgements que je devais revoir pour me transformer en bête sauvage. Il est pourtant nécessaire que je devienne impitoyable comme le sont les animaux. On ne peut pas prétendre à la barbarie tant qu'on n'a pas ensauvagé *a minima* sa nature de citadin.

Pour finir, je n'ai même pas acheté le couteau dont j'aurai besoin pour décapiter Perlod.

Une vraie larve.

Pendant ce temps, le compteur tourne jusqu'aux élections de la dernière chance. Si je rate le coche… je préfère ne même pas y songer. Je ne m'en remettrai jamais, je le sais bien.

Le fait de ne même pas avoir acheté le couteau, alors que c'est un déplacement qui me coûterait peu d'efforts et que j'aime les armureries et les magasins de ce type (dans celui où je compte me fournir, on trouve des katanas et des équipements de chevaliers, en fers et en mailles, comme à la belle époque), est plutôt mauvais signe.

S'armer, c'est se projeter virtuellement et émotionnellement dans une violence qui arrivera par la force des choses, et pour l'heure, je n'arrive pas à le faire.

Je ne sais pas si c'est le Seigneur (ou le diable ?) qui m'a glissé cette idée à l'oreille, mais je suis sorti de la cathédrale avec la conviction que tant que je ne me serais pas rendu coupable d'un acte indécent de modeste envergure, je ne pourrais envisager la mort de Perlod entre mes mains.

On ne commence pas à faire du vélo en grimpant le mont Ventoux.

Je ne sais pas encore quoi faire pour me mettre à l'épreuve, mais je dois franchir ce pallier-là au plus vite. Avant la fin de la semaine, ce serait très bien…

En rentrant chez moi, je me suis signé (à trois reprises), en faisant la promesse à Dieu et plus seulement à moi-même, que j'agirai bel et bien.

Cet engagement m'a apporté du réconfort.

Tout à coup, l'objectif que je poursuivais m'est apparu plus concret, plus beau, plus éminent. Je le jugeais d'un regard neuf, comme si je le voyais dressé sur ses pieds, debout pour la première fois, dans sa complète majesté. Le calvaire de Perlod arrachant les Européens à leur marche somnambulique vers la mort… quel panache ! C'est brillant, et je ne dis pas ça parce c'est moi qui en ai eu l'idée. Je le dis parce que l'idée est réellement brillante. Qui sait si ce n'est pas le Très-Haut lui-même qui l'a fait mûrir en moi…

Je me suis fait un café en rentrant, et j'ai ouvert le carnet pour y écrire mes pensées du jour.

Quand le père Mamelle a été égorgé par des islamistes après avoir reçu 18 coups de couteau en juillet dernier, j'étais allé dans cette même cathédrale Saint-Jean-Baptiste, pour assister à la messe organisée en son hommage. Là-bas, un fidèle m'avait tendu un prospectus que je n'avais pas lu sur le moment, mais que j'avais gardé chez moi depuis.

Tout le monde a un endroit chez lui où il fourre les papiers, lettres, livres accumulés, qu'il compte feuilleter les jours d'ennui. Quand trop de bordel encombre toutes les pièces, on finit généralement par jeter l'ensemble à la poubelle. Mais aujourd'hui, j'y ai cherché ce prospectus, et je l'ai retrouvé.

J'avais l'humeur religieuse après mes prières du matin. Je me sentais apaisé, sûr de mon bon droit et de la valeur positive du « pieux crime » que j'allais bientôt commettre.

Mais ce qui était écrit sur le tract m'a tendu et miné pour le reste de la journée :

MARDI 26 JUILLET 3016
EN MÉMOIRE DU PÈRE JACQUES MAMELLE

À l'image de ton Amour

Seigneur Jésus, tu nous as dit :
« *Je vous laisse un commandement nouveau :*
Mes amis, aimez-vous les uns les autres,
Ecoutez mes paroles et vous vivrez. »

Devant la haine, le mépris, la guerre,
Devant les injustices, les détresses,
Au milieu de notre indifférence,
Ô, Jésus, rappelle-nous ta Parole !

Fais-nous semer ton Evangile,
Fais de nous des artisans d'unité,
Fais de nous des témoins de ton pardon (!),
À l'image de ton Amour.

Tu as versé ton sang sur une croix,
Pour tous les hommes de toutes les races,
Apprends-nous à nous réconcilier,
Car nous sommes tous enfants d'un même Père.

Et au verso du même prospectus, rebelotte.

Dieu est Amour, Dieu est Lumière

Dieu est Amour,
Dieu est Lumière,
Dieu est notre Père.

En toi, Seigneur, point de ténèbres,
Ton Esprit est vérité.

Si nous vivons au cœur du monde,
Nous vivons au cœur de Dieu.

Si nous marchons dans la lumière,
Nous tenons la main de Dieu

Si nous voulons un monde juste,
Dans l'Amour nous demeurons.

Nous nous aimons les uns les autres,
Le premier, Dieu, nous aima.

Nous contemplons Dieu invisible,
Dans l'amour qui nous unit.

Tâchons de rester calme.

Un des nôtres, un père, un ministre de Dieu sur Terre, vient de se faire massacrer par des brutes sanguinaires et sans honneur, mais nous devrions trouver dans ces lignes mollassonnes et résignées, une quelconque consolation ?

La Bible est remplie de passages qui encouragent à nous battre pour les nôtres et pour Dieu, et ces curés en mousse nous pondent un texte pour femmelettes dans lequel la perspective d'une vengeance n'est même pas évoquée ? Pour qui se prennent ces traîtres à la cause catholique, exactement ?

Notre croyance, et tout ce qu'un homme d'église représente à nos yeux et devant le ciel, est souillée DANS LA MAISON DU SEIGNEUR, par des étrangers impies à qui nous avons tout donné depuis plus de cinquante ans, devant qui nous courbons l'échine sans cesse, afin qu'ils se sentent chez eux et en sécurité chez nous, à qui nous avons tendu la main en toutes circonstances pour rendre la vie « multiculturelle » possible… Et ce sont ces mots qui sont censés jeter une lumière nouvelle et révélatrice sur le drame de notre extermination ?

Je ne peux plus accepter ces outrages à notre intelligence et à notre dignité. L'Eglise, conseillère et savante, devrait pousser les Européens à reprendre leur destinée en main en nous invitant à adopter un comportement belliqueux. Parce qu'en temps de guerre, il est lâche de ne pas se battre.

Je ne vois aucune prescription dans les poèmes enfantins que je viens de recopier. Que des vœux pieux, que de la pensée magique, que du vide. Ce ne sont même pas des passages de la sainte Bible. On se prive de la sainte Bible pour saluer la mémoire d'un prêtre égorgé par ces chiens de musulmans.

- Pluie de météores sur le Vatican.
- Réponse de l'Église : aime ton prochain !

- Assassinats commis sur notre sol par des ennemis
éternels de la chrétienté.
- Réponse de l'Église : aime ton prochain !

- Rupture des stocks de biscuits en supermarché.
- Réponse de l'Église : aime ton prochain !

…

Bande d'incapables, va !

Ça devient vraiment ridicule, cette litanie qui tourne et tourne sur elle-même, sans jamais se remettre en question.

On dirait des fous qui observent un ciel orageux, les yeux exorbités, injectés de sang, en répétant à tue-tête : « Quel beau temps aujourd'hui ! ».

Qui voudrait prendre pour modèle les hommes d'église de ce siècle ?

Les Croisades ont-elles existé dans ce monde-là ou dans une réalité historique alternative ?

Le Christ est sali, foulé au pied par des cafards aux ordres d'une fausse religion, et pour nous sortir de ce guêpier, nous devrions *marcher dans la lumière, en tenant la main de Dieu* ? Mais ça ne veut absolument rien dire !

Ce n'est pas un commandement, ce n'est pas un horizon sérieux. Ce n'est même pas un message de soutien, ni un conseil concret à suivre. Ça ressemble à un délire de sophrologues, à base de Méthode Coué pour dépressifs.

« Je vais bien, tout va bien, je suis gai, tout me plaît », disait un comique piteux. En substance, c'est le discours de l'Église actuellement.

Nous marcherons dans la lumière…

C'est une phrase d'héroïnomane content de barboter dans ses selles, en plein trip, dans la lumière des étoiles de la drogue…

C'est un aveu d'abandon total. L'acceptation d'une défaite civilisationnelle.

« Nous marcherons dans la lumière ». Oui, excellente suggestion.

Mais nous le ferons APRÈS, seulement après la MORT.

APRÈS avoir effectué notre DEVOIR.

APRÈS être venu à bout de l'ISLAM sur notre territoire.

Le territoire du Christ et de Dieu le Père.

Comment un chrétien peut-il s'estimer chrétien, précisément, sans avoir ce projet obsédant en tête ?

Le projet eschatologique des musulmans est la destruction de Rome, qui est le symbole de l'Europe chrétienne et catholique.

Pourrait-on au moins formuler, dans ces maudits prospectus tendus à l'entrée des églises, que le nôtre, de projet, c'est de protéger la maison de Dieu en France, à Rome et au Vatican ? C'est quand même le minimum !!!

C'est trop demander aux curés catholiques, de se comporter et de voir les choses en catholiques, dans l'intérêt des catholiques et du catholicisme ?
C'est surestimer les catholiques, que d'attendre d'eux qu'ils agissent… en catholiques ?
Mais merde, à la fin !

Je rédige ces lignes avec tellement de colère que j'en casse mon crayon à papier. Je continue après avoir taillé le bout qui m'était resté en main, quand la mine s'est écrasée sur une page du carnet…

J'avais oublié pourquoi je détestais le clergé contemporain.
Voilà que tout me revient en tête d'un seul coup. Je repense aux évêques de France qui ont pris position contre le FN. Pourquoi ? Personne ne leur demande de faire allégeance au pouvoir en place, ce sont eux qui en prennent l'initiative.
Ils aiment la république maçonnique, ils aiment êtres raillés du matin au soir à la télévision, ils aiment que chaque semaine, une église ferme ses portes pendant qu'une nouvelle mosquée se construit, ils aiment les nègres par millions en Europe.
Ils aiment nous tuer, ces fils du démon !
La malhonnêteté, la couardise et la collaboration des prêtres, des cardinaux romains et des évêques avec le pouvoir immigrationniste me donnent la nausée.

Le Christ a rayonné à travers les âges grâce au Glaive, pas avec des déclarations mièvres et indéchiffrables comme celles qu'on m'a tendues ce jour-là, des déclarations juste bonnes à être mises dans la bouche de candidates au concours Miss France.
Ce ne sont là que vers et strophes allégoriques, qui peuvent vouloir dire tout et son contraire, en fonction de l'interprétation qu'en fera le lecteur.
Il n'y a rien de CLAIR.
Alors que Jésus, c'est la clarté, la simplicité, la vérité faite Homme.
Le Christ est univoque.
Vos prospectus, non, messieurs les curés.

Une chose est bonne ou n'est pas bonne. Il n'y a pas de demi-mesures.
C'est bien, ou ce n'est pas bien.
Oui ou Non.
Blanc ou Noir.
Pas de « *tu as versé ton sang sur une croix pour tous les hommes de toutes les races* » qui tienne ! Aucun rapport avec les questions de fond qui se posent aujourd'hui. On ne répond pas « salade » à la question « fromage ou dessert ? » ! Arrêtons avec les hors-sujet, il est temps de passer à l'action, dès maintenant !
Quand on pense que la Bible elle-même (que ces gens n'ont peut-être pas lue) contient les germes du racisme biologique qui devrait guider notre réflexion aujourd'hui…
Ces passages-là, l'Église ne les récite jamais.
Dans notre texte saint, la Bible, tous les peuples noirs sont issus de la damnation d'un des fils de Noé, Cham. Je suis en train de vous dire que les négros ont été damnés par Dieu, vous comprenez ? Nous sommes autorisés par notre livre sacré à les haïr, et personne ne s'empare de ces mots précieux (écrits dans ce livre, le plus lu de toute l'Histoire, pourtant) pour hâter l'avènement d'un christianisme racial et positif, le seul qui puisse sauver les fesses des Européens.

Il nous faut un christianisme masculin, vengeur, intransigeant.
Un christianisme qui discrimine. Un christianisme qui punit les méchants hommes par l'épée, l'épée et seulement l'épée.

Oui ou non, les immigrés musulmans ont-ils un projet malveillant contre nous, notre foi et notre culture ? OUI.
Oui ou non, Jésus veut-il que nous défendions la chrétienté en son nom, afin que son règne vienne pour des siècles et des siècles ? OUI.
Oui ou non, les ministres du Seigneur doivent-ils enjoindre leurs sujets à unir leurs forces et à livrer bataille contre ceux qui veulent anéantir la chrétienté, puisque c'est là le dessein de Dieu ? OUI.
Je ne lis aucun de ces « OUI » dans ce prospectus.
Ni en première lecture, ni en analysant les sous-entendus. Ça ne dit rien, ça noie le poisson, ça palabre.

Bref : j'ai grillé une allumette et fait disparaître ce tract ridicule dans les flammes ardentes de ma fureur. Bon débarras.

Parcourir ce bout de papier m'a fait l'effet d'une piqûre de rappel, un rappel de tout ce que j'avais pu détester chez les catholiques que je fréquentais à l'époque où je me préparais pour mon baptême. Quand je dis tout, c'est en fait, une chose en particulier. Une contradiction inacceptable.

Je me suis rendu compte, à force de conversations et d'analyses, que ces croyants que j'avais considéré de prime abord comme des modèles, et dont j'imaginais la foi inébranlable, avaient tout comme moi peur de la mort. Peut-être même plus que moi ! Il ne s'agissait pas d'une peur du jugement dernier ni de l'éventualité de rôtir en enfer pour l'éternité, qui les préoccupaient, mais la mort en tant que telle.

Ça n'est même pas ça qui m'a refroidi, non, ce qui m'a mis le cerveau à l'envers, c'est qu'ils tiennent tous un discours providentialiste servant de cache-misère à leur inaction et à leur pétochardise.

Quand je leur demandais ce qu'on allait devenir avec ces millions de Noirs et d'Arabes musulmans supplémentaires, arrivant chaque jour sur les rives de notre continent, ils souriaient comme pour se moquer de moi.

— La providence y pourvoira, crois-le bien !

Je n'ai jamais été convaincu par cet argument qui, d'ailleurs, n'en est pas un.

Quoi qu'il arrive, ces catholiques de salon auront le sentiment d'avoir prévu le coup et donc, d'être dans le secret de Dieu.

Schématisons un peu la chose :

Un problème X doit être réglé. Ce problème X, c'est la submersion migratoire de l'Europe par des non-Blancs.

Eux affirment que c'est la providence qui règlera ce problème (ou non), que cela dépendra de la volonté de Dieu et uniquement de Dieu.

Après quoi, deux cas de figures sont à envisager.

• Mettons qu'un dirigeant d'une qualité exceptionnelle arrive au pouvoir, débarrasse l'Occident des religions et des populations non-chrétiennes : ils avaient donc bien raison, ces curés optimistes, la providence est intervenue comme ils avaient dit qu'elle le ferait.
Alors qu'il aura été question de la volonté d'un homme pragmatique, tandis que les bigots, eux, n'auront pas bougé le petit doigt.

• La situation empire, et nous sommes définitivement submergés. Ils avaient aussi raison, car ce serait la volonté de Dieu, là encore. Et qu'ils avaient annoncé depuis le début que nous ne l'emporterions pas, si Dieu en décidait ainsi.

Vous voyez un peu ce qu'il y a de gênant dans l'attentisme d'un certain nombre de croyants ?
Ils s'approprient les exploits et le sacrifice individuel de militants engagés politiquement (et souvent non-croyants) en prétendant que ces phénomènes ont vu le jour avec l'aide de Dieu et par sa seule grâce.
Si rien ne vient extirper la chrétienté du pétrin où elle se trouve, plutôt que de se remettre en question en admettant que c'est parce qu'ils ont peur de braver les dangers et la mort que leur monde se dissout peu à peu, les catholiques adopteront un discours de résignation – ce qu'ils font d'ores et déjà – en estimant que si tout va mal, c'est parce que Dieu souhaite que tout aille mal, et qu'il faut donc l'accepter.
C'est le moment qu'ils choisissent, en général, pour vous parler de la « fin des temps » …
L'Europe chrétienne se noie, et les catholiques contemplent son agonie depuis leur radeau de fortune. Ils pourraient remonter l'Europe à la surface en lui lançant une corde, mais au lieu de cela, ils crient à la noyée, ils crient à notre mère à tous :

— Vous remonterez à bord… si Dieu le veut.

Ah, elle a bon dos, la volonté divine !
Ces sages qui n'en sont pas oublient que dans cette histoire, l'Europe et son peuple jouent le rôle de capitaine. Que si l'Europe sombre, eux n'iront pas loin non plus, avec leur petit radeau à la dérive…

Non, ce qu'il faut à la France, ce sont des moines soldats.

Des êtres de bien qui sauront dépasser la peur de la mort. De vrais croyants, en somme.

Quand on est catholique, on est tellement persuadé d'une seconde vie dans l'au-delà que toute crainte quant au fait d'y être propulsé avant l'heure (sous la lame d'un barbu, par exemple), ou d'être enfermé en prison à perpétuité par des lois humaines, ne fait pas sens.

On accueille la mort et la privation avec un sourire ensoleillé.

On est heureux de servir l'Éternel.

Alors expliquez-moi pourquoi les hommes d'églises d'aujourd'hui comme leurs fidèles ne bougent pas d'un iota, par peur du *qu'en dira-t-on*, de l'ostracisme social (comment un vrai homme peut-il s'inquiéter du fait que son voisinage lui fasse la gueule ?) ou de la mort en cas d'action ? Ne sont-ce pas là de maigres sacrifices, s'ils permettent d'accéder au paradis et à la vie éternelle ?

Il y a un problème.

Les catholiques que j'ai rencontrés n'avaient pas la foi.

Sinon, ils seraient déjà morts pour le Christ et pour l'Église, à la vue des affronts qu'Il et Elle subissent quotidiennement dans ce pays.

On se demande combien il faudra d'artistes contemporains jetant des excréments au visage de Jésus, ou plongeant des crucifix dans de l'urine, pour que Dieu intervienne… ou que ceux qui Le prient BOUGENT UN PEU LEUR GROS CUL.

Si je me permets de les juger, c'est que moi, j'ai au moins la sincérité d'admettre que je doute.

J'ai peur de la mort. J'ai le sentiment que ce monde n'est pas le seul, mais je n'en suis pas complètement certain. Pas à 100%, non. J'ai dit le contraire au début du compte-rendu de ce jour. En vérité… je ne sais pas. Je doute.

Quand des gens que j'aime meurent, je ne sens plus leur présence à mes côtés. Il reste leur souvenir, bien entendu, mais pas la sensation physique de leur persistance ectoplasmique en ce bas monde. Les films d'épouvante, de fantômes errants, m'ont toujours rassuré, à ce titre. Ils nous confortent dans l'idée que la mort n'est pas la fin de tout.

Voir un cadavre est une expérience qui fait vraiment vaciller la foi. La personne n'est plus là. On le sent dès qu'on entre dans la pièce où se trouve le caveau. C'est de la viande froide. Il n'y a plus rien.

Je ne sais pas où j'irai, ni si j'irai *quelque part* à la fin de ma vie. Mais je mènerai chaque action, d'ici là, conscient que Dieu m'observe et m'encourage, et que tout ce que nous entreprenons a bel et bien un sens.

Parce que les hommes ne naissent et ne meurent pas en vain.

Soyons rationnels, y compris dans la croyance et sa pratique.

Dans le meilleur des cas, je m'accomplis, je sauve la France et l'Europe pour aller reposer à la droite de Dieu, au moment où ce dernier l'aura choisi.

Dans le pire des cas, je sauve la France et l'Europe. Point. C'est déjà très bien. Tant pis si ça finit en écran noir pour moi et pour l'éternité, en guise de récompense. Ça valait le coup de mourir pour ça.

Ce que je crois, c'est que les miracles se méritent.

Qu'ils vont se chercher à la force du poignet, en faisant preuve d'une gigantesque persévérance.

Alors priez pour que je sois assez fort et persévérant : moi, je me charge du reste.

J'écrirai désormais mes rapports en fin de journée. Comme je suis en train de le faire ce jeudi 23 mars 3017, en commençant à 21h10.

J'ai remarqué que lorsque je faisais un bilan de mes activités dès le matin, et plus généralement, que je m'y collais trop tôt dans la journée, mon cerveau avait ensuite le désir de clôturer cette même journée dans la foulée du processus d'écriture. Tout se passe comme si tenir ce journal était considéré comme une activité à part entière par mon esprit fainéant. Ça finit par ne plus faire sens. Je me regarde en train d'écrire, et je considère ça comme une « action ». La honte…

Voilà vraiment un défaut d'Européen : se complaire dans la plume et s'en contenter. Je déteste ceux qui le font à longueur de bouquins, et je suis en train de me transformer en cette même chose hideuse, en pisseur de phrases adolescent. J'ai d'ailleurs jeté à la poubelle plusieurs comptes-rendus de journées au cours desquelles je n'avais strictement rien fait d'utile. Je me demande encore pourquoi je les ai écrits. Quel orgueil !

À quel moment ai-je pu penser que mon immobilisme et mes ratés au quotidien auraient un quelconque intérêt à être racontés ? Si j'essaie de ne pas être trop dur envers moi-même, je dirais que je suis seulement le produit de mon époque, et que je ne vaux pas mieux que les autres.

Ce qui me différencie d'eux, c'est que je l'ai compris, moi, au moins. J'ai compris que j'étais un tocard. Il y a cette phrase de Socrate bien connue : « je sais que je ne sais pas ». Je la comprends tout à fait. Je sais que je ne travaille pas assez. Que je n'ai jamais travaillé assez, ni par le passé, ni aujourd'hui, alors que j'ai ce projet inouï en tête.

Mais il y a une chose que je sais, une chose que les nationalistes ont bien compris et que les autres ne savent pas encore. C'est qu'on patauge dans une merde inimaginable. Notre situation est critique. Ça, je le sais très bien. Je le sais même mieux que des ingénieurs en aéronautique, mieux que des doctorants à Bac + 15, mieux que toutes les têtes d'ampoule de France et du monde entier.

Ceci étant dit :

Puisque j'ai réalisé combien j'étais faible, j'en prends acte et adapte mon planning à mon caractère indolent. J'écris désormais le soir, voire au cœur de la nuit, à un moment où je n'ai objectivement rien de mieux à faire. Que fait-on de constructif le soir ? Rien, en général. On bulle en fumant des cigarettes, on répond à des SMS insignifiants, on s'assomme de conneries à la téloche ou sur internet, ou bien on se branle. Parfois, tout ça en même temps. Autant écrire, alors.

Dans un mois exactement, le premier tour des présidentielles. Je pense agir entre les deux tours : Martine et le Front y seront quoi qu'il arrive, or, c'est ce deuxième tour que nous voulons gagner… Bon, même si le temps avance plus vite que je ne le voudrais, je suis dans l'ensemble assez satisfait de moi et de mes efforts récents.

J'ai essayé le couteau que j'ai finalement commandé via un site web asiatique, par sécurité, et fait livrer chez un oncle en Suisse. Bien sûr, je n'ai pas été contrôlé à la douane, qui est un vrai gruyère d'un côté comme de l'autre.

J'ai essayé le couteau sur des melons (sans rires !), puis sur de grosses pastèques. Si j'avais un ami croque-mort, je l'essaierais volontiers sur un cadavre. J'imagine que ce doit être un choc, de tailler dans de la chair humaine, même morte. On peut d'ailleurs se poser la question. Un mort est-il encore un être humain, je veux dire par là, sa dépouille, quand lui est mort à l'intérieur ? Est-ce que le cadavre d'une personne est encore *cette* personne. Sujet de bac philo, à n'en pas douter, je vous laisse vous démerder avec ça, j'ai d'autres problèmes.

Toujours est-il que le couteau est tranchant, et qu'il n'est pas très lourd à porter. Je muscle mon bras droit, celui qui deviendra bientôt assassin, je l'entraîne chaque jour en soulevant des poids et en essayant de faire des pompes sur une seule main. C'est affreusement difficile. Je l'ai fait quelques fois, mais j'ai cru mourir de douleurs dans le dos et le biceps à chaque session. J'en fais une moitié d'une (de pompe à une main, je veux dire), et une complète les grands jours. Hier, j'ai réussi à en faire deux, je peux vous dire que j'en étais fier ! Je sens mon bras se renforcer chaque jour, avec tous ces exercices. Il est souvent courbatu, mais c'est bon signe. Ça veut dire que je bosse bien.

Concernant les vidéos d'égorgeurs musulmans et le fait d'en visionner à foison, j'ai décidé de lever le pied. Elles ne m'encourageaient pas à la violence, elles me déprimaient.

Je me dis que dans tous les cas, mettre fin à la vie de quelqu'un envers qui on a de l'affection – j'en ai beaucoup pour Perlod – est atroce. Qu'il est impossible de s'y préparer réellement. Qu'il n'est pas utile que je me gave d'images horribles avant de m'y mettre, car le choc sera tout autre lorsque je le ferai vraiment. On peut voir 10 000 vidéos de lapidation ou d'hommes en train de brûler vifs. Mais tant qu'une chose n'est pas vécue, endurée, expérimentée, elle est comme fictive pour celui qui l'observe. Entre regarder une vidéo de décapitation et mettre ne serait-ce qu'un bon coup de poing au visage d'un type, « pour de vrai » comme disent les mômes, il y a une différence considérable. Alors trancher une gorge… je préfère ne pas supposer, ne pas prévisualiser. Le faire au moment où je devrai le faire, c'est mon unique objectif. En intellectualisant le truc le moins possible au préalable.

J'ajoute qu'en ce moment, pour continuer de parler des motifs de satisfaction, je dors à des heures normales (de 23h30 à 8 ou 9 heures… je suis une vraie marmotte, il me faut des nuits très longues) et je vais à la salle de sport tous les jours.

Aujourd'hui, justement, je suis allé à la salle bosser mon cardio. Je n'aurais pas seulement besoin de forces face à Jean-Pierre, mais aussi de contrôle sur moi, sur mes émotions (attention au palpitant !), de souffle et d'endurance.

Je profite en général des moments d'efforts sportifs pour écouter les informations et regarder les vidéos à la Une dans le monde politique. Comme ça, si j'entends quelque chose qui m'énerve dans les oreillettes, je peux me défouler sur le rameur ou en soulevant des poids au-dessus de mes moyens théoriques. Alors, je ressens un soulagement immédiat.

Je tiens à rester connecté à l'actualité des élections, même si plus rien ne serait susceptible de changer la nature de mon projet. La fusée Maçon nc modifie pas le schéma d'ensemble. Il y aura un candidat anti-Blancs en face de Martine, sans doute Fignon ou Maçon, mais le plan reste le même pour moi.

J'ai du plaisir en écoutant la De Laine leur mettre une branlée à tous, à chaque confrontation. Cette fois, pendant une séquence de sprint sur tapis de course, je me suis infligé le débat à cinq candidats qu'ils ont fait en début de semaine. Faut vraiment avoir les nerfs solides pour supporter ces rediffusions.

Alors, qu'avons-nous là ?

Tous les candidats sont contre Martine, sans exception. Ça, c'est le premier point.

Ensuite, il y a une injustice flagrante. Ils ont tous le même temps de parole, mais Martine De Laine est attaquée 4 fois plus que les autres. Mathématiquement (et à cause de cette connerie de temps de parole) elle n'a pas le temps de répondre à chaque attaque personnelle, et ne pas répondre, en politique, revient à s'avouer en tort. Cette partialité du combat d'idées me dégoûte. La politique me fait penser aux courses de Formule 1. Au bout du compte, on n'est jamais en mesure de savoir quel est le meilleur pilote du paddock, puisque toutes les voitures ne vont pas à la même vitesse. Aucune chance de gagner si tu roules avec tel ou tel constructeur, ou tel ou tel pneumatique. Je déteste les sports injustes.

C'est pareil avec le Front. On part dès le début avec des points de handicap. Ça rend fou, putain de merde !

Mais elle s'en est quand même très bien sortie ce coup-là. Surtout sur l'immigration, son point fort. Les autres ont tremblé du genou au simple énoncé de la question :

— Trucmuche, quelle est votre position sur le sujet de l'immigration ?

— Eh bien, c'est-à-dire… mais en même temps… parce qu'il ne faudrait surtout pas… ceci étant, je reste ferme sur l'idée que…

Allez, vos gueules à tous !

De Laine a été limpide. Elle n'a pas niaisé.

On lui a demandé ce qu'elle en pensait. Elle a dit :

— Moi, je veux arrêter l'immigration. Légale et illégale.

Bien !

Quand je l'entends sur ce sujet, ça me rappelle pourquoi je me bats et pour qui je me sacrifie. Les choses font sens à nouveau.

C'est ce que les Français veulent entendre, même ceux qui croient vouloir le contraire. Ils attendent tous le papa autoritaire qui saura lâcher un gros « NON » à table. Le « NON » d'un père énervé, celui qui ne donne pas envie de désobéir.

Le FN n'est jamais aussi séduisant que lorsqu'il dit exactement ce qu'on attend qu'il dise. Quand il ne fait pas chier avec ses excuses et sa modération dédiabolisante à deux balles.

Ce qui est certain, c'est qu'en plus du contexte historique très favorable (pas une semaine sans qu'un Arabe ne tue quelqu'un, quelque part en Europe. On entend de moins en moins les mantras de type « pas d'amalgames ». On dirait que plus personne n'y croit. Aujourd'hui, les gens se retiennent de parler par peur, seulement par peur, et non par réelle conviction antiraciste), eh bien, la piètre qualité des opposants au camp patriote joue clairement pour nous.

Et ce, même si j'ai lu sur les forums de nationalistes blancs que Merluchon serait soi-disant un orateur de grande qualité. Moi, je ne suis pas d'accord. Honnêtement. Parce que je connais bien la psychologie des Français. Merluchon a une trop grande bouche. Les Français aiment l'humilité et le calme. Ceux qui savent faire des jolies phrases avec des promesses rassurantes, et tout ça, sans brailler. Un Merluchon fait toujours de l'audience, parce que les gens aiment voir un singe coco s'agiter dans sa cage. Mais il ne gagne pas d'électeurs, j'en suis sûr, à chacune de ses galipettes et de ses coups d'éclat.

Bref, à part la canaille Merluche qui arrive quand même à faire marrer de temps en temps (le sens de la répartie est un superpouvoir qui vous rend sympathique, le temps d'une bonne vanne, des opposants politiques que vous aimeriez par ailleurs brûler au lance-flammes), ils sont tous extrêmement nuls et insupportables à écouter.

Dans l'ordre décroissant de la haine que je leur porte :

• Merluchon/Habon, je les hais d'une égale manière. C'est à dire énormément. Dès qu'ils le peuvent, ils dandinent du derrière devant les bougnes, en écartant bien avec leurs mains pour qu'on leur voie le trou jusqu'à la prostate. Dès qu'une fenêtre médiatique s'ouvre, HOP, c'est parti ! La haine du monde blanc et de la chrétienté s'exprime chez eux à pleins tubes. Merluchon est tellement anti-cathos qu'il donne envie aux patriotes incroyants d'aller à la messe. Et quand il affirme, à l'aise, qu'il ne peut pas vivre entouré « uniquement de blonds aux yeux bleus » (parce que… entouré de nègres, ça va, vous voyez, c'est confortable, la vie), Habon, lui, nous explique un lundi de débat que la France n'a pas accueilli assez de migrants ces dernières années.

OK ! Tout simplement. Excusez-nous les mecs, on pensait qu'il y en avait trop, mais en fait, rien à voir : y'en a PAS ASSEZ. Des tarés, des mecs dangereux, ces deux-là. Merluche et Habon se placent tout en haut de la pyramide antinazis. Ce sont des ennemis absolus.

• Emmanuel Maçon. Bizarre, l'effet qu'il me fait. Comme l'a noté Martine De Laine, il parle en général pour ne rien dire. Le problème, c'est qu'il le dit bien. Il a également une grande capacité à rester ce concombre tiède qui plait aux bonnes femmes, et ceci, en toutes circonstances. Même quand les autres candidats le traitent d'imbécile, il reste stoïque et mesuré. Il est beau garçon, aussi. Mine de rien, ça joue. J'ajoute qu'il n'arrive pas à être complètement désagréable, même quand il balance des atrocités anti-France ou anti-Blancs.

Dangereux, donc. Ne pas sous-estimer son pouvoir de nuisance.

• Fignon. Inexistant. Aucun charisme. Mais il est de la classe des médiocres que les Français chouchoutent. À l'école, il avait les « encouragements », parce qu'il la fermait devant les profs et bossait à fond pour être moins nul. Dans n'importe quel autre pays, il ne pourrait pas être candidat à la présidence. Juste trop mou. Chez nous, oui, des Groland ou des Fignon peuvent jouer les politiques. Je n'ai rien de personnel contre ce gars. Il n'a pas l'air d'être particulièrement méchant. Mais il peut gagner, parce qu'il porte les couleurs de la droite propre sur elle qui a un électorat fidèle, et reste donc un adversaire, indubitablement.

Les autres petits candidats n'ont aucune importance, ils sont là pour assurer le *show*. Un joli concentré de gagne-petit qui seraient contents d'avoir leur 5% pour rentrer dans leur frais de campagne. Ils me font penser aux cyclistes qui se battent pour être 8ème au tour de France. C'est mignon. Un poulidorisme apaisé qui me dépasse complètement.

En parlant de vélo, ce matin, je voulais entretenir mon corps en restant détendu. Je n'avais pas envie de faire de gros efforts. Alors, j'ai fait une heure de vélo à la salle de sport. J'ai pédalé assez vite, je me sentais hyper bien.

J'avais amené, pour passer le temps, un magazine de presse à scandale avec Perlod en couverture, que j'avais volé l'autre jour au cabinet du gastro-entérologue. Je lis toujours les scoops en décalé, j'apprends la mort des célébrités un lustre après tout le monde, et j'ai du retard sur la plupart des journaux auxquels je suis abonné.

Perlod avait une tête triste à la Une de ce papier, je me suis donc dit qu'il fallait le lire, au cas où j'apprenne un truc qui puisse me servir un minimum. Comme par exemple, qu'il était mort la semaine dernière, que je l'avais dans l'os et qu'il fallait improviser dans l'urgence un plan B. Sait-on jamais !

Sûrement un tissu d'âneries à lire, mais j'ai filé à l'article qui lui était consacré pour m'en assurer.

Bon, de quoi s'agissait-il…

PAGE 4

Titre : **Jean-Pierre Perlod, effondré et au plus bas**

Le grand drame de Perlod selon ce torche-cul ?

Il a été critiqué par un collègue.

Oh là là. On va pleurer, tiens.

Ça lui aurait mis le moral dans les chaussettes, paraît-il. Les stars sont vraiment de petites natures, même s'il faut dire que les paparazzi leur mènent la vie dure. Moi, j'ai le moral dans les chaussettes quand je ne sais pas comment rembourser le crédit de ma bagnole. Ou quand je passe dans un quartier de crouilles la nuit, et sans le savoir avant d'y être, tout ça parce que je n'ai pas un radis pour rentrer en taxi. De vrais problèmes, quoi.

J'ai tout de même continué la lecture. C'est un confrère qui n'existe plus à la télé, Bruno Mature, qui avait bavé sur Perlod.

En disant : « *je pense que le journal de Perlod est mauvais, car il ne traite pas de l'actualité mondiale* ».

Hum… je crois bien que c'est faux. En dehors des 5 minutes de fin de journal où il parle de la France profonde, Perlod traite l'actu et les informations nationales comme les infos internationales à égalité de temps. Mensonge gaucho, donc. Parler de la France, c'est juste inadmissible pour ces enculés de socialistes. Il faudrait présenter le journal de 13h, mais sans évoquer une seconde le pays depuis lequel on l'enregistre. Mature a dit aussi que « *Perlod était le pire présentateur télé* ». Faux, là encore.

Il m'est revenu en mémoire ensuite, le fait qu'un *touite* de Mature avait fait parler de lui sur *Touiteur*, quelques mois en arrière. Un *touite* ou bien une sortie sur un plateau télé, je ne sais plus exactement. Une attaque frontale de Bruno Mature contre le FN. Le gars n'est plus à la télévision, alors il joue à Super Gauchiasse sur le web pour alimenter une deuxième carrière pitoyable.

Pendant que je pédalais sur le vélo, j'ai balancé le journal par terre et cherché avec mon mobile la fameuse pichenette au Front balancé par Mature. Il s'avère que Mature avait simplement dit (en s'auto-touitant le lendemain) que les journalistes étaient responsables de la montée du FN dans les sondages. Il a même dit qu'il fallait « *arrêter d'ouvrir le micro aux politiques pour les laisser dire n'importe quoi* ».

Bordel, c'est le monde à l'envers.

Les journalistes sont juges et partie aujourd'hui.

Si un politique dit quelque chose qui ne leur plaît pas, ils pensent à lui couper le micro. Bruno Mature encourage à couper les micros quand des patriotes s'expriment à la télé.

Bruno Mature veut couper le micro de Martine De Laine, pour qui 7 millions de Français s'apprêtent à voter. Quel fils de pute impayable. Je suis toujours consterné par la crapulerie gauchiste, à chaque fois, je le suis comme si c'était la première fois que j'avais affaire à elle. Je ne m'y habitue pas, je ne m'y habituerai jamais.

Dans la logique de mon plan d'attaque, en tous cas, c'est une très bonne chose. Cette guéguerre entre journalistes.

Perlod est populaire. S'il est attaqué, les gens considèreront ça comme une injustice. Parce que ça l'est, injuste, d'embêter un brave homme comme lui.

Bon, j'ai surtout lu l'article parce que ma crainte était que Perlod se fasse virer avant que je ne passe aux choses sérieuses. De nos jours, les gens ont une mémoire de poisson rouge, ce qui est d'ailleurs assez effrayant. Si Perlod se fait virer de TFa maintenant, dans une petite semaine, tout le monde l'aura déjà oublié. Alors, il ne me servirait plus à rien.

Tant mieux pour sa vie, tant pis pour la France !

J'étais inquiet à ce sujet, parce que Perlod s'est lâché deux fois en peu de temps récemment.

D'abord, sur les migrants, le 10 novembre dernier, après un reportage.

— Plus de places pour les SDF en foyers, et en même temps, des centres pour clandestins sont construits dans toute la France. Bizarre, bizarre.

Énorme :)

En plein JT, à la fraîche ! Perlod, c'est le goy qui a un sexe circoncis de 30 centimètres dans le fondement, mais qui a la gaillardise de s'en plaindre de temps en temps, quand même, parce qu'il y a des limites à tout. Perlod gigote et se rebelle quand ça lui chante : « Dis donc Moshé, elle fait mal aux fesses, ta queue ! ».

Je l'adore.

Et puis, le 22 février, tout récemment, un autre *dérapage*. Cette fois, à propos de Martine De Laine. Qui doit être mise en examen après la campagne pour une affaire d'emplois fictifs. Perlod :

— À deux mois des présidentielles, tout pile, une opération de police est menée contre le FN… sûrement une coïncidence.

Malgré ces mots-là, je reste persuadé que Jean-Pierre ne vote pas Front.

Non, c'est seulement un mec bien.

Comme tous les mecs bien, il n'aime pas les arnaques et les mensonges trop grossiers. S'il sent qu'une magouille se prépare contre quelqu'un, même si ce quelqu'un n'est pas un véritable ami, il en parlera. Il formulera la chose.

Il détient une vérité que les Français ont dans leur cœur, et sa mort les anéantira. Tous ces éléments sur la vie de Jean-Pierre Perlod et ses quelques facéties en plein JT ont fait (pardonnez cette formulation) grimper sa valeur humaine sur le marché de l'émotion collective. N'importe qui se serait fait virer après de telles sorties de piste. Mais ils n'ont pas pu dégager Jean-Pierre. Ils sont loin d'être cons, les décideurs, et ça, ils l'ont compris.

Tu n'enlèves pas l'inénarrable Jean-Pierre aux Français ; parce qu'il ne leur restera plus que ça, quand Martine de Laine perdra au second tour. Leurs yeux pour pleurer, et Perlod pour nous parler de ses jolies régions françaises. Il est « chat perché ». À part un cancer foudroyant, ou un nationaliste blanc prêt à tout, comme moi, rien ne pourra l'empêcher de présenter son 13h.

Après toutes ces réflexions, je suis devenu encore plus certain de mon choix de victime, que je ne l'avais été le jour où l'idée a jailli de mon crâne. C'était lui. Il était l'élu.

Mais c'est une autre anecdote qui a égayé ma journée.

Il me restait quelques minutes de vélo à faire avant de finir mon entraînement. En enlevant les écouteurs de mes oreilles, après avoir subi du jazz presque toute la séance pour bien m'en dégoûter (chez moi, l'agacement est créateur d'énergie), mon attention a été attirée par une conversation entre deux hommes, qui étaient plantés dans le coin muscu' de la salle.

J'ai chopé le dialogue en cours de route.

— … ouais mais au moins, avec toi, on peut discuter un peu, t'es pas fermé comme une huître… a fait le premier.

— Bein, je te dis, à mon avis, c'est pas pire qu'autre chose. Elle est pas fasciste, ça, c'est sûr que c'est des conneries, a ajouté le second.

Et ainsi de suite…

— Bien sûr ! C'est les autres, les fascistes. Seb', l'autre coup, t'as vu comment il est parti au quart de tour, quand j'ai dit pour qui j'allais voter ?
— C'est simple, je l'avais jamais vu comme ça.
— L'autre, sa fille elle joue au tennis, et son gamin, il a quoi, hein ?
— … dans les 5 ans.
— Ouais, 5 ans. Et il est déjà au conservatoire de musique. Il joue de la harpe ou de la flûte, je sais pas quelle saloperie du genre. Paraît que c'est un virtuose. Et il me dit que MOI, je vis dans ma tour dorée ? Mais l'autre, c'est monsieur Pognon marié à la reine d'Angleterre ! Et ça, ça vote à gauche !!!
— Ça, ça vote à gauche.
— Et toi, pourquoi tu votes pas, putain ? Tu penses comme moi, non ? On va pas s'en sortir autrement. Je suis trop taxé, comme tout le monde. Si ça continue, je fous la clé sous la porte. Et j'ai pas encore payé l'URSSAF. Le fric de l'État, il va où ? Dans les centres de réinsertion pour aider tous ces petits merdeux. Pour réinsérer les terroristes, accroche-toi ! On leur fait caresser des hamsters quand ils reviennent de la Mecque. Paraît que ça les calme un peu. On se fout d'la gueule du monde. Tu sais qu'avec 250 balles, ils ont des 5 pièces, mon gars ? Ouais, le reste c'est les APL qui comblent les joints. Dans leurs banlieues soi-disant impossible à vivre. Mes parents, à l'époque, ils vivaient en banlieue et ils étaient très contents d'y être. D'ailleurs, moi j'y vivrais bien, mais sans eux, hein, non merci. 250 palots pour un 130 mètres carrés, ben merde, je signe le contrat avec mes couilles.
— Je sais (rire franc de son pote) …
— Alors pourquoi tu votes pas Martine, oh, mec !

Ah. On arrivait aux choses sérieuses. J'étais assez étonné.
C'était la première fois que j'entendais quelqu'un dire à voix haute, dans un lieu public, entouré d'un certain nombre de renois et de rebeus baraqués, qu'il allait voter Front.

La première fois, vraiment. La première fois de ma vie.

Pas loin d'eux, il y avait d'ailleurs un black qui les écoutait et qui semblait acquiescer, tout en soulevant des haltères. Il avait l'air Martino-compatible. Ce monde n'a aucun sens !

— Non, mais je respecte complètement ton choix, je te juge pas. Si je devais voter, ce serait sûrement pour elle.
— Bein vote pour elle, et fais pas chier (éclat de rire) !
— … Je sais pas, aucun n'm'inspire vraiment confiance. Elle, elle fera comme les autres, elle va remplir sa gamelle et repartir en nous laissant dans la mouise.
— On saura pas avant de l'avoir essayée. C'est le seul parti qu'on a pas vu encore en action.
— Et le Front de Gauche ?
— On parle sérieusement. Dis pas de conneries.
— Je demande, c'est tout…
— Arrête… et puis, c'est tous des gamellards. Elle, au moins, c'est une dalleuse qui va remettre le pays debout. Qui va botter le cul des racailles, Maçon, Fignon ? Nan ! L'autre fois, je vois quoi ? Une nana violée au milieu du champ de Mars, à Paris. 21 ans, la merdeuse. Et ça se passe en France, ça ! Tu crois qu'ils vont en faire quoi, les autres, des criminels et des violeurs ? Comme d'hab', un bisou et un mot à écrire 10 fois pour obtenir une réduction de peine… « *je recommencerai plus, je recommencerai plus, je recommencerai plus…* », aujourd'hui t'écris ça 10 fois sur une lettre, tu chiales un bon coup au tribunal et t'es libre. Bracelet électronique. ÉlectroNique ta mère, oui. Non, il nous faut des gonzes et des gonzesses au pouvoir comme le Russe là, comment y s'appelle déjà ?
— Platine ?
— Oui, Vladimir Platine. Voilà. Là, ça chie droit. Tu m'emmerdes, BAM, bombe dans ta gueule ! Moi, je te l'dis, si y'en a un seul (là, il parle des Arabes, c'est évident) qui touche à une de mes filles, je pète tout. T'entends ? Je mets le feu à leurs voilées, pas de pitié pour les croissants…

Il avait dit ça un peu moins fort. Courageux, mais pas téméraire, le gars. Ça se comprend. C'est presque une menace de meurtre prononcée en public. Ils ont continué à parler, mais moi j'avais déjà entendu ce que je voulais entendre. Pas besoin de s'éterniser au comptoir des couillons.

Cette conversation exprimait toutefois une tendance nette et appréciable. Le déverrouillage du parler anti-arabes et anti-immigrés est devenu une réalité de fait.

Cet épisode m'a ragaillardi. Je me suis dit le reste de la journée qu'il y avait une dynamique et que je n'avais plus qu'à surfer dessus. Que le projet Perlod représenterait l'achèvement d'un processus déjà en cours. Mon plan allait dans le sens d'une prise de conscience générale. Je voyais juste.

J'étais si enthousiaste que je n'ai pas pu m'empêcher d'aller saluer les deux types avant de partir. Je me suis d'abord approché du Martiniste convaincu :

— Vous vous appelez comment ?

Au début, il a eu peur, il a peut-être cru que je venais lui chercher des ennuis.

— Ludo.

— Moi c'est Lionel, j'ai dit. On est copains de vote. Ça m'a fait plaisir de t'entendre raconter tout ça. J'étais déjà convaincu, mais là, je le suis encore plus. C'est la seule chose à faire. Martine. À fond !

En fait, mon but était de planter quelques graines d'intelligence dans la tête de son pote abstentionniste, et de lui montrer qu'il n'y avait pas que son beauf de Ludo pour sauter le pas et voter Front. Que nous sommes bel et bien des millions à penser des choses simples et de bon sens comme celles-là.

Comme s'il avait compris ma stratégie, Ludo a enchaîné après moi.

— Voilà, ça c'est un mec qui a compris la vie, bravo. Alors Lionel, qu'est-ce que vous pourriez dire à mon ami, pour le décider à mettre le bulletin qu'y faut dans l'urne ? Parce que là, il est parti pour aller à la pêche le jour du vote, et moi, je sais plus quoi faire de lui !

Je n'avais pas d'arguments en or sous le coude pour faire passer un abstentionniste au vote Martine en quelques minutes. C'est tellement évident pour moi, et depuis si longtemps, que je ne sais pas comment amener ceux qui ne l'ont pas compris à le comprendre enfin. Je savais le faire, avant : argumenter dans des pavés énormes sur les forums, par exemple, mais je suis allé trop loin dans la connaissance du vrai monde, et je ne sais plus comment parler aux marionnettes. Alors, j'ai dit quelque chose pour faire bonne figure, et donner la meilleure image possible du votant FN.

— Pour moi, c'est clair, c'est Martine. Après, chacun est libre de faire ce qu'il veut. Les opinions des gens, j'y touche pas, je fais juste ma part. Mon devoir citoyen, comme on dit. Ce que je crois, c'est que s'abstenir, quand on se sent pas prêt à voter Martine, ça reste la meilleure option. Ça fait de mal à personne, c'est neutre. Je comprends qu'on puisse en avoir marre des politiciens, de tous bords d'ailleurs, que ce soit ceux qui ont gouverné ou les autres. Mais bon…

L'abstentionniste a cru que je me retenais de dire un truc super important, afin de ne pas heurter sa sensibilité. Alors que je n'avais sincèrement plus de mots pour continuer la conversation de manière pertinente. La fatigue de mon heure de vélo pesait fortement sur moi. Il faut le comprendre : j'ai déjà eu ce genre de discussions 1000 fois, ça me saoulait d'avoir encore à tout expliquer pour ramener un pauvre petit vote au camp national.
Il m'a demandé, en terminant une dernière traction.

— Mais bon quoi ? Allez-y, je suis pas susceptible, on peut tout me dire. Ludo il m'en parle tous les jours, de toute façon, de politique. Tous les avis m'intéressent. Donc, vous disiez, mais bon ? Bon quoi ?
— Vote Martine, mec, et fais pas chier !

J'avais seulement répété la phrase que son copain Ludo lui avait sorti 3 minutes plus tôt.
Qu'est-ce qu'ils ont rigolé, j'ai cru que ça ne finirait jamais !
De mon côté, la transpiration faisait coller mon survêtement et mon

t-shirt à ma peau ; la sueur devenant froide, je commençais à me sentir mal. Je suis donc parti sur cette bonne note, en serrant la main de Ludo. L'autre était allé chercher une bouteille de boisson énergisante dans un sac. Au loin, il m'a dit, alors que je m'approchais de la sortie :

— Non, mais j'vais pas bouger pour cette fois, j'attends de voir ce qu'elle fera si elle passe. Et c'est mon dernier mot, Jean-Pierre. Allez, bonne journée m'sieur !
— Ouais, à plus tard Lionel, a ajouté Ludo. J'ai encore 2 séries de 10 pour le persuader, l'autre zigue…
— Salut les mecs.

Dans un autre contexte, tomber sur un abstentionniste comme lui m'aurait mis les nerfs en pelote, surtout en cette période cruciale de pré-élections. Quel argument minable que celui-ci : « J'attends de voir ce qu'elle fera avant de voter pour elle ». C'est des génies, les mecs. Si tu ne votes pas pour elle, imbécile, tu ne sauras pas ce qu'elle fera au pouvoir… si elle n'y arrive pas, justement, parce que tu n'as pas voté pour elle ! La connerie humaine dans toute sa splendeur.

C'était aussi la première fois que je rencontrais un Martiniste décontracté du gland, capable de tenir sa position à voix haute, devant une vingtaine d'autres gros bras dont on ignorait les tendances politiques (avec des non-Blancs dans le lot). Il y a tout de même de quoi se réjouir. Enfin, un Français, un vrai, quelque part !

Le chemin de retour vers mon chez moi a été heureux. Je me souviens avoir souri tout du long. J'ai acheté une quiche à la boulangerie, pas loin de là où j'habite, alors qu'elles ne sont pas bonnes, leurs quiches. Mais la joie a tendance à me donner faim.

J'ai passé l'après-midi à faire de nouveaux tests avec le couteau, en écoutant au casque de la musique qui m'était agréable, cette fois. De l'électro. Instrumentale, uniquement… Je ne sais pas trop ce qui m'a pris, mais en guise de test, j'ai essayé « d'égorger » une grosse couette enroulée sur elle-même, puis un traversin. Succès. C'était d'une facilité déconcertante avec cette énorme lame. Ok, ce n'était pas encore une tête d'homme. Mais je savais couper avec ce couteau, ça au moins, c'était réglé, je m'en étais assuré.

Puis, j'ai pris un bain de 2 heures, en lisant un livre sur les *Contes et légendes chinoises*. Le genre de lecture qui ramollit la viande, c'est vrai, mais j'avais envie de m'offrir un peu de douceur. Il me semblait le mériter, vu mon sérieux des derniers jours, dans le sport comme dans les préparatifs.

Et me voici à présent en train d'écrire.

Bon... Je vais laisser la rédaction de ce journal en plan pendant 10 jours. 10 jours que je vais passer sur la côte ouest espagnole avec quelques bons amis.

Je sais, tout ça n'est pas très sérieux.

D'un autre côté, c'est aussi éprouvant de devoir patienter un moins entier en attendant le Grand Soir. C'est comme avant un examen : parfois, il vaut mieux regarder un bon navet au cinéma ou tirer un coup avec une nénette, que de réviser une énième fois ses notes avant de dormir. Là, j'avais le sentiment de tourner en rond...

Mais je ne donne pas la vraie raison de ce départ, qui s'est improvisé il y a 2 jours au cours d'un repas arrosé.

Je pars, parce qu'il faut envisager la possibilité que je me fasse arrêter par la police. Avant ou après avoir commis l'irréparable.

Ce qui implique que je vais peut-être passer plusieurs années derrière les barreaux. Je ne sais pas si la perpétuité réelle existe encore. Elle doit exister pour les mecs comme moi, je suppose. Qui sait s'ils ne me mettront pas la corde au cou, ou s'ils ne voteront pas le retour de la guillotine pour l'occasion, puisque mon crime est très spécial, et que son motif est en tous points impardonnable : vouloir sauver le pays.

Alors...

Alors, je vais faire la bringue avec des vieux camarades du lycée.

Ce seront mes dernières vacances avant un très long moment. Peut-être mes dernières vacances tout court.

Je sais de quoi ce voyage sera fait. Bouffe pas cher à s'en faire péter le ventre, paysages et visites culturelles de qualité, que j'immortaliserai avec des appareils photos jetables, c'est mon truc. Pour la baignade, ce sera dur, il fait encore trop froid en mars. Soirées en *nightclubs*, ça oui, à l'issue desquelles on finira sans doute bre*c*ouilles (même si ça cartonne un peu plus en Espagne qu'en France). Bien sûr, il y aura aussi, à la frontière, l'arrêt au bordel de rigueur. Le grand classique. Un des rares endroits d'Europe où on trouve de la qualité pour 50 ou 60 euros. Ça les vaut, sincèrement. Je ferais peut-être ce que mon cœur de pauvre m'a toujours interdit de faire… je choisirais la plus belle du cheptel, j'en prendrais même une autre avec, ou deux autres, soyons fous. Je me ferais un sandwich de putains en guise de jubilé.

C'est triste, mais même quand un pauvre se lâche et « va aux putes », il ne peut pas se faire plaisir à fond. Un pauvre n'a jamais les moyens de s'offrir une soirée de décadence complète. Il pèche des demi-thons et boit du champagne premier prix.

Mais un pauvre, ça sait aussi se contenter du peu que la vie lui propose. L'un dans l'autre, on s'y retrouve. J'ai les prétentions de mes moyens, et c'est la clé de la sagesse.

Quand je reviendrai, il ne restera plus que la dernière ligne droite. J'aurai une vingtaine de jours pour parfaire mon plan. À partir de là, je ne me permettrai plus une seule incartade.

Ces 10 jours de road trip, il va falloir que j'en profite à fond.

Parce qu'après, ce sera le début de ma vraie vie d'adulte.

Je vais devenir un homme, enfin. *Olé !*

Enfin de retour.
Samedi 1er avril 3017.

Raconter en détail mon séjour n'aurait pas vraiment d'intérêt par rapport à l'objectif que je me suis fixé en tenant ce journal. Je voulais jouir et me détendre une dernière fois : je l'ai fait.

Il y a même eu un enchaînement de 2/3 jours, au cours desquels je n'ai pas pensé au malheur de la France. Pas une seule fois dans la journée. Miraculeux.

Le voyage est une des dernières choses qui sache mettre un pansement sur les âmes vieilles et meurtries. Voyager, c'est découvrir. Découvrir, c'est faire l'expérience de la jeunesse à nouveau. Voir, comme un enfant, avec l'œil de celui qui débute dans la connaissance d'une thématique. La découverte donne soif, et la première gorgée d'eau (celle qui désaltère) est toujours la meilleure. J'aime rouler en voiture vers un pays inconnu, j'aime regarder une ville étrangère bouger devant mes yeux. J'aime *l'autre*. Réellement.

Et puis, j'ai été assez sage. Je n'ai pas eu le désir de me faire honte, ni de boire jusqu'à m'en gâcher les lendemains. Autre point notable : aucun de mes potes n'étaient partants pour aller aux putes, que ce soit à la frontière ou dans les villes étapes qu'on a visitées. Voilà qui a freiné mes ardeurs. Il y a des choses qui ne deviennent amusantes que si chacun, dans un groupe d'hommes donné, les trouve amusantes, et qu'elles sont ensuite faites par tous. Comme aller aux putes entre potos. J'ai compensé par la bouffe, les visites de monuments, les photos de paysages (magnifiques, tant que j'y suis) et les blablas en bord de mer bières à la main, à base de souvenirs d'école et de blagues de bureau échangés avec mes comparses. Je n'étais pas allé à la plage depuis des années bien que je vive dans le sud de la France et près de la mer. C'est fou comme on peut se gâcher l'existence par flemme de tout.

Aussi, un des hôtels où nous avions posé nos valises contenait une piscine, une piscine où, c'est curieux, personne ou presque ne descendait après 22 heures. J'y ai fait des longueurs pour m'entretenir, sans penser à rien, et la fatigue positive de l'effort me faisait dormir jusqu'au matin suivant d'un sommeil de bébé.

Sur le retour, il s'est passé une chose intéressante, même si je n'arrive pas encore à en analyser les conséquences précises. J'ai peut-être rencontré, je dis bien peut-être, une femme qui correspond à mes attentes et à mes rêves d'homme.

On était un peu à sec, question thune, et encore loin des autoroutes françaises. Vu l'état d'épuisement général, chacun avait conclu qu'il serait impossible de faire le trajet de retour jusqu'à chez nous en une seule fois.

Grâce à Ophélie, une nana que je m'étais faite en terminale et qui nous accompagnait, on a pu réserver plusieurs places dans une auberge de jeunesse miteuse qui était sur notre chemin. Ophélie avait une espèce de portable du futur qui chopait du réseau absolument partout. Avant de partir, je m'étais dit qu'il serait amusant de la baiser à nouveau pendant le séjour, cette Ophélie, des années après la première fois. Allez savoir pourquoi l'idée me faisait rire ! Mais à son contact, je n'en ai plus ressenti le désir. Elle était devenue la trentenaire parisienne type qui n'est pas heureuse dans sa vie (boulot stressant, pas de mômes, pas de perspectives pour en faire bientôt et dans de bonnes conditions), bref, la petite peste socialiste qui attend qu'un pauvre mec assez gentil tombe amoureux d'elle, porte le poids de ses échecs à sa place, et la marie vite, avant qu'il ait le temps de comprendre dans quelle galère il vient de mettre les pieds.

Bon, j'exagère : l'échange fut cordial tout au long des vacances, avec elle comme avec les autres. On était là pour partager des merguez et déconner, pas pour entrer en communication spirituelle, ni trouver une réponse politique au trou de la couche d'ozone. Dont on n'entend plus parler, d'ailleurs. Il a dû se reboucher depuis le temps. J'aurais préféré qu'on nous parle du Grand Remplacement plutôt que de ce foutu trou en primaire, ç'aurait été plus instructif.

En arrivant à l'auberge de jeunesse, je me suis rappelé de ce qu'était une auberge de jeunesse, justement !
Lits en dortoir inconfortables, bruit assommant de discussions multilingues qui partent dans tous les sens, odeurs de pieds et de règles féminines… Tout ça à la fois. Le cauchemar.
J'ai senti en un instant de présence sur les lieux que je ne fermerai pas l'œil de la nuit, avec – pour ne rien gâcher – cette crainte additionnelle qu'on me vole mes affaires dans cette putain de chambre à dix lits pour dix mecs, dont huit, au moins, me semblaient avoir des gueules de Bosniaques et de bandits. Il fallait s'enfuir… J'ai demandé un paquet de cigarettes à Benoît, mon pote puceau du collège, pour passer le temps en priant que le soleil du lendemain se lève au plus vite.
Je dis « puceau » à propos de Benoît parce qu'à 35 balais, ce mec n'a tiré qu'avec une seule gonzesse. En plus, il ne l'a pas tirée souvent. Ça date de 3009, cette histoire. Le pauvre !

Dans la salle commune, où les gens déjeunent et se croisent toute la journée, à partir de 3 ou 4 heures du matin, je me suis retrouvé tout seul. Je me voyais déjà passer la nuit à cogiter et à replonger comme une andouille dans mon spleen habituel.
Jusqu'à ce qu'une très jolie rouquine me rejoigne.
À peine assise, elle m'a demandé du feu.
Puis, nous avons clopé un moment sans dire un mot.
La télé diffusait un dessin animé bizarre, en espagnol. Je n'y comprenais rien, bien sûr. Mais la fille non plus. J'ai lancé un truc en anglais, sans trop y croire :

— I'm hungry. Is it possible to eat, here ? You know where, maybe around in the city, I can find a burger ? Or something like that ?
— I have some food in my bag, if you want.

À l'instant où elle a parlé, j'ai réalisé qu'elle était Française. L'accent du Français et de la Française qui parlent *l'english* est vraiment inimitable…
Je l'avais d'abord crue danoise ou irlandaise. Je me trompe rarement pour deviner le pédigrée des gens.

Mais elle avait le sang nordique, ça je peux vous le garantir. Grande et élancée. Elle avait surtout de petits grains de beauté charmants, notamment un sur le front, exactement entre les deux yeux, qui lui donnait l'air d'être une déesse hindoue réincarnée en Européenne. L'odeur qui se dégageait de son corps m'enivrait ; ce n'était pourtant pas une odeur très agréable. Un arôme de rouquine, âcre et agressif, me remplissait les narines. Ses cuisses transpirantes, son sexe à travers ses collants et ses sandales en simili cuir, avec la chaleur qu'il faisait dans la pièce, dégageaient un fumet presque animal. Elle m'a plu instantanément. Ces choses-là ne s'expliquent pas ! Un vrai coup de foudre sexuel.

Je me suis dit que j'avais une fenêtre de deux heures pour me la faire, avant que le reste des troupes ne se réveille. Et qu'il fallait produire cet effort, parce que trouver une femme à son goût devient de plus en plus difficile avec l'âge. On devient exigeant et trop flemmard pour séduire des femmes banales.

Si elle avait été d'accord pour un rodéo avec moi cette nuit-là, où l'aurait-on *fait* ? Pas la moindre idée. C'était Benoît qui avait les clefs des bagnoles avec lesquelles on circulait tous. Mais Benoît dormait dans le lit au-dessus du mien, en mezzanine. Impossible de retrouver les trousseaux dans l'obscurité de la chambre collective. Monsieur Bite, qui s'agitait dans mon boxer comme un dément, m'a toutefois ordonné de tenter le coup sans me poser de questions, en fonçant gland baissé vers la cible.

— Tu es Française ?
— Ah, ouais, j'viens de France ! Toi aussi ? Chouette.
— T'as un truc à grignoter ?
— Oui, oui, c'est c'que j'disais.

Elle est partie en courant chercher de quoi se restaurer.

J'avais l'impression que cette nénette était plus grande que moi. J'adore les grandes. Je bandais déjà comme un idiot.

En se levant brusquement, elle a fait circuler de l'air vers moi et son odeur « Poil de carottes », est entrée en collision avec mon corps. Une espèce de vague de bien-être m'a alors traversé. Je ne sais pas si ça veut dire quelque chose de net, mais cette fille sentait l'écorce de bois d'automne. Une écorce ardente, comme chauffée à la vapeur. C'est ce qu'elle m'évoquait. Je ne suis pas du genre à croire aux premières foutaises qu'on raconte, mais ces histoires de phéromones me parlent. Ce n'était pas seulement une question de contexte, d'ennui passager ou de frustration accumulée. Non : sa *mauvaise* odeur (car à l'évidence, ce relent qui flottait à l'intérieur de mon nez était celui de sa sueur) me faisait durcir.

Quand t'en arrives là, tu sais que t'es déjà pris au piège de ton chibre et que toute tentative de résistance sera vaine.

Après un court moment, elle est revenue avec un gueuleton pas possible. Fromage, jambon, biscottes, cacahuètes… Y'avait de tout.

En plus d'être ravissante, elle était sympa, cette poupée.

— Tiens, sers-toi, moi j'ai pas faim… Elle m'avait dit ça en se rasseyant et en croisant les jambes.

Autre détail d'une importance considérable : elle avait une petite croix celtique entre les seins, posée tranquillement sur son débardeur. Parce que oui, elle était en débardeur. Et que sur ce débardeur, il y avait… une *fucking* croix celtique !

Oh là là !

J'ai d'abord été traversé par une drôle d'idée : je vivais peut-être depuis quelques jours dans une fable, à l'intérieur d'une pure construction de mon esprit. Rien de tout ça n'était réel et j'allais bientôt me réveiller.

Ce qui m'a mis un doute, c'est le fait qu'il m'arrive en un espace de temps réduit, deux faits de vies si peu probables.

À savoir et dans l'ordre : des gros bras à la salle de sport qui parlent de vote FN à l'aise Blaise, devant des dizaines d'inconnus potentiellement hostiles, et maintenant, une sylphide rousse aux yeux de fées qui parle ma langue en plein milieu de l'Espagne (avec un phénotype de viking bretonne, en plus, mon fantasme, comme par hasard) et qui non content d'être super bonne, se paie le luxe supplémentaire d'être super nazie.

N'importe quelle autre femme, il me semble, aurait cherché à cacher cette croix à un type comme moi, dont elle ignore les postulats politiques.

Toujours, on trouvera des emmerdeurs pour expliquer sur des fils de commentaires très, très chiantoses, que la croix celtique n'est pas un symbole nazi, mais qu'elle renvoie au contraire à l'Europe originelle.

Certes.

De nos jours, on sait très bien ce que la porter signifie. Ça veut dire, malgré tout : « Je suis fier d'être Blanc ».

Alors pour garder mon calme, j'ai essayé de rationaliser la chose, en me disant qu'elle l'avait achetée en Espagne ou dans un bazar du Portugal, sans savoir à quoi renvoie ce symbole. Parce qu'esthétiquement, cette croix-là lui avait plu, et qu'il ne fallait pas chercher plus loin.

Pendant que je me faisais un film sur sa nature profonde de femme, elle fixait la télé en tournicotant ses doigts dans ses cheveux. Elle avait l'œil intelligent. Elle avait surtout une croix celtique en guise de boussole entre les nibards. J'insiste.

C'est elle qui a réengagé la conversation alors que je croquais dans le fromage qu'elle m'avait gentiment offert.

— C'est vraiment trop chiant. J'ai sommeil, mais dans ces chambres, c'est pas possible, là…

— Ouais, c'est minuscule et on est trop dedans. Moi aussi, ça m'angoisse.

— Non, c'est même pas ça. Y'a une Noire qui ronfle. Un moteur d'avion, la meuf. J'ai envie de la tuer.

« Une Noire ». J'ai failli jouir.

Lorsque certains mots sont prononcés d'une certaine façon, à l'époque de langue de bois où nous vivons, il faut bien comprendre que le doute n'est plus permis.

Les mots lui sont sortis de la bouche avec un relâchement pareil à celui d'une personne qui ne ressent pas la honte de péter en public. D'un point de vue antiraciste et gauchiste, elle venait tout simplement de balancer un gros prout ! Et elle l'avait fait sans s'en excuser. Exceptionnel.

Une nana de gauche aurait dit : « Y'a une fille qui ronfle et ça m'empêche de dormir ».

Mais là… c'était dingue. Je n'avais jamais entendu une personne de sexe féminin aller droit au but aussi vite. Elle a réduit cette ronfleuse à sa couleur de peau. Pour un peu, elle la qualifiait de « négresse ». Et là, je l'aurais niquée sur place.

Rien n'est plus érotique qu'une Blanche naturellement raciste.

Rien, vous dis-je.

J'avais conscience de l'enjeu. Une timidité que je croyais avoir dépassée depuis l'adolescence a ressurgi tout à coup. C'était peut-être la seule Française authentiquement raciste que j'aurais la chance de rencontrer dans ma vie. C'était du moins la première. Il ne devait pas être question de stratégie abracadabrante, ni de sinuosité dans l'expression de mon intérêt pour elle, j'ai donc commencé le flirt avec mes tripes.

— Ah, une Noire… (« *je le tente, ou pas ?* », voilà le dilemme qui me sciait les nerfs en deux. Je faisais peut-être fausse route, mais il fallait que je le tente) … Ouais, de toute façon… (allez, vas-y bonhomme) … Les Noirs, même en dormant, ils font du bruit.

— Mais putain, TROP ! C'EST CLAIR !!!

J'ai arrêté de manger parce que je me suis dit qu'il fallait que j'utilise toute mon énergie pour capter l'attention de cette valkyrie descendue spécialement pour moi du paradis nordique.

Je devais la faire rire tout en mettant à l'épreuve ses idéaux politiques. La question était de savoir si je venais de trouver mon âme sœur. L'instant était grave, en réalité. J'ai dit :

— Tu vas au fin fond de l'Espagne, et pas moyen d'être tranquille. Ils sont partout. Un jour, ils enverront des Noirs dans d'autres galaxies. Toi, tu te baladeras dans ta fusée, et au moment d'atterrir pénard sur la planète Pégase 78, alors que tu penses pouvoir te la jouer relax, enfin, sur quoi tu vas tomber ?

— Une black qui ronfle et qui fait chier.

— Et c'est pas tout.

— Quoi ?

— Elle ronfle en écoutant de la musique avec son casque. Mais c'est super fort, même que ça retentit dans toute cette foutue planète, impos-

sible d'y échapper. Et c'est de la Zumba de merde. T'as parcouru des années lumières pour retomber sur le même bordel.
— 'Tain mais toi, faut pas que j'te lâche. T'es nationaliste ?

Comment cette question pouvait arriver si vite de son côté ? J'ai trouvé ça un peu suspect.
Puis, j'ai suivi son regard pointé vers mon t-shirt, avec l'inscription *Caucasoïde* posée en plein milieu. Une façon de dire « Blanc », « Européen », entre nous, les nazis de France. Une sorte de signe distinctif. Les vrais savent…
À ce moment-là, j'ai compris qu'elle m'avait repéré depuis le début, et qu'elle y était allée franco pour s'assurer que j'étais bien dans le même camp qu'elle. J'ai joué au con dans ma réplique, pour la taquiner.

— Non, pas du tout.
— Ah…
— Pourquoi, toi si ?
— Euh... Je sais pas si on peut dire ça, mais…

J'étais en train de la perdre avec ces conneries. Elle avait fait un énorme pas vers moi, je devais faire les suivants.

— … bien sûr que oui, je suis facho. Facho et fier de l'être.
— Et moi fachotte, et fière de l'être, encore plus !

Son visage s'est éclairé. En trois vannes racistes, je l'avais mise dans ma poche. Mon cœur battait extrêmement fort. D'ordinaire, la drague pour moi n'est qu'un jeu. Là, j'avais plutôt l'impression de jouer ma vie. Parce que j'avais en face de moi, potentiellement, la future mère de mes gosses.

Non, je ne m'emballe pas. Je suis rationnel et je le pense.
Les deux critères fondamentaux étaient enfin réunis. Elle me collait le barreau (quelle bombe, je n'en reviens toujours pas !) ET elle était raciste, donc fiable et parfaite pour transmettre mes valeurs à ma descendance.

En même temps, j'avais le sentiment étrange d'être testé par le Tout-Puissant. Comme s'il cherchait à me mettre le bâton du bonheur individuel sous le nez, pour voir si je préfèrerais le saisir plutôt que de m'atteler à la reconquête du pays. Suis-je un véritable homme de bien ou un petit homme comme les autres, qui veut simplement vivre sa vie ?

C'est vache, quand on pense que des coups de chance comme celui-là, j'en avais connu environ zéro, avant la nuit dernière. À chaque fois que je m'étais approché d'un grand amour, une circonstance de vie merdique m'en avait éloigné. Je n'avais pas reconnu les signes à temps et la fille s'était barrée pour un mec moins con, ou bien on avait passé une nuit extraordinaire, pleine de promesses et d'enchantements, mais elle devait repartir le lendemain pour finir son doctorat à l'autre bout de la Terre… Que des embrouilles dans ce style.

Et maintenant, il y avait cette rouquine.

Française.

Natio.

Juste en face de moi. Dans un dortoir qui sent les pieds, à 4h30 du matin, en Espagne.

— Regarde, m'a-t-elle dit, c'est un tatouage. Je m'le suis fait faire en Catalogne. T'en penses quoi ?

Un loup, bien sûr. Sur son dos, caché par ses cheveux. Elle a fait un chignon en vitesse pour que je le voie mieux. Son odeur, exquise, a navigué vers moi, encore…

— Waouh. Excellent ! Très bien fait.

En réalité, je déteste les tatouages sur un corps de femme. Mais celui-là était discret et joli.

Il faut bien donner le change, de temps en temps, pour que naissent de bons sentiments mutuels.

— Enchantée. Moi, c'est Hélène.
— Lionel.
— Ah ouais, marrant.

— Ben quoi ?
— Ça fait vieillot. Comme Christian. Ou Paul. Ou Alain. C'est des prénoms de vieux. Hélène, c'est intemporel. En même temps, Lionel c'est devenu rare, et toi, ça te va plutôt bien. T'as une tête à t'appeler Lionel, finalement.
— Tu me rassures, Hélène.
— Alors, t'es où, toi ?
— Comment ça, où ?
— T'es chez qui, j'veux dire ?
— Chez qui quoi ?
— Quelle orga' ? Moi c'est chez *Peuple et Terre*. Je suis païenne.
— Ah ok !!! Quelle mouvance ? J'ai compris. Alors, je sais pas trop quoi dire. J'ai fait le tour, un peu partout. Et je me suis reconnu nulle part à 100%. Je suis contre l'immigration, ça c'est évident. Y'a trop de juifs à la télé et qui font de la politique à notre place. Je pense que les Arabes sont des espèces de démons, et que leur Dieu, c'est le diable. Les Noirs, j'aurais préféré ne jamais en croiser un seul. Voilà, en gros. Je crois que ça suffit à me définir.
— Purée, trouver un faf dans une auberge espagnole, faut le vivre pour croire que c'est possible.
— Donc, tu es païenne ?

Je me foutais qu'elle soit païenne, au fond.
Mais je sais que les femmes adorent parler d'elles, et qu'on leur donne l'impression que ça nous passionnent autant que ça les passionnent, leur vie, leur parcours, leurs goûts et leurs couleurs. Hélène a répondu :

— Il y a un Dieu. J'ai toujours cru en Dieu, vraiment. Mais il y a des forces aussi. Des forces indépendantes. Le feu, l'eau, les ténèbres. On est tous plus proches d'une sensibilité que d'une autre. Moi, je me sens « Océan ». Océan des mers froides. Femme de pêcheur, dans une vie antérieure, peut-être. C'est c'que je devais être. Toi, je dirais que t'es… attends voir… montagne, plutôt !

Elle avait raison, j'étais « Montagne ».
Montagnes et forêts. Je suis né dans une station balnéaire de l'Ouest

français, mais j'ai toujours été plus attiré par les décors montagneux et les ambiances sylvestres. Je respire mieux en altitude qu'au niveau de la mer. Je suis un poisson des neiges.

— C'est vrai que je suis Montagne. Toi, Océane, moi, Montagne. Enchanté.

Nous nous sommes serrés la main à ce moment-là.
Le jeu de la drague était officiellement déclaré.

— Et toi, tu crois en quoi ?
— En la race. Premier point. Et en Jésus.
— Comment tu peux croire en Jésus et être raciste en même temps ?
— Oh non, pitié… pas ce débat à 4 plombes du matin…
— Non, mais je suis curieuse. Je suis pas hostile au christianisme, mais je vois pas en quoi c'est facho d'être catholique. Quand on sait ce qu'est le catholicisme aujourd'hui.
— Je te la fais courte. Jésus incarne la Morale. Nous, peuples blancs, sommes les seuls à pouvoir être les garants de sa parole, qui contient cette Morale universelle. Cette Morale est en nous depuis toujours. Dans notre sang. Autre chose : il y a une objectivité du Bien, même si toutes les cultures sont différentes. Ce Bien, nos civilisations l'ont atteint plus souvent et beaucoup plus vite que toutes les autres réunies. Jésus est le symbole de la gratuité dans l'échange, dans l'effort physique, spirituel et intellectuel. C'est l'Aryen total. Qui a prôné la fraternité avec son « prochain », donc la fraternité raciale, le premier, avec pour horizon le bien commun et la vie communautaire apaisée. C'est la meilleure formule anti-youtrons jamais testée, et ça s'appelle le christianisme.
— Youtrons… a-t-elle répété en pouffant. J'avais jamais entendu ça, « youtrons », mais LOL !

Elle était trognon. Vous auriez dû la voir rire, la main sur sa bouche, avec une petite pudeur toute mignonette.

— Oui. Jésus est l'antithèse ontologique du juif commerçant. Il est la figure d'entraide, de miséricorde et de générosité par excellence.

L'équivalent du Christ, à l'échelle d'une nation, c'est le sentiment d'appartenance raciale. L'amour de sa famille et de sa moitié, mari/épouse, étendu aux dimensions d'un pays entier. Je pense que les Blancs peuvent et doivent être « christiques » entre eux, c'est-à-dire instaurer cette gratuité dans les échanges, qui leur ferait avoir à chacun une vie meilleure, et permettrait au groupe, l'Europe, d'atteindre à nouveau les sommets desquels on n'aurait jamais dû redescendre. Ce que font les musulmans et les juifs, d'ailleurs. Mais nous, nous le ferions au nom du Bien. En fait et pour résumer : la Race est le moteur, la Religion et les rituels, le chemin, et la Morale, l'horizon. Et quel est le but, que poursuivons-nous ? Pourquoi on est nationalistes ? En quête de quoi sommes-nous ?

— …

— D'absolu.

— D'absolu…

— Chaque Blanc recherche l'absolu. L'ataraxie. Le Bien. Et tu pourras imaginer tous les symboles que tu veux, je t'assure que la croix chrétienne, c'est indépassable. Les apôtres sont partis évangéliser le monde en avançant vers l'ouest. Ils sont venus nous chercher. Les élus, c'est nous.

— T'es vraiment sûr que c'est pas les juifs qui sont venus nous chercher ?

— Je viens de t'expliquer que l'inverse du Juif, c'est Christ ? Tu m'écoutes ou quoi ? Ne m'dis pas que tu penses que les juifs ont inventé le Nouveau Testament, le coran, et puis les bouchons sur l'autoroute, tant qu'on y est ?

— Tu es chrétien, parce que tu trouves que les croix sont belles ? Parce que Jésus est gentil garçon ? C'est tout ?

— Non. Je suis chrétien parce que la croix est le symbole le plus simple et le plus pur qui existe. Et que Jésus sera toujours rattaché à la croix. La croix est à l'image de l'Homme blanc. Simple et sophistiqué. Quand les juifs sont intelligents, ils ont une intelligence retorse. On ne comprend jamais vraiment l'objet de leurs réflexions, ni leurs finalités. On est d'accord avec le calcul, mais on ne pige rien au résultat. C'est de la casuistique, du savoir de sachant de bibliothèque, ça ne s'applique à rien. Le Blanc peut verser dans l'ésotérisme, ça lui arrive aussi, mais

son fil rouge reste toujours le même et il est limpide. L'amour.
— Attends, c'est vachement beau, c'que tu dis. Mais en ce moment, on aurait plutôt besoin de se retrousser les manches et d'aller au combat.
— Je suis d'accord.
— Tu viens de dire le contraire.
— Non. C'est au nom de l'amour et du beau, qu'on doit éradiquer nos adversaires.
— Ah, là, je préfère.
— Tu préfères les hommes virils, les gros castagneurs, je vois ça...
J'avais dit cela avec un sourire malicieux, pour la tester, encore.
— Je suis une femme, c'est pas moi qui vais sauver le monde. Pourtant, j'ai envie que le monde soit sauvé, en tous cas le nôtre. Celui des autres, je m'en fous ! Donc j'ai besoin de savoir qu'y a des hommes avec de vraies couilles qui existent encore quelque part.
— Normal. T'es une femme. En tous cas, ça me dérange pas que tu sois païenne. Tu devras juste faire semblant de croire à Jésus quand on se mariera à l'église. Ce que je t'obligerai à faire, bien entendu.
— 'Tain mais toi ! Et puis, à quoi ça sert de faire cette cérémonie, si j'y crois pas ?
— L'essentiel est que moi, j'y crois. En te mariant avec moi devant Dieu et Christ, tu promets au ciel de mener une vie morale. Donc aryenne.
— Donc nazie.
— Donc nazie. Exactement.
— Tu sais, c'est très étrange. Je crois aux forces vives de la nature, mais j'ai toujours pensé qu'y avait qu'un seul dieu.
— Drôle de païenne.
— Ouais, mais si tu veux...

Une de ses amies est entrée subitement dans la pièce en nous demandant de nous taire. On avait fini par parler à voix haute et sans murmures, en oubliant complètement qu'on était entourés de gens qui essayaient de dormir. Hélène a semblé très gênée à l'idée d'avoir empêché les autres clients de faire leur nuit. J'aime les personnes qui pensent aux autres et qui ressentent de la honte quand ils dérangent.
C'est un signe de bonne éducation.

Elle m'a filé entre les doigts, en un instant.

— Lionel, je vais me coucher. Je suis trop, trop, trop contente de t'avoir parlé. Ce serait bien qu'on garde le contact. Passe-moi ton téléphone, s'te plaît.

— Tiens.

— C'est quoi le code pour déverrouiller ?

— Devine. Quatre chiffres.

Elle a hésité quelques secondes. Puis, elle les a trouvés toute seule.

— 1488. C'est pas dur d'entrer dans le téléphone des natios, ils ont tous le même code.

— On n'a rien à cacher. Comme Jésus.

— Ah, ah, ah… bon, mon téléphone, il marche pas en ce moment. Je t'ai écrit mon nom de profil *Facehook* dans ton bloc-notes. Acide Nitrique. C'est un pseudo.

— Je t'ajouterai. Moi c'est Jay Rico. T'habites vers où ?

— À Bordeaux même. Et toi ?

— Perpignan.

— C'est pas loin. Bon, j'y vais, faut vraiment que je dorme un peu. En théorie, demain, c'est moi qui conduis. Oh là là, je vais être crevée.

— Sois prudente sur la route, parce que j'aimerais vraiment te revoir. Bonne nuit !

Elle a souri, puis s'est éloignée de moi. Je croyais qu'à l'image de ce qu'on voit dans les films américains, elle allait se retourner, au dernier moment, avant de quitter la pièce, pour me montrer son affection par un geste, ou en me disant un petit mot sarcastique. Mais son amie l'attendait au pas de la porte, la gueule enfarinée ; elles se sont dit quelque chose brièvement, avant de disparaître dans l'obscurité du couloir.

Je n'arrivais pas à analyser ce qui venait de se produire. Comme elle n'avait pas répondu à mon appel du pied à la fin de notre conversation (« J'aimerais vraiment te revoir », peut-on être plus clair ?), je me disais que tout ça ne resterait qu'un bon souvenir, et qu'il ne fallait pas en attendre davantage. Le souvenir d'une soirée en Espagne, où j'ai taillé le bout de gras avec une Française au visage d'ange scandinave.

Je ne devais surtout pas espérer et attendre en vain…
Mais quelques secondes plus tard, mon portable a sonné.
Une notification *Facehook*.
Une demande d'ajout à ma liste d'amis.
La demande était accompagnée d'un message privé :

> C'est Hélène. Maintenant, t'as mon facehook. Je peux pas parler longtemps, j'écris depuis le portable de ma pote. Bisous. Sale chrétien, va !

J'ai répondu dans la foulée :

> En espérant que la négresse te laisse enfin dormir. Au pire, tu lui mets deux miches de pain dans les narines !!!

Elle a répliqué en 3 secondes. Un simple *smiley*.

> ;)

Elle m'avait laissé les restes de son casse-croûte sur la table. Je m'en suis gavé jusqu'à plus faim, pendant que de merveilleuses petites vibrations parcouraient chaque parcelle de mon corps. La dernière fois que j'avais ressenti ça, c'était à 15 ans et demi : pour mon premier bisou sur la bouche d'une fille.

J'ai continué à regarder quelques dessins animés loufoques, en rêvant à des jours heureux avec cette fille que je venais de rencontrer.

3 avril. Journée sans joie, à oublier rapidement. Je décide de l'achever à 20h50. Pour que le sommeil vienne m'emporter plus vite, je lui donne un coup de main en gobant une gélule soporifique à base de plantes, généralement très efficace sur moi. Je vais peut-être m'endormir en écrivant ce rapport…

J'étais d'assez bonne humeur après ces vacances en Espagne et ma rencontre surprenante avec Hélène, la rouquine d'extrême droite. Au retour, malheureusement, ç'a été la douche froide !

Embrouille avec un Arabe en fin de matinée, qui, par effet rebond et je vais expliquer comment, m'a fait perdre un temps précieux. Les biques m'ont déjà volé trop de temps de vie, je n'accepte plus de gâcher une seconde à cause de leur malveillance, de leur lenteur ou de leur absence totale de professionnalisme. C'est plus fort que moi, je ne les supporte plus.

Puis, et surtout : attentat en Russie l'après-midi.

Saint-Pétersbourg. Tueur ouzbek. Islam.

Déjà, ce qui est dur à gérer pour moi, c'est l'attente.

J'aurai la possibilité « d'attraper » Jean-Pierre Perlod à un moment précis, sur Dieppe, une semaine avant le second tour. Le samedi ou le dimanche. Jusqu'à ces dates, je n'ai rien d'autre à faire que me préparer à l'idée de devoir tuer cet homme. Ce qui n'est pas une mince affaire, entre nous soit dit !

Rien que d'y penser (car je ne peux pas ne pas y penser) m'épuise et me tourmente. J'ai beau me dire que les entraînements à la salle sont utiles, que couper des objets, ou des fruits et légumes de plus en plus solides, me prépare à mon rôle d'assassin, je sais qu'entre ces enfantillages et les vraies démarches d'approche, la filature de Jean-Pierre avant sa séquestration, l'enregistrement de la vidéo puis l'acte en lui-même à l'heure H… il y a un gouffre.

Comme souvent lorsque le stress me paralyse, j'ai compensé en me faisant livrer une bouffe bien grasse à midi. Pizza.

Je le jure sur ma tête : insatisfait de tous les restaurateurs chez qui je me fournis habituellement, j'avais décidé de fouiller un moment sur le net à la recherche d'un pizzaïolo valable, et j'ai cherché à tout prix à éviter la pizza pondue par des Tunisiens se faisant passer pour des ritals (c'est monnaie courante aujourd'hui, ils ne savent dire que *Buongiorno*, mais ils s'entraînent à le dire sans arrêt pour faire illusion), et pourtant, encore une fois, je me suis fait baiser la gueule.

Il n'y avait pas la mention Halal incrustée dans les photos de pizzas sur leur site, je l'ai pourtant cherchée activement sur chaque page. La *Regina* était censée contenir du jambon, du fromage (mozzarella) et de la tomate. Au téléphone, la standardiste ne semblait pas avoir une voix de maghrébine. J'ai fait confiance à cette voix, leur local étant de toute façon trop loin pour que j'aille récupérer ma commande « à emporter ». J'ai tout de même insisté en demandant à deux reprises :

— La jambon-fromage, c'est bien du vrai jambon que vous mettez dedans, c'est pas de la dinde ?
— Jambon-fromage monsieur, jambon.
— Du jambon, du jambon de cochon, hein ? On est d'accord ?
— Du jambon oui, c'est la *Regina*, c'est ça !

Je l'ai donc commandée.

Le livreur est arrivé avec plusieurs minutes de retard. En fait, je l'ai attendu plus d'une heure. La faim m'avait d'ailleurs quasiment passé. Les envies gloutonnes sont pareilles aux envies de déféquer : quand on les laisse passer, notre corps les oublie étrangement et se focalise sur quelque chose de plus important.

Dring, dring !

Enfin, ma pizza. En ouvrant la porte, première surprise désagréable. Le livreur est un Arabe. Enfin, quelque chose de pire. Un Égyptien peut-être. Non, un hybride. Moitié melon, moitié négro. Quelque chose qui n'existe pas dans les manuels d'anthropologie.

Il avait son casque de moto sur la tête, avec la visière relevée. Son souffle était haletant. Il suait atrocement et il n'a pas dit bonjour. Ni *Buongiorno* d'ailleurs !

— La *Regina* et une bouteille d'eau gazeuse, c'est ici ?

Je me suis mis à la hauteur de son incivilité, et je n'ai pas daigné répondre. Un hochement de tête d'approbation, c'est tout ce que je lui ai donné de moi. Après quoi, je suis allé poser le carton sur la table de la cuisine.

J'ai ouvert la boîte. Pizza recroquevillée sur elle-même, donnant l'impression d'être sale et mal cuite. On aurait dit qu'il en avait mangé un bout avant de la reconstituer en cercle, à l'arrachée, juste avant de sonner chez moi. Je regrettais déjà à cet instant d'être un paresseux qui – parce qu'il ne fait pas l'effort d'aller au supermarché – est obligé de payer cher une pizza bas de gamme, livrée par un bicot sans bonnes manières. Au fond, je n'avais eu que ce que je méritais.

Mais restez encore un peu, car la blague n'est pas terminée.

Je suis retourné au pas de la porte avec ma carte bleue.

Il l'a mise dans le combiné. Pas de réseau. Le paiement ne passait pas.

Tout ce qui m'oblige à rester en présence d'un bougne plus de 6 secondes me crispe incroyablement. Comme ça ne marchait pas, il a récupéré le combiné et il est entré chez moi sans ma permission, avec ses chaussures toutes boueuses.

— On va se mettre à la fenêtre, pour voir si le réseau passe mieux.

— Laissez-moi faire, ai-je dit en lui bloquant le passage calmement. Vous avez vos chaussures et y'a de la moquette.

— Ah. D'accord.

Me voici donc à la fenêtre du salon, agitant le combiné de carte bleue vers le ciel, pour trouver un peu de réseau et payer cette pizza de merde. Une tentative, puis deux, puis trois. Ça ne passait toujours pas. On commençait à entrer dans le registre du sketch doucement mais sûrement.

L'autre consultait son téléphone en reniflant de temps en temps, comme si le fait de devoir livrer d'autres clients ensuite (ou non) lui était complètement égal. Si ça avait pris une demi-heure, il serait resté là, adossé à l'encadrure de ma porte, en attendant que le paiement passe. Ils n'ont pas la même notion du temps que nous. Ils s'en foutent, de perdre du temps, on dirait qu'ils en ont à revendre.

J'ai vite décidé de prendre les choses en main.

— En bas de chez moi, y'a un distributeur, je vais vous payer en liquide.
— D'accord.

Nous sommes descendus ensemble vers la banque la plus proche. Je « marchais en courant » afin d'achever la transaction au plus vite. J'ai toujours honte de me faire livrer à manger. J'ai l'impression de souffrir d'un handicap sévère, quand j'ai recours à ce genre d'expédients pour contenter ma boulimie. Alors, plus l'échange avec le livreur dure, plus je m'en veux d'avoir décroché le téléphone initialement. *A fortiori* quand le livreur a une tête de con comme la sienne.
J'ai retiré 20 euros. Le montant de l'addition s'élevait à 16 euros 50. Puis je lui ai tendu mon billet.

— Par contre, chef, j'suis désolé, mais j'vais pas avoir la monnaie.
— Comment ça ?
— J'avais 1 ou 2 euros, mais depuis le client avant vous, j'ai plus rien. On peut essayer la carte ici. Vu qu'on est dehors.

On a essayé la carte.
L'appareil devait être mort, parce que ça n'a pas marché non plus dehors.
Comment un livreur peut-il ne pas avoir un stock pour tous types de paiement dans sa besace ? Soit ce qu'il m'a dit est vrai, et c'est une marque d'incompétence dans le rapport commercial avec le client. Soit il mentait purement et simplement, en jouant sur le fait que je me ficherais de lui laisser 3 euros 50 de pourboire.
Mais il n'avait pas deviné que j'étais à la fois radin et raciste.
Dans tous les cas, c'est irritant au possible et ça n'a pas lieu d'être.

Ce n'est pas du tout ce qu'on attend d'un service à domicile. Un livreur sans monnaie, bordel…

— Alors, comment on fait ? Je vais pas vous laisser 4 euros en plus de c'que je vous dois vraiment. C'est hors de question.
— Et moi, j'peux pas vous la donner gratuite.

Il avait dit ça en serrant les narines. Ça y était.
Le gène bougnoulique de *l'agressivité-alors-qu'on-est-en-tort-à-100%* était en train de s'activer. Moi, je n'en avais plus rien à faire de ma pizza, je voulais seulement lui montrer à quel point je le détestais. Lui et toute sa clique de branquignoles, voleurs dans le meilleur des cas, djihadistes dans le pire :

— C'est quand même fou que vous vous déplaciez sans monnaie. C'est impensable, en fait.
— Bah, c'est comme ça, j'y peux rien… ce qu'on fait, c'est que j're-tourne au resto, je prends de la monnaie, et je reviens pour terminer la transaction.
— Et la pizza, on en fait quoi d'ici là ?
— J'peux pas vous la laisser.
— Ah, d'accord. Vous la gardez en otage le temps de revenir. Moi, je la mange froide à votre retour. C'est ça, le principe ?
— On vous en refera une, si vous voulez.

C'était faux. Ils n'allaient pas refaire une pizza spécialement pour ma pomme.
Avec de la chance, ils allaient la remettre au four 2 minutes pour lui redonner de la chaleur et l'apparence de l'inédit.
Je me suis donc résigné à en rester là pour ne plus avoir à causer à ce margoulin.

— Gardez les 20 balles, j'ai pas que ça à foutre.

J'ignore s'il m'a répondu. J'ai remonté les escaliers jusqu'à chez moi en faisant comme si cet épisode désagréable n'avait jamais existé.

Je me suis assis dans la cuisine… J'ai pris une part de pizz' dans le carton… Un croc dedans et j'étais déjà fixé.

De la dinde.

De la putain de dinde de merde.

Pas de jambon. Pas un atome de jambon dans cette pizza !

Je venais de donner 20 balles à une famille d'arabes qui, chaque jour, font passer leur kebaberie infecte pour de la restauration italienne authentique. Je les ai rappelés sur le champ pour pousser une gueulante, mais il était trop tard. Leur standard était clos, leur bouiboui ayant fermé entre temps et jusqu'au soir.

Il est rare que je m'en prenne à mes propres affaires quand je craque nerveusement, mais j'ai frappé le combiné de mon téléphone sur l'évier jusqu'à le réduire en miettes. Ensuite, j'ai ouvert le hublot du lave-linge et j'ai hurlé dedans à m'en faire péter les veines du cou. J'ai ri jaune à l'intérieur, en songeant que, même lorsqu'il s'abandonne à la colère, un Blanc cherche à le faire avec discrétion. Il étouffe son cri autant qu'il le peut. Nous sommes si sages et accommodants, nous autres, vrais Français…

Même si le commentaire sera probablement supprimé, je suis allé en rédiger un, accompagné d'une mauvaise appréciation, sur le site qui m'avait vendu les mérites de ce faux restaurant.

Livreur malpoli. Pas de monnaie sur lui. Pizza médiocre ET SURTOUT HALAL, alors qu'au téléphone, on m'a assuré qu'elle serait composée de vrai jambon. Arnaque, à éviter.

Ce qui me met le plus en colère, c'est que la personne au standard, et c'est souvent le patron dans ce genre d'établissements, a cru pouvoir me duper. Je l'imagine bien raccrocher en ricanant : « Le Français il va pas voir la différence, frère, balance la *Regina* au *vrai* jambon, eh eh eh ! »

Ils sont incapables de respecter nos volontés, mêmes les plus minimes, nos habitudes de vie ou les limites qu'on leurs fixe en général.

On leur dit qu'ils ont le droit de jouir chez nous comme des gorets jusqu'au niveau 8, eux, ils insistent pour aller jusqu'à 9. Vous proposez un doigt, ils veulent la main. Demain, ils voudront le bras qui va avec.

Si vous le leur refusez, ils iront sur la case 9 interdite pendant que vous, vous avez le dos tourné. Ils sont comme programmés génétiquement pour chercher à enfreindre toute règle établie.

Regardez-les conduire, par exemple.

En ville et de nuit, ils font la guerre aux feux rouges. On dirait qu'ils prennent personnellement le fait que le feu passe au rouge, quand c'est leur tour de s'arrêter et d'attendre devant lui. Ils entrent en duel avec le feu, ils le grillent avec du ressentiment plein l'intestin, de la bile, de la rage pure.

— Il a cru quoi, le feu rouge ? Que j'étais sa pute ? Starfoullah !

Des dingues.

Incapables de respecter un client qui les paie pour obtenir leurs sous-produits. Ils ne font pas le moindre effort pour que le Français continue de manger sa *Regina* tranquillement, pendant qu'il se fait grand-remplacer. J'ai connu l'époque où les boulangers fraîchement débarqués du bled enfilaient une paire de gants pour vous servir du ralouf. Ils faisaient l'essentiel, ils s'adaptaient à nos préférences. Aujourd'hui : plus rien à foutre ! Tellement de frisés dans ce pays qu'ils n'ont plus besoin de nous pour faire tourner leurs commerces. Il s'agit de se soumettre, de bouffer leur volaille égorgée, d'oublier à jamais le goût du cochon…

Et il faut faire semblant que tout ça ne change rien pour nous.

En me lisant de loin, on pourrait se dire que je ne suis qu'un « babtou » capricieux aux prétentions bourgeoises, qui veut être livré en temps et en heure, et se met en rogne contre un prolétaire maghrébin, qui lui, est obligé de faire ce boulot ingrat pour joindre les deux bouts. Ah bon ? Vous croyez que je n'ai jamais été livreur, moi aussi ? Je l'ai été, comme lui, il fut un temps ; et je ne tirais pas une tronche de quinze mètres quand je m'employais à la tâche. Jamais je ne me suis comporté de cette manière avec des clients, avec cette nonchalance, cette familiarité dans l'échange.

Je suis désolé, mais des accrocs comme ceux-là ne sont pas anodins. Notre qualité de vie chute de jour en jour, à mesure que le pays s'africanise. Le minimum n'est plus assuré. On n'arrive plus à se faire livrer une jambon-fromage et à jouir de ce minuscule plaisir d'homme moyen qu'est le plateau télé. C'est usant d'avoir à batailler pour obtenir toutes ces petites choses qui ne sont rien, mais qui font aussi tenir le coup.

Je suis allé jeter la pizza aux ordures du rez-de-chaussée.

Ce n'est qu'en revenant devant chez moi que j'ai réalisé m'être enfermé dehors. J'avais claqué la porte en laissant les clefs à l'intérieur de l'appart.

C'est à ce moment exact que j'aurais dû avoir Jean-Pierre Perlod dans mes filets, parce que j'aurais pu tuer n'importe qui, même l'être le plus innocent, même un ange en train de jouer de la lyre. J'ai mordu ma main à m'en faire mal aux dents (c'est dire) pour ne pas crier une seconde fois.

Dans mon malheur, j'ai eu de la chance. J'avais un double chez mes parents et ils n'habitaient pas trop loin. 30 minutes à pied, quand même, et seulement pour l'aller ! Mais ça aurait pu être pire. J'ai dû rester en pantoufles tout au long de cette expédition, parce que c'est en pantoufles que j'étais sorti de chez moi descendre le carton à pizza.

Je me suis donc retrouvé à sprinter dans les rues de Perpignan pour récupérer mon deuxième jeu de clefs. Ma mère était à la maison, heureusement. Je lui ai expliqué brièvement la situation, et voyant que j'étais furax, elle n'a pas cherché à me retenir.

Puis, je suis rentré chez moi. Je portais un short si court que les passants me croyaient en caleçon et me prenaient pour un fada. Aucune importance.

En arrivant enfin à l'appartement, j'ai inspiré et expiré une dizaine de fois pour faire retomber la pression en moi. Alors que j'avais été abstinent depuis 13 jours complets, en désespoir de cause, j'ai choisi de me masturber.

Je l'ai fait en version longue, j'ai vraiment pris tout le temps qu'il me fallait. Le temps et les précautions : j'ai fermé les volets, tiré les rideaux, et mis mon téléphone en mode Avion, pour faire de cette secouade une vraie cérémonie.

J'ai temporisé au maximum jusqu'à la délivrance finale, me faisant « redescendre » quand je me sentais sur le point de venir. D'habitude, je vais au plus efficace, mais cette fois, j'y suis allé en douceur, pour me faire plaisir…

Jeunes babysitters. Juste un peu, quelques minutes.

Grosses fesses (de Mexicaines, j'aime ça), à quatre pattes et qui remuent.

Gouineries entre jolies femmes. Ça ne m'excite pas spécialement, mais c'est objectivement beau.

Puis, des choses plus sérieuses.

Lèche de couilles en gros plan. Par une fille. Par deux filles. Par trois filles. Trois filles pour deux roubignoles, ça devient de la gymnastique olympique.

Enfin, une compilation d'éjaculations faciales.

C'est l'une d'elles qui m'a mis KO. Un mec prenait fort une fille assez bronzée, typée colombienne, contre la table de sa cuisine. J'avais l'impression que la scène se passait chez moi car l'agencement du mobilier et de l'électroménager était quasi identique au mien. J'étais avec l'ordi sur les genoux, assis sur une chaise, m'astiquant comme un sourd entre mon frigo et la corbeille alimentaire. Le gars s'est retiré de la fente de la fille, et a claqué des doigts pour qu'elle s'agenouille. Elle n'a pas eu le temps d'obéir complètement, et le coup est parti alors qu'elle n'était pas encore en place. Un jet a terminé dans son œil, et cela l'a fait rire. L'espièglerie de ce ricanement licencieux m'a fait éjaculer. C'était bon. J'ai essayé de « viser » la corbeille lorsque j'ai giclé. Je m'étais mis intégralement à la place du baiseur pendant quelques secondes. De voir ce beau morceau de jeunesse latine, se mettre à genoux sur commande pour recevoir *mon* jaillissement de foutre et en rire à l'atterrissage, m'a fait exploser…

L'efficacité de la pornographie sur la psyché est vraiment incroyable. C'est un sujet tabou, malheureusement.

Quand on touche au « but » devant un film de boules, on est si impliqué dans le plaisir qu'on a la sensation de baiser vraiment avec quelqu'un. Il n'y a pas de partenaire mais la tension sexuelle est palpable dans l'air, et on ressent la même chose que pendant un rapport réel. C'est comme si on faisait des va-et-vient dans un hologramme, et que cet hologramme avait tout à coup la même consistance qu'une chatte ou une bouche de femme. L'hallucination sexuelle fonctionne merveilleusement. C'est démoniaque.

La frustration accumulée depuis le début de journée était à présent légèrement évacuée. J'ai posé mon laptop sur la table, je suis parti me changer dans la chambre, puis j'ai fait du café. À la suite de quoi, j'ai ouvert à nouveau l'ordinateur. Je voulais répondre à quelques mails professionnels. Mais d'abord, le petit tour non-nécessaire sur *Facehook*.

3 nouveaux messages à lire.

• Le premier d'un nationaliste alsacien en train de créer une communauté de Français d'extrême droite, dans une perspective d'amitié politique et d'entraînement au combat. Tendance patriote, plutôt hostile au nazisme. Ça ne me dérange pas, tant qu'ils font quelque chose pour les Blancs. Bon, ils sont cinq, les mecs. Comme d'hab. Je répondrai plus tard.

• Un autre de Benoît. Le presque puceau dont j'ai parlé dans le compte-rendu précédent. Long pavé. Lu en diagonale. Il se demande si la collègue de son taf ne se joue pas de lui. Tu m'étonnes. Voilà des années qu'il lui montre des signes d'intérêt, et qu'elle fait semblant de ne pas s'en rendre compte. C'est une allumeuse à la con. Il la rassure à chaque rupture, la laisse pleurer sur son épaule, puis elle s'en trouve un autre en quelques semaines, sans jamais envisager ce brave Benoît. La misère affective des autres hommes m'attriste tellement qu'elle me donne envie de les achever d'un coup de fusil, quand leur cas me semble sans espoir, comme on tue les vieux chiens malades.

• Enfin, un message d'Acide Nitrique, alias Hélène la rouquine. Des mots que je n'ai pas compris tout de suite.

> Encore eux... c'est quand qu'on va bouger ? Faire quelque chose de concret contre ces bâtards ?

Je n'ai pas répondu dans l'immédiat. J'ai d'abord relancé la page de mon fil d'actualités. Ce qui m'a permis de comprendre à quoi Hélène faisait allusion.

Bombe dans le métro de Saint-Pétersbourg. Attentat suicide. Des dizaines de morts.

Des Blancs. Des vieillards et des jeunes filles slaves aux visages de déesses. Des diplômés en médecine, en droit, en langues étrangères. Des cerveaux. Des beautés. Disparus pour toujours…

À l'heure qu'il est, on ne sait pas encore qui a fait le coup. Mais nous, on sait qui a fait le coup.

Encore eux… Hélène avait tout dit.

Des sosies d'Hélène, grandes, longilignes, à la chevelure ravissante comme l'est la sienne, sont sans doute mortes aujourd'hui, de l'autre côté de l'Europe.

Elles sont mortes parce qu'aucun nationaliste n'ose mettre sa vie au bout de ses idées, comme l'a fait cet énième musulman. Reconnaissons-leur au moins cette capacité à braver la mort sans « faire dans leur culotte ». Peut-être qu'ils ont la trouille, remarquez, mais ils le font quand même, ils vont au bout de leur fanatisme.

Je n'ai pas su quoi répondre à Hélène quand j'ai appris la nouvelle. Je ne me sentais pas en position de la rassurer, ni de tenir un discours martial qui paraîtrait grotesque, par le simple fait que je le couche par écrit plutôt que de l'écrire en actes.

Chaque barbarie adverse sans riposte de notre côté, représente une humiliation supplémentaire et une victoire pour eux.

Cela met dans la tête de nos femmes que si elles mourraient à leur tour dans un attentat, aucun homme d'Europe, pas même leurs pères, leurs frères ou leurs époux, ne se lèveraient pour les venger *post-mortem*.

Vous comprenez pourquoi on a perdu la confiance de nos femmes ?

Nous n'assumons plus notre rôle de protecteur. Ni notre rôle de vengeur viril. Parce que la vengeance est un droit humain, qu'on se le dise ! Le droit de laver son honneur bafoué en cas d'atteinte grave à notre personne ou à celle de nos proches.

L'Europe n'a plus de bite. Elle est devenue une petite chatte terrorisée continuellement. Une chatte qui prie le dieu immigration pour que la prochaine attaque ne fasse pas trop bobo à son pauvre vaginou.

L'addition de tous ces assassinats laissés impunis crée une torpeur collective, laquelle assomme en particulier les hommes occidentaux. On ne sait plus quoi faire pour se donner une consistance. Parce que si on met une seule pièce dans le juke-box en les massacrant à notre tour, ne serait-ce qu'une seule fois, des années de guerre sanglante suivront. Plus aucun retour en arrière ne sera possible.

Ce pas, chacun sait qu'il sera franchi un jour. Mais aucun ne veut être celui qui le franchira.

Depuis l'arrivée du premier crépu en terre blanche, les Européens retiennent leur souffle. Ils savent que s'ils laissent un son sortir de leur ventre, celui-là aura la puissance d'un ouragan.

Imaginez un Nice bis, mais commis… par nous.

Quand on sait que même lorsqu'ils sont coupables et archi-coupables, les racailles débarquent dans les villes et cassent tout dès qu'un flic ose frapper un des leurs (c'est-à-dire, dès qu'un flic fait son job) …

Imaginez un camion fou en plein Alger. Conduit par Jean Dupont. Un Blanc pur porc.

Voilà, vous l'avez imaginé et vous avez pris peur. C'est normal.

Il n'y a pas de ripostes de notre côté, parce que ceux qui ne veulent pas la guerre, c'est nous, nous, nous et 100 fois nous. Les Blancs ne veulent pas de cette guerre ethnique, sans quoi elle aurait déjà eu lieu dans les deux sens. Pas parce que nous craignons de la perdre, mais parce qu'une guerre engendre la mort, le chagrin, la folie et des injustices à tous les coins de rue. Comme nous sommes des êtres moraux, nous cherchons à éviter l'inévitable.

Les petites réactions face à leur inhumanité sont insuffisantes.

C'est soit des lardons jetés sur la porte d'une mosquée, opération risible, inutile, qui vous conduit quand même en taule… Soit la Vengeance, la Vraie, et alors, ce sera la Guerre !

Moi, je crois avoir trouvé une alternative intermédiaire : le changement de gouvernement par la voie démocratique. Oui, j'y crois encore. L'État qui se chargerait du sale boulot à notre place, ou qui nous autoriserait à le faire en déclarant cette guerre officiellement. Tout ce qui est interdit aujourd'hui deviendrait légal, et serait même encouragé par un parti nationaliste. Je ne dis pas que Martine déclarera la guerre à l'islam si elle gagne. Ses simples positions sur l'immigration, si on les combine à une remigration progressive et intelligente (faire partir les plus bêtes et les plus violents), suffiraient à endiguer la propagation de cette religion satanique chez nous.

Mais ces PUTAINS DE DÉBILES de Français ne veulent pas faire cet effort minime qui consiste à ne pas se tromper de bulletin. Ils n'y arrivent pas, c'est terrible, le blocage est profond. Je veux croire que la mort innocente de trop, celle d'un Perlod apprécié et dont le parcours professionnel est pour l'heure un sans-faute, les conduira enfin au vote de raison.

Une mort, pour sauver des millions de vies amies et ennemies.

C'est le choix qui se présente à moi. Être ou ne pas être un homme qui fera bouger les lignes. Le genre d'hommes qu'une femme comme Hélène aurait plaisir à aimer. Un bienfaiteur.

Je termine ces lignes en me disant qu'il serait bon de savoir de quel bois se chauffe mon âme politique, elle qui se croit résolue et incorruptible.

Oui, il faut que je tue rapidement. Dans la semaine, allez.

Pour déterminer si je saurais tuer encore quand il le faudra vraiment. La bonne personne, cette fois.

C'est effrayant, mais mon esprit a formulé cette pensée-là. Si elle est née en moi, c'est qu'elle doit avoir un sens précis, qu'elle répond à une nécessité de circonstance…

J'y repenserai demain et à froid.

SIEG !

L'actualité de cette semaine m'a conforté dans la certitude qu'agir ne représente plus une option parmi d'autres, mais bien une obligation morale absolue.

On dirait que les choses s'accélèrent pour me rappeler que chaque jour sans lutter condamne des frères blancs à la mort.

Lundi, attentat meurtrier en Russie.

Hier, attentat meurtrier en Suède. Un camion conduit par un soldat du malin. Islam, encore.

ENCORE.

Je n'ai plus envie de m'épancher sur des choses qui ne valent pas la peine d'être écrites. J'ai conscience de la parfaite inutilité de ce journal, qui, soyons francs, me sert en fait de compagnon imaginaire. Il me semble que j'ai donné une dimension trop littéraire à ces comptes rendus, et cette poésie doit s'arrêter tout de suite. Je me répète : c'est une dérive moderne et courante chez les Blancs, que de vouloir se réfugier dans l'imagination, dans l'esthétique et l'art pour l'art…

Regardez un peu dans les salles de cinéma. On n'y trouve que des Blancs. Les autres ont mieux à faire !

Il n'y a que les Blancs de ce siècle qui soient aussi fakirisés par la fiction. Parce que le monde qui les entoure les fait vomir, ils vont se planquer dans des univers irréels, si bien qu'ils finissent par croire à cette irréalité et à la préférer au monde matériel. Il faut voir tous les quadras et quinquagénaires de France se presser, les uns après les autres, dans la file d'attente du dernier film de super-héros à la mode. C'est au-delà du ridicule. Je n'ai pas de mots pour décrire la peine que ces âmes mortes m'inspirent, elles qui rêvent d'être *Batboy* ou *Spidergirl* pendant que leur pays se fait ratatiner dans le vrai monde tangible.

Seule compte la réalité. Seuls comptent les actes qui s'inscrivent dans cette réalité physique. Je voudrais que ce soit notre nouvelle religion, celle qui guide nos comportements et nos choix d'existence au quotidien. La religion de la réalité : n'existe que ce qui est.

Alors, les gnoules ont encore frappé. Encore, encore, et encore…

Il devrait apparaître évident à n'importe quel esprit sain que sans contradicteurs musclés, l'islam et l'Afrique s'imposeront en Europe à force de barbaries répétées ne conduisant pas à des représailles. Ils n'ont même pas besoin d'être originaux dans leur mode opératoire. Le lancer de camions sur êtres humains, ça a marché à Nice ? Ah, d'accord, ben on va recommencer.

Berlin. 19 décembre 3016.

Stockholm, le 7 avril 3017.

Je me demandais quand le pays le plus bêtement cosmo et antiraciste de la planète allait être puni pour ses pêchés. C'est chose faite à présent, même si je ne m'en réjouis pas.

Les Occidentaux d'aujourd'hui n'ont même plus la capacité intellectuelle suffisante pour conclure que là où il y a de l'immigration extra-européenne, il y a des attentats et de la délinquance, et que là où il n'y en a pas, il n'y a ni attentats ni délinquance.

C'est trop dur à piger que ARABES + NOIRS = PROBLÈMES POUR LES BLANCS ?

Il faudra que notre sang coule encore longtemps, avant que ces innombrables mauvaises expériences regroupées entre elles et additionnées, ne se transforment en un théorème définitif ?

Le milieu dissident (qu'on confond à tort avec celui des nationalistes réels) est lui-même enfoncé jusqu'à la trogne dans le relativisme anti-raciste.

Dites « race » en réponse à un problème de société et de civilisation, et vous aurez toujours un professeur très sérieux du cercle patriote d'Averroès (un philosophe arabe, vous voyez ça existe, vos théories hitlériennes s'effondrent tout à coup… blablabla), pour vous dire que c'est là une vision des choses trop simpliste. On accole encore trop souvent des termes péjoratifs, comme « faible », « bête », ou « dangereux », aux pensées sainement racistes.

J'ai rencontré des centaines de vieux cons osant se prétendre de droite, mais qui complexifient la doctrine nationaliste jusqu'à lui faire perdre tout tranchant, au nom de la suprême sagesse analytique qui attend des « bravos » parce qu'elle est proclamée avec toutes les nuances possibles du péri-langage, contrairement à la frontalité du style skinhead, par exemple. Sauf que cette finasserie de droitard de salon n'est pas de l'intelligence. Non : c'est de la trouille.

Le racisme, en France, c'est la prison ou la mort sociale.

Les leaders fafs, eux aussi, veulent mener une vie agréable. Leur idéal est le samouraï nippon ou le chevalier Bayard, sans peur et sans reproche, mais leurs actes les font plutôt ressembler à de petits boutiquiers miteux, terrifiés à l'idée de perdre leur clientèle hostile au racisme biologique. Pas seulement parce que nos milieux sont aussi envahis de métèques (oui, ils ne peuvent même pas nous foutre la paix sur notre terrain), mais aussi parce que les Blancs de peu de valeur rejettent ce racisme-là. Le racisme biologique est un élitisme, *in fine*, et quand on se voit moche et con dans le miroir, on préfère rester dans le mysticisme et le complotisme paralysant que d'accepter qu'il existe des hommes qui, racialement, en valent mieux que d'autres, et ce à l'intérieur même du monde blanc. C'est l'évidence même, mais si vous tenez cette position de bon sens, on essaiera de vous faire passer pour un abruti.

Comment un propos raciste pourrait-il être plus *stupide* ou *dangereux* que n'importe quel maghrébin de banlieue ?

Les skins ne font pas dans le détail, et ils ont raison. Sur la question raciale en tous cas, parce que, l'alcool et le manque de courage aidant, ils se tabassent plus volontiers entre eux qu'ils n'attaquent l'ennemi gauchiste ou allogène. C'est de la peur, là encore… Un skin qui défonce le crâne du skin de la ville d'en face (ils appellent ça un derby) ne fera jamais de prison très longtemps. Même si l'autre skin en est mort. La justice ne se réveille pas de sa sieste maçonnique pour un faf crevé. En revanche, elle est prompte à laisser une année complète en taule et sans procès, un frère coupable de s'être défendu face à un antifasciste qui voulait le tuer, après l'avoir poursuivi avec sa bande. Alors que l'enquête a vite montré que Merdique avait été tué par un… poteau. Ça arrive, la vie est triste.

« *À bas l'intelligentsia* », voilà une phrase de nazbol qui m'a toujours séduit.

J'aimerais enfermer tous les masturbateurs de la pensée immobile dans une bibliothèque pour les laisser y crever de faim. Ils y expireraient avec leurs frères jumeaux, les universitaires gauchistes. Universitaires de gauche et universitaires de droite appartiennent à la même classe sociale. D'ailleurs, ils se respectent entre eux en général. Ils ont plus de points communs que ce qu'on croit, notamment celui de mépriser les opinions populaires, qui sont intuitivement justes (car forgées par l'expérience d'une réalité vécue au quotidien).

Oui, je les jetterais tous volontiers dans les oubliettes de l'Histoire. Comme le spartiate Léonidas, dans le film *300*, qui d'un violent coup de pied sur l'abdomen, envoie l'adversaire insolent dans un puits sans fond. Ne resterait plus à l'air libre que les natios avec du cœur et les petites gens sans histoires.

Une angoisse ne me quitte plus depuis le lever : celle que la mort de Perlod elle-même ne produira aucun effet sur les Français. Qu'il aurait droit, même si les gens croient (ça, j'en fais mon affaire) à un coup des musulmans, à quelques bougies éplorées et des milliers de mots doux sur sa tombe qui n'aident pas à gagner une guerre, mais qu'il ne s'agira que d'un drame de plus, s'ajoutant à la longue liste des drames et des morts qui n'ont rien changé aux pensées politiques majoritaires.

Qu'est-ce qui révoltera ces escargots attardés, une bonne fois pour toute ? Qu'est-ce qui donnera la gaule à la Gaule, putain de bordel de merde ?

Depuis quelques jours, je cherche d'autres idées pour renverser la vapeur, sans en trouver de meilleures que la première. Je reste donc sur le plan initial, en priant pour que celui-ci ait l'effet escompté.

Car le comble de l'horreur ne serait pas d'avoir tué un homme, mais de l'avoir tué *pour rien*.

Ne pensons pas à cela pour l'heure, et restons concentrés.

La manière de tuer quelqu'un en dit long sur le rapport que vous entretenez avec votre victime et l'estime que vous lui portez.

Actuellement, les musulmans nous roulent dessus en camion, et à toute allure. Cela veut dire quelque chose. C'est symboliquement extrêmement puissant. Ils veulent nous broyer. Pour planter leur tente et installer familles et effets personnels sur le visage de l'Europe. Il ne s'agit pas d'une bataille, mais d'un anéantissement. D'une tentative de génocide à petite échelle, en faisant passer sur un groupe d'humains haï, un engin qui ne vous laisse aucune chance, vous fonce dessus pour écraser votre corps et le déchiqueter. Il n'y a aucune façon plus humiliante de mourir. Ils essaient vraiment de se débarrasser de nous, comme nous le faisons quand une mouche tourne autour du salon. On prend un magazine ou une espadrille, et on l'explose contre une vitre, sans remords.

C'est avec ce même détachement que les islamistes nous passent sur le corps en 38 tonnes. Avec le sentiment du devoir accompli et en laissant échapper un soupir d'agrément : « Ah, une mouche en moins sur la terre d'allah ! ».

Pendant ce temps, certains Blancs antispécistes (je vous laisse chercher ce que c'est sur internet) se demandent s'il est moral de préférer sa vie à celle d'une limace ou d'un acarien.

Pauvres de nous…

Nous écraser avec un poids lourd montre bien la haine qu'ils ont contre ce qu'on représente. Le beau.

Si vous tirez dans le cœur d'une belle femme, vous la tuez, mais vous ne cherchez pas à attenter à sa beauté. Vous le faites pour des raisons qui vous concernent, mais vous ne le faites pas pour l'enlaidir en la défigurant à jamais. Les Arabes jouissent en faisant d'une feuille vierge une pelote froissée, juste bonne à être jetée à la poubelle. D'ailleurs, quand l'un d'eux effectue sa mission, ses amis qui l'observent depuis la France ou le Moyen-Orient, mettent des pouces bleus sur les vidéos qui circulent des cadavres encore fumants. « Bravo, Ibrahim, t'as transformé la pute blanche en pâtée pour chien ! Qu'allah prenne soin de ton âme ! ». Ils ont une autre méthode criminelle bien connue : balancer de l'acide sur les femmes qui se sont refusées à eux. Là encore, c'est de la méchanceté et de la jalousie pures. Quand ils ne peuvent pas obtenir une belle chose, ils préfèrent la détruire.

La délicatesse de nos traits et la profondeur de notre intelligence, auxquelles ils ne pourront jamais prétendre, est la cause unique de la haine qu'ils nous portent. Pour ne pas nous jalouser, il aurait mieux valu qu'ils ne nous rencontrent jamais. Comme ils ne peuvent pas nous ressembler, ils font tout pour punir la supériorité qui est la nôtre : ils éclatent nos visages sous des roues géantes envoyées à 100 à l'heure vers nous.

Je tenais à le formuler parce que je viens moi-même d'en prendre conscience.

Ce que les médias appellent « un camion fou », et qui devrait être appelé « un camion conduit par des Arabes fous » n'est que la méthode de mise à mort la plus claire pour exprimer la haine viscérale qu'ils ressentent envers nous et ce que nous représentons.

Nous sommes doux et aimants.

Il n'y a aucun mal ni défaut de virilité, à être doux et délicat.

Ma définition du fascisme européen a toujours été celle-là : un peu de violence pour protéger notre douceur.

Passons.

On ne va pas philosopher des heures sur toutes les morts déplorables qui auraient pu être évitées, partout sur le continent. Ils sont morts, ils sont morts. L'important est à présent de limiter la casse.

J'avais été si affecté par l'attentat en Russie que je n'avais pas regardé le débat des 11 candidats du lendemain. J'avais même oublié sa diffusion. Un mail d'Hélène me l'a rappelé cet après-midi.

— C'est Hélène !...

Elle est drôle. Elle me le rappelle à chaque courriel alors que j'ai enregistré son adresse dès le premier message, et que son nom s'inscrit à réception en titre de message (Hélène Foucharelle). Je lui avais dit de m'écrire des mails parce que je voulais me détacher de *Facehook*, où les commentaires impuissants des natios sur l'actualité n'en finissaient plus de me miner le moral.

— ... T'as regardé le débat de mardi ? Avec tous les candidats ? Si, comme moi, tu l'as raté, on pourrait se faire un plateau télé à distance. On lance la rediff en même temps, on l'écoute aux casques et on la commente à deux. En même temps, on s'appelle sur *Skipe* pour se marrer et réagir ensemble. Comme des beaufs qui regardent un match de foot. On est des ploucs comme les autres, mais amateurs de politique-spectacle ^^ Pizza-bières, t'en penses quoi ? H.H.

Décidément, Hélène est parfaite. Elle m'écrit *Heil Hitler* dans le plus grand des calmes, en guise de conclusion. C'est sûrement fait sur un ton semi-humoristique, ou peut-être bien que c'est un excès de zèle de sa part. Elle a compris que j'étais très radical et les filles aiment bien incarner l'idéal de l'homme qui leur plaît, au moins au début d'une relation. Elles ont ce côté caméléon qui les fait devenir ce qu'on désire le plus ardemment qu'elles soient, le temps qu'on les pine et qu'on en devienne amoureux… En tous cas, je ne savais pas si techniquement, ce plateau télé à distance était possible, mais je lui ai fait confiance. J'avais grandement besoin de me changer les idées.

Nous nous sommes appelés vers 15h30. Apparemment, l'émission avait été très longue, et elle avait un cours d'aquagym à 20 heures qu'elle ne voulait pas rater. Il fallait donc commencer tôt.

J'ai été déçu parce que je voulais revoir son visage et vibrer à nouveau devant sa beauté, mais sa webcam ne marchait pas. Cette nana est une galérienne de compétition : pas de téléphone opérationnel, pas de webcam, pas de flouze d'après ce que j'ai compris. Mais je considère comme un bon signe qu'elle se foute à ce point de posséder les gadgets technologiques à la mode. Ça signifie qu'elle est concentrée sur l'essentiel… la vie, elle-même.

On a testé nos micros respectifs, puis on a lancé la vidéo du débat au même moment chacun de notre côté.

J'en avais assez des pizzas qui n'en étaient pas à 20 balles pièce, alors je m'étais acheté de la Mozzarella de Buffala, juste avant l'appel. La *Buffala* coûte une blinde mais c'est vraiment le meilleur truc au monde. Mozza, vinaigre balsamique, pain frais… que demande le peuple ? La simplicité est la sophistication suprême.

Première constatation, les journalistes sont à frapper à coups de matraques. Je les ai trouvés plus irritants que d'ordinaire. Notamment Ruth El Crif. Dès qu'un candidat dépassait les trente secondes pour développer une idée, elle intervenait sèchement.

— Je vais devoir donner la parole à un autre invité, s'il vous plaît… en d'autres termes, qu'est-ce que vous voulez dire ?...

Si elle pouvait faire les questions et les réponses, elle se passerait volontiers des politiques. Un tel irrespect pour de futurs chefs d'États potentiels montre bien où est le vrai pouvoir de nos jours.

En démocratie, c'est le journaliste, l'intermédiaire, l'animateur grossier, qui gouverne et distribue les bons et les mauvais points de morale républicaine. Tous ceux qui se présentent en ont conscience, sans quoi, ils quitteraient leur pupitre pour aller planter un direct sur le tarin de Ruth El Crif.

Ce soir-là, elle a interrompu tout le monde au gré de son impatience légendaire.

Moi, je la déteste en particulier depuis une de ses sorties, après les régionales 3015. La défaite du Front au second tour dans toutes les régions une fois assurée, elle avait dit :

— Les Français rejettent le FN, parce que le rejet du FN, c'est le rejet de l'État islamiste.

Éternellement garce. Éternellement juive.

Expliquez-moi comment et pourquoi ces propos ne sont pas attaqués par des électeurs du FN, quand ils sont comparés ici à des raclures tueuses d'enfants et de vieillards sans défense ?

Alors qu'on nous somme de ne pas faire d'amalgames, en voilà un de grandiose (FN = EI) à heure de grande écoute, que chacun laisse filer en faisant comme s'il n'avait rien entendu de particulièrement grave.

Les chroniqueurs et les intellos juifs bénéficient d'une impunité absolument extraordinaire. À part quand ils critiquent l'immigration (il existe quelques juifs de droite, et il faut le noter), la justice ne s'occupe jamais de leurs cas. Bref…

Allez, première estocade contre Martine.

C'est Emmanuel Maçon qui s'y colle.

— Le nationalisme, c'est la guerre !

Quelle rengaine, quel mensonge ! Les Américains balancent des bombes sur la Serbie, mais c'est à cause… de la Serbie nationaliste !

Dès que tu es natio, tu es fautif, même quand ce n'est pas toi qui attaque le premier. L'histoire retiendra que tu étais le fauteur de trouble. Hélène était aussi agacée que moi…

— Martine n'est même pas nationaliste, et tout le monde le sait. C'est juste une Française normale. L'autre il en parle comme si elle allait envahir la Pologne le lendemain de l'élection. Comme si le FN d'aujourd'hui allait attaquer le Maroc ou l'Algérie, en mode *blitzkrieg*…
— Tu rêves à voix haute, ai-je répondu. Hélène, on se fait du mal en regardant ça.
— Que faire d'autre, après tout ? La politique existe, alors on regarde ce qui s'passe.
— J'en ai déjà marre.

L'inexistant Jacques Cheminée, lui aussi, pointe du doigt De Laine en l'accusant d'on ne sait trop quoi.
En dehors de Fignon qui, avec le tas de casseroles qu'il traîne au cul, évite soigneusement de jouer les inquisiteurs, ils sont à neuf (en plus des journalistes) contre le FN. Ce parti qui n'a jamais gouverné, mais qui est déjà éminemment critiquable, semble-t-il.
Tiens, l'extrême gauche en pull-over s'y met aussi.
Philippe Bisou, du parti anticapitaliste. *Pour les bisous et Contre le Capital, nègres de tous les pays, unissez-vous !*
Ce bolchévisme racial est vraiment dur à supporter.

— Vous êtes riche, madame De Laine. Et vous rejetez la faute sur les Africains, mais votre père a pris sa part, lui aussi, dans le temps !

De Françafrique ? Jean-Marie De Laine a eu sa part de Françafrique ? Philippe Bisou confond BHL et les De Laine, visiblement. Et puis, quand bien même, il s'agit de son père, pas d'elle. Il n'y a qu'à Martine qu'on reproche d'être la fille de son père alors qu'elle n'y est pour rien.
Les chiffres (officiels, donc ils ont cherché à tricher mais n'ont pas réussi à le faire complètement) montrent d'ailleurs que Merluchon a plus de possessions patrimoniales que Martine De Laine. Pourtant, il ne lui sera jamais fait à lui le reproche de ne pas comprendre les pauvres,

pauvre qu'il n'est pas et qu'il est d'ailleurs censé défendre. Il est de gauche, il n'a pas besoin de prouver qu'il a un cœur. Le FN, si.

C'est en voyant cette rediff' que j'ai pigé pourquoi il y avait autant de candidats à gauche cette année. C'est pour chercher à enlever des électeurs ouvriers à De Laine, qui les a pratiquement tous récupérés depuis 3011. Ils essaient de la niquer sur le social. L'air de dire « c'est pas vous qui êtes proches des gens, c'est moi, c'est nous, c'est la gauche ».

Nathalie Artichaud, même délire. C'est la digne remplaçante du facteur révolutionnaire. Son plan de riposte contre l'État islamiste ? Lutter contre les grands patrons. Championne. C'est vrai que le jour où il n'y aura plus aucun riche blanc ou juif, les Arabes deviendront gentils. Waouh ! Ces abrutis fantasment tous un islam originel, comme Rousseau fantasmait avec le mythe du bon sauvage… « Au fond, on sait que Momo est gentil. On sait que sous telle ou telle condition, il exprimera enfin la bonté qui sommeille en lui » … oh, pétard !

Les communistes vivent vraiment sur une autre planète.

Criminalité islamique, immigration, dénatalité ? RIEN À FOUTRE ! Le Capital, t'entends, le Capital !!! Les gnoules te tranchent la tête au cutter à cause du capitalisme, il faut le savoir !

Les gros candidats (Fignon, Maçon) sont de méchants hommes conscients des réalités du monde. Mais Artichaud, elle, est authentiquement folle. Elle croit en ses conneries, et ça fait vraiment peur.

Martine ne s'est pas abaissée à répondre à de telles âneries. Bien.

Elle est restée cinglante avec ses adversaires principaux, comme François Fignon. Lui rappelant qu'il n'avait pas aidé la France, loin s'en faut, quand il l'a gouvernée avec Sacrosi.

— Monsieur Fignon, vous avez supprimé des postes de policiers par milliers, pendant votre ministère !

Clap, clap, clap.

Ce hibou à la triste figure veut nous faire croire qu'il va taper du poing sur la table en jouant la carte du catho identitaire, alors qu'il a sucré des effectifs de police au moment où le pays en avait le plus besoin. Cette mascarade d'une droite plus ferme que la gauche quant à la répression des délinquants devra cesser un jour. Il est cauchemardesque d'imaginer que des gens vont voter pour les Républicains en pensant que ceux-ci vont enfin « serrer la vis ». Ils ne le font jamais, pourquoi s'y mettraient-ils tout à coup ? Certains Français me font penser à des femmes battues. Ils reviennent toujours vers les mêmes politiciens véreux, leur univers est clos sur lui-même, ils ont l'impression qu'ils n'existe pas d'autres options, nulle part sur Terre. Martine De Laine, c'est le confident, le gars super sympa qui ne lèverait jamais la main sur quiconque… Mais la femme qui s'est confiée à lui continue d'aimer son mari violent, en dépit du bon sens.

Ah, la blague du soir, pour se détendre.

Philippe Bisou, encore. Décidément en grande forme. Écoutez et sortez les mouchoirs, le fou rire risque d'être incontrôlable.

— Que faire face au terrorisme ? demande Ruth El Crif au bon monsieur.

— Nous, on pense que l'État est trop répressif. Et qu'il faut désarmer la police. Il y a eu au moins 8 morts suspectes, toutes dues à des dérapages policiers, l'année dernière.

Ok ! On fait face à une menace sans précédent, et la meilleure idée de l'extrême gauche, c'est d'ôter aux flics les moyens de faire leur boulot correctement. Encore une utopie gauchiasse démentielle. Comme si les flics pouvaient faire régner l'ordre sans le pouvoir de dissuasion de leurs flingues. Qu'est-ce qu'un flic sans armes ? C'est comme un papa muet, ça ne fait pas peur. Qui n'essaierait pas de braquer des banques ou des commerces, si les policiers étaient désarmés un jour par la loi ?

Toutes les naïvetés des gauches convergent vers un seul résultat possible : le chaos. C'est tout simplement l'inverse de ce qu'il faudrait faire… Désarmer la police… Pourquoi pas offrir des canifs à tous les musulmans devenus majeurs, tant qu'on y est ? Histoire de les protéger face aux vilains fachos islamophobes, islamophobes sans aucune raison d'ailleurs, c'est ça qui est fou !

Quoi encore… François Vaselineau, lui, a fait l'autiste toute la soirée. À part sortir de l'UE, on ne sait pas trop ce qu'il veut faire de sa vie, ce pauvre garçon.

— Moi, a-t-il dit à un moment, je ne verserai pas dans le showbiz. Je m'efface derrière mon programme. Le bling bling ne m'intéresse pas.
— Tu vois, a commenté Hélène dans la foulée, les Français adorent ce genre de tièdes. Alors que je suis sûre qu'en vrai, Vaselineau n'est pas modeste du tout. Ça se voit quand il est filmé en coulisses ou après une conférence. Ce mec a une très haute idée de lui-même. Mais il a compris que les Français aiment les humbles, les petits. Il me fait penser à tous les héros des bouquins de Michel Vieillebique. Des Monsieur Dupont qui ont tous les cheveux coupés à la même hauteur. Tous les pauvres cons moyens se reconnaissent en eux et en Vaselineau. Il va faire 3, 4 ou 5% peut-être.

Je partage l'analyse d'Hélène. Mais je ne sais pas si Vaselineau convaincra autant de gens. J'ai l'impression qu'il n'est connu que sur internet. Vaselineau s'est focalisé sur un problème sur lequel énormément de Français s'interrogent (le possible F.R.E.X.I.T.), pour mettre en avant sa personnalité molle et nanardesque. Pari gagné, ça a marché du tonnerre, il est candidat !
Je retiens une autre jolie cartouche de Martine, toujours envoyée en direction de Fignon, à l'autre bout du plateau.

— Moi, je veux que les maires puissent mettre une crèche à Noël dans leurs locaux, s'ils le souhaitent.

Hélène aussi l'a relevé.

— Je suis pas catho Lionel, tu sais, mais elle a bien fait de parler de crèches. Elle essaie de rappeler à tous ces vieux cathos d'merde, que le Front aura plus tendance à préserver leur culture et leur religion que les libéraux. Elle marque des points précieux chaque fois qu'elle va sur ce terrain-là.

Je n'ai pas encore demandé son âge à Hélène, mais elle semble quand même plus jeune que moi. Pourtant, elle est déjà mature intellectuellement et ses réflexions politiques sont franchement intéressantes.
Je regrette qu'elle soit aussi vulgaire, en revanche, je n'aime pas trop

ça chez une femme. Par ailleurs, elle fait erreur sur un point et beaucoup de nationalistes tombent dans le même panneau : les catholiques ne votent pas Fignon parce qu'en tant que catholique (alors que Fignon est gay, au passage) celui-ci défendra mieux que les autres leurs intérêts de croyants. Les catholiques votent Fignon parce que les catholiques français sont des bourgeois. C'est un vote de classe, pas un vote religieux.

Martine De Laine pourra parler de crèches toute sa vie au pupitre, tant que son programme économique sera le même que celui du parti communiste, les bourges cathos ne voteront pas pour elle.

Merde ! Il y a eu une coupure de mon internet à peu près à ce moment-là. Avec mon mobile et par texto, j'ai dit à Hélène que je ne pourrai pas commenter la suite avec elle. J'ai essayé de débrancher et rebrancher le modem plusieurs fois, mais le problème a persisté. Ça m'arrive tout le temps. À chaque fois, l'opérateur m'envoie un technicien arabe ou noir qui me répare le truc vite-fait/mal-fait, ce qui m'oblige à rappeler le service client trois semaines plus tard. Je ne dis pas « technicien noir ou arabe » pour le plaisir d'être raciste. Je le dis parce que c'est vrai, ils font mal leur boulot. Quand je répare un ordinateur, moi, je le répare vraiment. Après mon intervention, il fonctionne à nouveau. C'est mon travail, je le fais ! Cette manie que les Africains ont de tout faire à moitié est exténuante.

Du coup, je me suis fait un café (à 18 heures passées, mauvaise idée) et je suis allé le boire sur mon balcon, tout en repensant à ce débat et à l'avenir du pays…

Dans ce débat à 11, le droit des peuples à disposer d'eux-mêmes a été évoqué lorsque chacun a donné sa position sur l'interventionnisme en Syrie, en Irak, en Corée du Nord et ailleurs, par des organismes internationaux tels que l'OTAN.

Mais personne ne parle du droit des peuples blancs à disposer d'eux-mêmes, et à rester entre eux.

Qu'est-ce que le vote FN traduit ?

Le fait qu'un certain nombre de Blancs ne veulent plus vivre avec des Africains. Or, 6 à 7 millions de citoyens français votent FN.

Des Blancs à plus de 90%.

En théorie, si les peuples pouvaient réellement disposer d'eux-mêmes et choisir leur mode de vie, une région entière de la France devrait être réservée aux Blancs qui votent De Laine et qui refusent par là-même le *vivre ensemble* avec les sous-races.

Voilà où j'en suis, personnellement. Je ne demande même pas au ciel de nous permettre de récupérer la France entière. J'implore que nous soit laissé un BOUT de France seulement, intact et rien qu'à nous. Le Sud-Ouest, par exemple. C'est quand même pas la lune !

Cette émission politique, comme toutes les autres d'ailleurs, m'a fait penser à un jeu de rôles. Ou à un numéro de cirque entre clowns à 130 de QI. Des clowns brillants, mais des clowns quand même. Tous à la recherche de la *punchline*, de LA phrase choc qui fera les gros titres le lendemain. Tous à citer de Gaulle et à vouloir se l'approprier, parce que c'est la dernière figure de virilité ayant régné sur la France…

Il s'agit de nos existences à nous, bon dieu de bois !

Du destin d'un groupe humain constitué de millions d'âmes, et d'une civilisation à l'histoire millénaire.

Les politiques, eux, savent qu'ils auront une vie agréable quoi qu'il advienne du reste des Français et de l'Europe. Ils s'en foutent, au fond. Ils ont compris que c'était déjà mort, et qu'il fallait festoyer et jouir jusqu'au bout en donnant l'illusion publique de mener un combat qui leur tient à cœur. Mensonges ! Pharisianisme !

Le pire dans tout ça, c'est qu'il n'est jamais question de l'essentiel à l'antenne. Le remplacement racial. À chaque débat, c'est le thème fantôme que nul n'ose aborder. Tout le monde le constate, mais personne n'en fait mention. On dirait que les politiques veulent devenir président de la France des années 60. Ils sont restés bloqués sur cette image de pays en pleine forme. Le fait que 30 à 40% des écoliers en maternelle ne soient pas des Européens ethniques n'est pas un problème à leurs yeux. Un détail, tout au plus, qui ne doit pas modifier en profondeur leurs discours et leurs stratégies électorales.

D'ailleurs, Martine a tort de ne pas parler du remplacement de peuple en cours. C'est évidemment la meilleure ligne à suivre. Elle devrait poser le problème en ces termes : « Les autres candidats accélèreront ce changement de peuple. Moi, je veux l'enrayer. Je veux que la France reste blanche et française ».

Tous les Blancs s'en aperçoivent et s'en inquiètent en silence, le monde entier s'en rend compte en venant faire du tourisme chez nous, mais aucun politique de renom ne s'est risqué à en faire le constat.

Il faudrait que cette vérité sorte de la bouche de Martine De Laine. Une seule fois suffirait pour que le tabou, le sortilège même, soit enfin brisé. Plus seulement dans la petite sphère nationaliste, mais aussi dans la tête de tous les votants…

Alors que je songeais à cela sur le balcon, j'ai vu Flyke, le chien d'un voisin, se promener seul entre le trottoir et le caniveau.

Il en a dans le crâne, ce cabot.

Il arrive à se balader et à rentrer chez lui tout seul, alors que c'est un petit chien, et qu'en général les petits chiens ne sont pas aussi aptes et indépendants. Son maître est invalide, et il a réussi à lui apprendre à faire le tour du pâté de maison seul, le temps de faire ses besoins. Il lui arrive même de traîner dehors à renifler des pipis pendant des heures. Mon voisin ne s'en inquiète jamais. Le chien rentre toujours au bercail. Il n'y a pas de chien plus heureux au monde.

Une idée effroyable que j'avais eue lundi, a grandi en moi substantiellement, quand j'ai vu Flyke faire des allers-retours dans ma rue, la queue toute remuante de joie. Les chiens sont contents de vivre parce que la vie est belle. Ils ne vont pas chercher plus loin que ça. C'est ce qui les rend aussi attachants.

Mais j'en dirai plus dans le prochain compte rendu, car je dois y réfléchir d'abord et trouver en moi la force de devenir celui que je ne suis pas encore : un homme mauvais, capable, s'il le décide, de violence gratuite jusqu'à ce que mort s'ensuive.

Si je n'arrive pas à tuer un chien aujourd'hui, comment pourrais-je tuer un homme demain ?

Cette question a rebondi dans mon crâne des milliers de fois ces derniers jours. Elle m'a paralysé, elle m'a rendu impuissant, je n'ai rien fait d'autre que la répéter en moi-même jusqu'à en devenir presque fou.

Cette terrible constipation cérébrale a d'ailleurs fini par se transformer en constipation réelle. Je me suis assis sur le trône une heure ce matin, après une clope et deux cafés (ça aide en général) mais rien à faire. Je me demande après combien de jours sans chier il apparaît nécessaire de consulter un médecin.

Bon, je sais bien que le blocage de mon transit est la conséquence psychosomatique d'une aboulie sévère. Que mon cerveau punit le reste de mon corps d'une faute dont il est l'unique responsable : cette incapacité chronique à prendre une décision nette et à s'y tenir fermement.

Ce n'est qu'un chien, après tout. CE N'EST QU'UN CHIEN !

Je n'arrêtais pas de banaliser ce petit meurtre de rien du tout que je m'étais mis en tête de commettre, et je me parlais à voix haute, en faisant les cent pas dans mon appartement.

— Lionel, tu veux découper la tête de Jean-Pierre Perlod vivant, et *tu n'arrives même pas à faire ça ?*

Il fallait me voir m'auto-questionner de la sorte, en tournant en rond comme un insecte malade dans toutes les pièces.

Ce chien ne m'avait rien fait de mal, justement, c'est ce qui en faisait la cible idéale. Il représentait l'innocence absolue. J'envisageais son meurtre cruel et absurde comme un excellent exercice, un test grandeur nature. Est-ce que ma raison (et avec elle mon projet, la France, l'Histoire) allait être plus forte que mes émotions ? Cette question revenait à me demander, à moi qui suis catégorique en toutes choses, si j'allais réussir à agir en homme, enfin, ou si j'étais condamné à rester dans ma tête, une femme de synthèse jusqu'à mon ultime soupir.

Un homme doit pouvoir se dire qu'il a mis fin à la vie d'un autre homme pour en sauver des milliers d'autres, et que, puisque c'était la bonne décision, il fallait la prendre, agir en conséquence et ne rien regretter ensuite. Cet homme-là est aussi en mesure de se convaincre que la vie d'un chien n'est rien en elle-même, que s'il doit l'écourter brutalement pour se sentir fort et capable de tout, et donc du nécessaire, alors il le fera. Que la mort d'un chien n'a aucune importance au regard du Tout… et celle d'un seul homme, guère plus.

Une femme se contenterait de pleurer en imaginant le brave toutou mourir entre ses mains. Elle se dirait : « *Mais… pourquoi ? Regarde comme il est mignon, pourquoi on lui ferait du mal ?* ». Pas de pourquoi. Si, j'ai bien une réponse : parce que le monde est méchant et qu'il s'agit de le comprendre enfin.

Ce matin encore, je me sentais coincé, à mi-chemin disons, entre ces deux raisonnements.

Voilà un long moment que je réfléchis à l'idée de m'entraîner sur un animal. J'avais lu dans un manuel de psychologie que les *serial killers* pouvaient être détectés assez tôt dans leur jeunesse, parce qu'ils ont pour mauvaise habitude de faire de l'animal de compagnie de la famille, leur première victime. Hamster, lapin, chien, oiseau, tout y passe avec eux. Ce qu'il faut retenir de cette observation récurrente, c'est que les plus grands criminels et les tueurs les plus infréquentables ressentent eux aussi le besoin de commencer leur « carrière », passez-moi l'expression, sur des sujets non-humains.

Moi, j'avais d'abord pensé à un chat, car les chats sont magnifiques et qu'en tuer un, c'est retrancher au monde un peu de sa beauté. C'est un acte de méchanceté gratuite qui va à l'encontre de toutes mes valeurs, absolument toutes. Mais c'était encore une dérobade, dans le fond. Parce que je préfère, et de beaucoup, les chiens aux chats. J'ai bien plus mal au cœur en pensant à la mort d'un chien qu'en songeant à celle d'un chat. J'y suis beaucoup plus attaché. D'ailleurs, les chiens m'adorent et sont obnubilés par moi dès que je me trouve dans la même pièce qu'eux. Je l'ai vérifié des centaines de fois.

Ils sont vraiment la gentillesse incarnée. Tuer de sang-froid un chien, c'est ça, le vrai test, il n'y en a pas d'autres. Quand ce chien est celui de quelqu'un qu'on connaît de près ou de loin, ne serait-ce qu'un tout petit peu, il semble encore plus inconcevable d'attenter à sa vie.

Flyke, lui, est le chien d'un paraplégique. Si je pouvais parvenir à mettre mon humanité de côté, en le tuant sans motif et sans remords persistants, alors, dans la foulée, je serais capable de tout.

Autre chose. Il n'était pas question de choisir la facilité, en lui faisant suçoter un bonbon empoisonné qui le ferait crever loin de moi. Je devais mettre un terme à sa vie de mes propres mains, les yeux dans les siens, jusqu'à son dernier souffle…

Ce matin, à 10h36, je suis sorti des toilettes sans avoir pu libérer le moindre étron de mes intestins contrariés. J'étais d'une humeur exécrable. Je me suis approché du balcon avec un troisième café, que je m'étais préparé avant d'aller à la salle de bains, et qui à présent était froid. J'ai commencé à le boire avec une haine calme au fond du cœur. J'étais vraiment en train de me gâcher la vie, de me battre en duel avec moi-même depuis des semaines, dans une guerre mentale silencieuse mais épuisante, sans savoir si tout ça me mènerait à destination au bout du compte.

Après une seconde gorgée de café, j'ai vu passer sous ma fenêtre ce bon vieux Flyke, qui avait commencé sa ronde de cabot un peu plus tôt que prévu. D'ordinaire, il s'auto-balade plus volontiers vers les coups de midi. De le voir m'a rappelé le projet que j'avais de le tuer, projet qui m'obsédait et m'empêchait d'avancer dans les préparatifs de ma mission réelle.

Il y a eu comme une poussée d'adrénaline inexplicable à l'intérieur de mon corps. Je ne sais pas si j'étais moi-même à ce moment-là, mais avec la détermination froide d'un automate, j'ai enfilé ma veste, mis mes pieds dans des pantoufles, puis j'ai dévalé l'escalier pour aller l'attraper au passage.

Flyke se promène deux fois dans la journée, mais je me suis dit que si j'attendais le second *round*, j'allais encore rester à cogiter à vide le reste de l'après-midi, en perdant peu à peu toute motivation. Non, là, j'avais senti un pic d'émotions noires en moi, il fallait que je m'en serve pour réussir ce sale coup.

C'est à peu près la même chose quand vous allez en discothèque pour lever une nana. Si vous ne vous y collez pas immédiatement (au jeu de la drague, je veux dire) en surfant sur l'excitation initiale du premier contact avec toutes ces salopes, vous finirez par vous avachir sur vous-mêmes et ne plus rien tenter, puis vous passerez la soirée entière à perdre de l'argent en picolant au comptoir. Seul, comme un trou du cul. L'adrénaline, je l'avais qui montait en moi maintenant, donc je suis descendu aussi vite que j'ai pu vers le chien.

Flyke était à la porte de mon immeuble, laissée ouverte en grand, ce matin, loquet verrouillé vers le bas par un autre locataire. Les gens font ça quand ils ont des meubles en pièces détachées à monter chez eux. Le temps de faire les allers-retours, ils bloquent la porte pour passer et repasser sans problèmes. Mais je n'entendais personne autour de moi. Personne devant l'immeuble, personne à l'intérieur, personne dans les escaliers, personne dans l'ascenseur. Quelqu'un avait simplement oublié de fermer cette porte. J'y ai vu un signe. Flyke m'a regardé avec une espèce de sourire de chien, qui semblait dire : « *Eh, mec, j'te connais pas encore, mais je t'aime déjà !* ».

Bordel, les chiens sont vraiment trop cons. Tout bien considéré, on dirait des gauchistes ; ils partent du principe que tout le monde est gentil, jusqu'à ce que les faits leur prouvent le contraire avec une extrême virulence. Ils persistent à croire en la bonté des hommes, et ce même quand ils ont affaire à de vrais salopards, qui les cognent et les méprisent au quotidien. Il n'y a qu'en dressant les chiens pour la défense de leur maître ou la garde de la maison, qu'on arrive à les rendre un peu moins cons. Mais que dire : je les adore, ces cons-là !

Je n'avais pas vraiment d'idée précise sur la façon de m'y prendre. J'essayais de penser le truc étape par étape, sans voir trop loin devant moi. D'abord le capturer. Ensuite, monter à l'appart. Après, on verrait bien…

Je me suis accroupi et j'ai siffloté dans sa direction.

Sans succès.

Puis, j'ai essayé une interpellation plus classique :

— Psst, psst, allez Flyke, viens par là… en lui faisant un geste de la main pour qu'il me rejoigne.

Cette fois, il est venu sans faire d'histoire, en dandinant du derrière jusqu'à mes pantoufles, qu'il a reniflées.

Je l'ai caressé brièvement puis je me suis ressaisi. Je savais que j'allais abandonner le plan si je me laissais trop attendrir. Je l'ai soulevé et l'ai porté contre moi en remontant les escaliers. J'avais appuyé sur le bouton pour appeler l'ascenseur, mais il était au dernier étage et mettait trop de temps à descendre.

D'abord, j'ai grimpé les escaliers deux par deux, parce que je me disais que Flyke allait se rebeller, aboyer ou m'attaquer. Mais pas du tout, il semblait à son aise dans mes bras, il me faisait confiance.

Mon autre peur était de croiser quelqu'un en montant. Mais ça n'a pas été le cas non plus. Apparemment, il n'y avait que ce chien et moi dans l'univers entier, à cet instant précis.

Finalement, on est arrivés à mon appartement. Je nous ai enfermés dedans à double tour, et j'ai respiré un grand coup.

Pendant quelques secondes, j'étais en totale perdition.

J'ai même été pris d'un fou rire nerveux. Je ne savais plus quoi faire avec le clébard entre les mains. Je faisais deux pas en avant, trois en arrière. Au milieu du couloir, j'ai croisé mon reflet dans la glace. J'y ai vu mon air ahuri, et la bouille du petit Flyke, qui observait également mon air ahuri dans le miroir.

Que diable étais-je en train de foutre ?

Qu'est-ce qui allait pouvoir changer dans ma vie – et en mieux surtout – après avoir mis à mort le Jack Russell d'un handicapé moteur ? Il paraît que les Jack Russell forment une race de chien très affectueuse, d'ailleurs… Et il n'est pas à moi ce Jack Russell, ce chien appartient vraiment à quelqu'un, il a une vie agréable et moi je veux la lui prendre. C'est impossible…

Oh, ta gueule, Lionel ! Allez, allez, allez !

J'ai donné un coup de pied sur le sol pour réveiller l'homme fort en moi, ce qui a fait sursauter la pauvre bête. Je suis allé ensuite dans la salle de bains en l'emmenant avec moi. Il me semblait que c'était la pièce la mieux insonorisée.

Si j'avais déposé le chien sur le carrelage, le temps de peser une fois de plus les pour et les contre, je sais que ça aurait été fichu. Que le meilleur moyen d'arriver à la fin que je m'étais fixé, serait de me charger de cette basse besogne au plus vite, en me posant le moins de questions possibles...

Alors comment ?

Couteau, non, il y aurait des cris. J'allais me rater, c'est sûr.

Le noyer en remplissant le lavabo et en plongeant sa « tête » dedans ? Horrible, il va se battre comme un fou pour survivre. Je voyais l'échec venir de loin.

Finalement, j'ai choisi le plus simple. Enfin, façon de parler ! L'étranglement entre mes mains. Jusqu'à la mort.

Je l'ai plaqué contre la porte close et j'ai commencé à serrer….

À serrer fort tout de suite.

Flyke a essayé d'aboyer à l'instant exact où j'ai serré pour la première fois, mais la pression de mes deux pouces sur sa gorge a mis le « ouaf » qu'il préparait en sourdine. À partir de là, il n'a plus émis aucun son. Se débattant avec ses minuscules pattes, qui tapaient régulièrement contre la porte, mais sans faire trop de bruit.

Pendant les premières secondes, je ne pouvais pas le regarder en face : j'ai détourné les yeux aussi loin que je le pouvais du crime que mes mains étaient en train de commettre. Puis, je me suis rappelé *in extremis* le but principal de l'opération : m'endurcir psychologiquement. Qu'il fallait, bien au contraire et absolument, que je le regarde pendant son agonie. Sans quoi, son meurtre ne présentait plus aucune utilité et m'apparaîtrait comme une futile et hideuse abjection, dans les souvenirs qu'il m'en resterait ensuite.

Alors, j'ai porté mon regard vers lui en forçant ma nature.

Mes yeux étaient embués de larmes, je voyais double et transpirais à grosses gouttes. J'ai serré les dents autant que possible pour ne pas craquer, ni éclater en sanglots. Flyke refusait le contact visuel avec moi, il regardait avec angoisse partout dans la pièce, peut-être pour chercher de l'aide auprès de quelqu'un d'autre, dans un espoir tragique. C'est comme s'il avait compris au moment même où j'ai posé mes mains sur son cou, que je ne pourrais plus être raisonné.

Il m'a semblé que cette scène atroce n'en finirait plus. Comment croire qu'un si petit être puisse se montrer aussi résistant face à la mort ? J'avais bêtement pensé que j'en viendrais à bout en quelques secondes.

Deux de ses jappements, faibles mais déchirants, m'ont échappé tout à coup. J'avais certainement desserré l'étreinte sans m'en apercevoir. Je me suis repris et j'ai à nouveau forcé sur mes mains pour les faire se rejoindre en l'asphyxiant davantage. Mes jambes tremblaient d'une manière que je n'avais vu auparavant que dans les dessins animés. C'est à peine si j'arrivais à tenir debout, c'était caricatural, mes genoux s'entrechoquaient et mes mollets me faisaient énormément souffrir. J'avais l'impression d'avoir couru un marathon et d'essayer de maintenir l'effort, alors que plus une seule cellule de mon corps n'était en mesure de me fournir de l'énergie.

Les pattes du chien se sont rigidifiées, et ses deux prunelles ont commencé à gonfler à un point qui m'a donné le sentiment que ses yeux allaient sortir de leurs orbites. L'un de ces deux yeux saignait, d'ailleurs. De temps à autres, il cherchait à ouvrir la gueule, mais quand il y parvenait il se mordait la langue, ce qui lui faisait produire un cri de douleur biscornu, lequel mettait mon âme au supplice.

Enfin, il a choisi de me regarder, et de planter ses deux globes noirs et vitreux directement dans les miens. Je ne sais pas combien de temps l'échange a duré. Une seconde, une éternité.

Mes mâchoires étaient comme vissées l'une à l'autre, et de la morve tiède me coulait sur les lèvres et le menton. Je me suis rapproché de son museau pour lui offrir un baiser sur la truffe. Il était toujours sous l'emprise de mes mains assassines. Il allait mourir dans un instant, c'était certain. Je l'ai senti, je l'ai vu, je l'ai vécu, mon corps et mon esprit l'ont réalisé en même temps.

… Mais là…

… Là, je me suis dit que ça suffisait pour cette fois. Que je m'étais prouvé à moi-même que je pouvais aller jusqu'au bout. Que d'achever ce chien ne m'apporterait rien de plus. J'étais déjà allé plus loin, et du premier coup, que ce que j'avais imaginé possible.

Dans mon esprit, je l'avais tué, en réalité. Il avait été à ma merci, et 95% de ses forces vitales s'étaient déjà envolées. Je me suis rappelé que la seule mort utile à mon peuple était celle de Perlod. Que peut-être, dans 7 ou 8 ans, si mon action crée un retentissement aussi important que je l'espère et que les flux migratoires sont inversés d'ici là, je ne regretterai pas l'assassinat de Perlod (bénéfique pour la cause) mais je regretterai celui de Flyke. Une mort superflue n'ayant servi qu'à me persuader que j'étais bien en possession de deux testicules fonctionnels dans le pantalon.

Aujourd'hui, j'étais arrivé à m'en assurer sans avoir besoin de faire le mal jusqu'au bout.

En faisant disparaître ce chien (parce qu'après l'avoir tué, j'aurais caché son cadavre quelque part où personne n'aurait pu le retrouver), j'aurais rendu malheureux une autre personne, son maître, lequel endure déjà une moitié de vie en fauteuil roulant. Je n'ai pas voulu m'y résoudre, car pour moi, la mission était accomplie. Je n'avais fait que lever l'épée en l'air, au moment d'infliger le coup fatal. Offrir une grâce, en quelque sorte. Mais je m'étais mis en position de le porter, ce coup fatal, et c'était ce qu'il fallait retenir de l'opération.

J'ai stoppé mon étranglement et j'ai déposé Flyke sur le sol, tout doucement. Il a vacillé un petit peu, puis toussé à plusieurs reprises. Deux fois, il est tombé sur le côté, manquant certainement de forces et d'oxygène. Mais il s'est relevé sans mon aide les deux fois. J'ai ensuite quitté la pièce afin de lui faire comprendre que je n'étais plus un danger pour lui. Stratégie idiote, parce que c'est le moment qu'il a choisi pour hurler à la mort, comme s'il s'était soudain transformé en loup.

J'ai foncé sur lui (ce qui l'a terrifié) et je l'ai soulevé par le ventre. Il ne criait plus, il attendait seulement de comprendre quel sort j'allais lui réserver. Alors, je suis sorti de l'appartement et j'ai descendu les escaliers encore plus vite que la première fois. J'ai poussé Flyke pour qu'il gambade vers l'extérieur avant de fermer la porte de l'immeuble derrière lui. À travers la vitre, je pouvais voir qu'il se sentait encore diminué mais qu'il était capable de retourner, lentement mais sûrement, jusqu'à son chez lui. J'ai fini par le perdre de vue quand il a emprunté la rue où il habite avec son maître, rue qu'il a d'ailleurs eu la joie de reconnaître. J'ai vu sa queue remuer, dès l'instant où il a réalisé qu'il était hors de danger.

Bien sûr, le « papa » constatera que quelqu'un a cherché à nuire à son chien, quelques traces de notre bataille (à sens unique, il est vrai) resteront visibles sur lui un moment encore, mais je ne vois pas comment l'homme en fauteuil pourrait remonter à moi. D'ailleurs, il n'avait pas dû s'inquiéter de l'absence du chien, tout cela ayant duré finalement assez peu de temps ; d'autre part, il habite dans une rue perpendiculaire qui ne donne pas sur mon appartement.

Je resterai impuni de ce crime que je n'ai, quoi qu'il en soit, pas commis entièrement.

Littéralement exténué, je suis remonté chez moi en prenant l'ascenseur, qui cette fois m'attendait au rez-de-chaussée.

Ce qui est étonnant, c'est que cette vague d'émotions fortes m'avait enfin donné envie de déféquer. La peur vous rend diarrhéique, on le dit et ce n'est pas une légende.

Alors que je me soulageais, assis sur la cuvette et séchant mes larmes de presque tueur avec du papier toilette, mon portable a fait 3 petits bips consécutifs. Ceux que j'entends quand une personne m'envoie un SMS. J'ai pris le téléphone que j'avais laissé sur le radiateur, en continuant de me vider par le bas avec un certain plaisir, je dois l'admettre.

C'était Hélène :

> Je pense à toi. Et sus à l'envahisseur ! ;)

L'opération Perlod était encore loin, très loin d'avoir réussi. J'allais devoir sauter au-dessus de mille obstacles concrets, personnels, hasardeux et psychologiques, avant de toucher au but. Mais cette journée semble avoir été plus marquante et aboutie que les autres, avec un peu de recul.

Bref, j'ai souri en lisant le SMS de ma petite Hélène, et je me suis senti plutôt bien jusqu'au coucher.

Je rédige ces dernières lignes à la lumière de ma lampe de chevet, avant un gros dodo, je l'espère, et je me dis que je suis content d'avoir épargné Flyke. Demain, il aura oublié sa mésaventure et pourra continuer de mener sa vie guillerette de gentil chienchien.

La vie des animaux, comme celle des Hommes, est précieuse. Il ne faut pas en sacrifier plus que ne l'exige une situation donnée. Alors vis, mon brave Flyke, vis et donne du bonheur à ton maître !

Car ce n'est pas ta mort qui réveillera le peuple de France…

La journée a commencé par une bonne surprise.
J'avais eu du mal à trouver le sommeil la nuit précédente. Je dormais profondément quand on a sonné chez moi avec insistance. Sur le moment, j'ai eu l'impression que le mec l'avait fait exprès pour me faire chier, qu'il avait enfoncé son pouce de toutes ses forces dans la sonnette pendant une minute pleine.
Le temps de revenir au monde et de me refroquer, j'ai eu un début de panique en me disant qu'un voisin avait dû me dénoncer, que le proprio du chien était remonté à moi de cette manière et qu'il m'attendait à l'instant même derrière la porte, accompagné de quelques keufs. Je crois que de nos jours, ils appellent la police pour les cruautés sur animaux en tous genres.

Mais je délirais complètement. C'était un simple colis.
J'ai ouvert la porte. Un jeune homme me l'a tendu en me demandant de signer la bonne réception du produit sur son boîtier numérique. C'est impossible de reproduire sa vraie signature sur ces machins-là, à chaque fois, je fais un gribouillis de merde et le livreur me prend pour un analphabète.

Je n'attendais de colis de personne, je me suis donc empressé de l'ouvrir.
Hélène ! Un cadeau de sa part.
Elle m'avait laissé un mot très court avec :

J'ai trouvé ça dans une boutique médiévale près de chez moi, je me suis dit que ça te plairait. Kiss ! - Acide Nitrique

Le mot était agrafé à un objet emballé à l'intérieur du colis.
En le déballant, j'ai découvert un gant de chevalier en fer. Je ne sais pas trop ce que je vais fabriquer avec ça, mais ce geste d'attention m'a vraiment touché.

Mais ce qui m'étonnait surtout, c'était qu'elle connaisse mon adresse, alors qu'il ne me semblait pas la lui avoir communiquée jusqu'ici. Elle enquêtait sur moi, ou bien ?

J'ai tout de suite décroché mon téléphone :

— Eh ! Merci Hélène, vraiment. C'est rare que je reçoive un cadeau et celui-là me fait plaisir. Je viens de récupérer le colis. Totalement inattendu ! T'es au top !
— Ça fait plaisir de faire plaisir… et puis, j'ai tapé dans l'œil du mec qui tenait l'échoppe, il m'a fait un prix, ça m'a presque rien coûté. C'est du toc, tu sais ? Pas de quoi en faire toute une histoire, ah ah !
— Peu importe, c'est toujours agréable. Mais par contre, y'a un truc qui me chiffonne. Comment t'as eu mon adresse, dis ?

Elle s'est moquée de moi en riant, mais sans méchancetés. Comme si j'étais un gosse qui venait de dire une énorme ânerie.

Pour la première fois, j'ai ressenti une attirance pour l'Être incarné par Hélène, pour son essence même.
Elle était la joie, elle était la vie.
Malgré l'impopularité de nos idées et une époque qui n'était pas à notre avantage, elle restait positive et parvenait à enchanter son quotidien tout comme celui de ses proches, avec cet état d'esprit fringant, généreux, volontariste.
À chaque fois que je conversais avec elle, je sentais quelque chose de fort se nouer en moi, et mon rythme cardiaque s'accélérait considérablement. Un trouble adolescent et des projections romantiques ridicules étaient en train de naître dans le secret de mon cœur d'artichaud.

— BANANE !
— Quoi ? ai-je fait… en essayant de cacher le plaisir que j'avais à simplement écouter sa voix.
— Quand tu m'envoies un mail, eh ben, à la fin de chaque, y'a tes coordonnées, ton nom complet, ton numéro de téléphone et ton adresse. Comme sur une carte de visite.

Ce que je peux être con, parfois. C'est comme ça qu'elle avait obtenu mon adresse, bien sûr. J'envoie mes courriels persos (par flemme de créer une nouvelle adresse mail, ce qui prendrait huit secondes pourtant) avec le compte de mon entreprise qui n'existe pas administrativement, mais à laquelle j'ai donné un nom pour rassurer les clients, *Doc'PC*, et toutes mes infos s'écrivent automatiquement à la fin de chaque message.

Elle a ensuite changé de sujet, visiblement heureuse elle aussi, de m'avoir au bout du « sans-fil », comme on devrait le dire aujourd'hui pour que l'expression fasse encore sens.

— Écoute, y'a une super expo de peintures hollandaises à La Rochelle, en ce moment même. J'y suis pendant 2 jours pour rendre visite à ma grand-mère. Ça te dit de venir voir ça ? C'est vraiment sympa, La Rochelle, on va dire que c'est un *spot* qu'est pas encore trop connu de la « diversité ». On s'est compris, hein ! J'ai des potes qui peuvent te loger, si tu veux.

L'ennui, c'est que je réside actuellement à Perpignan.

La première question à se poser était donc : est-ce sérieux de faire 700 bornes pour le simple plaisir de se rendre à une exposition artistique ? La réponse est évidente. Bien sûr que non. Mes dernières vacances avant de passer à l'acte, c'était l'Espagne, point final, je n'allais pas revenir là-dessus.

Mais ça n'était pas la bonne question à se poser.

La question à se poser, la voici : pourquoi m'invite-t-elle, alors qu'elle sait bien que j'habite très loin de La Rochelle ?

Je crois que c'est clair…

Elle a envie de me voir, c'est tout, elle ne peut plus attendre.

Cette histoire d'expo n'est qu'un prétexte. Je lui plais. Je lui plais et j'en suis sûr, maintenant. Ça et le cadeau qu'elle venait de me faire… cette nana n'avait pas froid aux yeux, décidément. Elle fonce tête la première, elle me fait des compliments sans arrêt et elle m'offre des trucs en rapport avec mes passions. Je ne m'en plains pas, je suis vraiment content que notre attirance soit réciproque, ça facilitera la suite…

Pourtant, ce matin, j'ai joué au con avec elle. J'ai hésité.

Je n'ai pas fait semblant d'hésiter, j'ai hésité vraiment. Je n'avais pas le fric pour faire tout ce chemin, sauf à prendre la nationale. Et Perpignan-La Rochelle en nationale, bein' merde, dans l'immédiat, je le sentais moyen. Il fallait par ailleurs que je garde assez d'argent pour mener à leurs termes la suite des opérations, et remonter vers le Nord, le moment venu, à la rencontre de JPP…

Alors je lui ai donné une réponse qui n'en était pas vraiment une.

— Je sais pas trop, faut voir ! Ouais, ça m'intéresse, peut-être que je viendrai, du coup, ou sinon…

Elle m'a interrompu rapidement.

— … non mais c'est demain, je veux dire ça se termine demain soir. Je t'ai proposé ça sur un coup de tête. C'est surtout l'occasion de se revoir. Je me disais qu'en partant dès maintenant, t'aurais le temps d'arriver à La Rochelle ce soir. Y'a une sortie en bar qui s'organise avec des fafs que je connais, via un forum du net… Bon, les mecs sont un peu barges, ils *sieguent* pour tout et rien, mais ils sont sympas. C'est rare d'en dénicher dans ce coin-là.

Je trouvais incroyable qu'elle puisse être aussi entreprenante. Du coup, bizarrement, ça me bloquait.

Mon esprit tordu interprète l'arrivée de la météorite Hélène dans mon existence comme une anomalie. Il n'est pas normal que je rencontre la seule Française avec laquelle je me vois bien sortir et connaître l'amour, le vrai, deux semaines et quelques avant de commettre un acte terroriste d'une complexité inouïe, et qui constituera le point d'orgue de ma vie toute entière.

Ce n'est pas possible. Je me dis qu'elle a été envoyée par Lucifer pour me détourner de ma mission. En tous cas, c'est ce que je me disais tandis que je l'avais au téléphone. Aussi, j'ai balbutié sans donner de réponse claire.

— Franchement, je sais pas quoi t'dire. J'ai pas mal de choses à faire sur Perpi', ça tombe pas au meilleur moment. Et puis, ça fait quand même une trotte, de chez moi à La Rochelle.

— Je vais pas t'forcer… m'a-t-elle répondu. L'essentiel, c'est que le gant t'ait plu. On aura d'autres occasions de se croiser. D'ailleurs, la semaine prochaine, la veille des élections, y'a Stéphane du *Village païen* de Servian qui propose de…

On a été coupés à ce moment-là.

J'ai regardé mon téléphone : plus de batterie. Saloperie de smartphone. *Phone*, oui, *smart*, non ! Ça vous coûte une blinde et ça ne tient pas la charge une demi-journée. J'en ai marre de ces conneries déguisées en progrès pharaonique.

Quoi qu'il en soit, je suis resté sur la théorie selon laquelle Hélène, trop parfaite et adaptée à mes goûts pour être honnête, était un simulant créé par la « Matrice » pour me remettre dans le *gauche* chemin et annihiler toute la colère qu'il y avait en moi, cette colère qui est le moteur profond de toute action politique. Alors, je n'ai pas rebranché mon mobile immédiatement. Je suis allé sur internet pour me changer les idées, emmenant avec moi le gant de chevalier, magnifique, que j'ai posé sur mon bureau près de mon écran.

Je veux être un Croisé comme ceux des temps anciens, à leur hauteur symbolique, à leur niveau d'abnégation absolue, et comme par enchantement, ma prétendante me fournit un morceau d'armure pour me battre bientôt ? Non, c'est trop beau pour y croire…

L'ordinateur à peine allumé, j'ai pu constater que la très impatiente Hélène m'avait spammé avec 3 messages à la suite.

Qu'est-ce qui s'passe dans l'espace ? On a été coupés par le FBI, c'est un complot sioniste ou quoi ? :D

Alors, ça te tente pas, La Rochelle ? De la bonne cervoise à partager entre copains, ça s'refuse pas… eh, oh, on vit qu'une fois, après tout ! Enfin, nous les païens, on ne vit qu'une seule fois, vous, vous êtes dans un autre délire !!! On est gentils, on vous laisse y croire.

Hélène a une étrange façon de se masculiniser. Elle me drague avec une technique de moche. En la jouant « meilleur copain » de sa cible (moi), et sans rien sensualiser ni sexualiser dans l'échange. On dirait que cette fille n'a pas conscience de sa beauté. Peut-être que je renvoie quelque chose de dur, d'intransigeant, qui lui donne l'impression que je ne la considérerais pas intellectuellement si elle se contentait *d'être femme* en ma présence. Là-dessus, elle commet une grosse erreur d'analyse. C'est d'autant plus dommage qu'il y a une élégance naturelle chez elle qu'elle devrait exploiter à mort, pour plaire aux hommes en général et à moi en particulier. Comme tous les mecs, j'aime les femmes qui se maquillent et qui se comportent comme des femmes. Ça me fait bander, c'est tout bête, mais ça marche à chaque fois.

Il est vrai que le milieu nationaliste sent la burne un peu rance. C'est difficile de s'y faire une place en tant que femme (elles sont extrêmement minoritaires chez nous) sans finir par singer le comportement « gros bras » des centaines de mêmes mecs qu'on voit toujours aux mêmes réunions, aux mêmes repas, aux mêmes conférences avec les mêmes conférenciers…

Son troisième message était univoque.

Tu es stupide et agaçant. À tout bientôt.

Elle ne pouvait pas mieux exprimer son désir pour moi qu'en craquant de la sorte, blessée dans son orgueil de femme, sans doute, parce que je n'avais pas répondu favorablement à son invitation. C'est mignon !

On verra bien où nous mènera cette histoire… Du reste, je ne lui avais pas vraiment menti, j'avais et j'ai encore beaucoup de boulot dans les jours qui viennent.

Le soir même, pour tout dire, je devais paramétrer un ordinateur dans un des bars branchés de la ville. Même à Perpignan, y'a des bars branchés à notre époque ; pas moyen d'aller boire un canon sans avoir à supporter cette espèce de musique *lounge* débile, qui n'aurait de sens que si ces bars étaient des saunas libertins. C'est de la musique qui donne envie de baiser. Elle n'est utile et agréable en aucune autre circonstance. AUCUNE !

Donc, je devais aller dans ce bar et connecter l'ordinateur du gérant aux systèmes de vidéo-surveillance de l'établissement. Contrairement à ce qu'on pourrait croire, ce dispositif n'est pas mis en place pour détecter les voleurs de verres ou les tripoteurs de fion aux quatre coins de la boîte, il permet essentiellement au patron de surveiller ses propres employés. Quand il y a un trou dans la recette qui ne s'explique pas après quelques calculs élémentaires, le boss revoit les vidéos de la veille pour savoir lequel de ses barmen a bien pu taper dans la caisse.

Ce n'est pas très glorieux d'aider des propriétaires de bars (souvent des mecs pleins de fric, souvent de gros enculés) à faire les gendarmes et à virer des pauvres gars qui piquent 10 balles de temps en temps, mais cette fois, c'était un « contrat » au black, juteux pour moi, je me devais donc de fermer ma gueule et d'encaisser la monnaie. L'installation du merdier me prendrait trois ou quatre heures et j'allais être payé 600 euros, en comptant les contrôles que je reviendrais faire dans les jours à venir, donc 600 balles pour l'ensemble du taf.

Je suis allé à la salle de sport dans la journée sans grande conviction, évitant les informations nationales et préférant écouter de la musique ; Martine De Laine était en baisse dans les sondages et ça me donnait envie de tout laisser tomber.

Bah ! Il valait mieux que je m'en tienne au plan initial. Quitte à s'amuser sur l'autoroute, autant le faire en sens inverse et en fermant les yeux, le pied à fond sur le champignon.

Non, je plaisante. Elle sera au second tour et c'est tout ce qu'il y a à savoir, de toute façon, c'est là que ça va se jouer. On est le 12 avril, et Maçon est au coude-à-coude avec De Laine. Certains instituts de sondage le mettent même devant. C'est à se flinguer.

Bref.

À 19h30, je décollais de chez moi, direction le *Nox*, où je devais donc travailler pour la nuit.

Le patron était sympa, finalement, il m'a bien rincé pendant que je lui bidouillais son logiciel.

L'endroit se remplissait peu à peu pendant ce temps-là. Il fallait constater que pas mal de nanas méritaient qu'on jette un œil appuyé à leurs… arguments. Ce bar n'usurpait vraiment pas sa réputation de nid à pichasses. Rien à dire, quand une femme pas vilaine commence à se pouponner un minimum, ça donne tout de suite envie de passer aux choses sérieuses. Au sexe, oui, c'est de ça que je parle, les puceaux !

Quand j'ai terminé ce que j'avais à faire, j'étais déjà complètement rond. Le boss m'a proposé de rester plus longtemps et m'a dit que ce soir, pour moi, les consommations seraient totalement *free*.

Bordel, faut jamais dire ça à un Français, c'est de l'inconscience !

Je l'ai pris au mot et j'ai enchaîné les pintes.

Il y avait quelque chose d'absurde dans cette journée qui s'achevait, parce que j'avais refusé le matin même de rejoindre Hélène pour me saouler la gueule en sa charmante compagnie, et peut-être lui faire l'amour dans l'élan, tout ça après avoir passé une soirée forcément excellente avec des camarades nazis sur La Rochelle, prétextant avoir « plein de choses à faire ici » … alors que je me retrouvais à suivre le même programme, mais dans ma ville, et seul, comme un pauvre con.

Bon. Quand on perd sa journée, autant le faire correctement. J'avais décidé, en surfant sur mon ivrognerie joyeuse, de me lancer en kamikaze dans un grand concours de râteaux. Je me suis mis en tête d'essuyer dix refus au moins, avant de rentrer au bercail. Je ne devais pas quitter le *dancefloor* tant que dix nanas ne m'avaient pas dit NON, c'était le principe. Quand je me lance dans ce genre de mission suicide, je vais en général au plus vite avec des techniques extrêmement agressives, qui en choqueraient sans doute plus d'un(e). Je me mets dans l'optique du « ça passe ou ça casse », je n'essaie pas de noyer le poisson pour arriver à choper en faisant de la PNL alambiquée et qui casse les couilles.

Je voudrais vivre dans un monde où on pourrait approcher une gonzesse qui nous intéresse à un niveau purement sexuel, et lui dire, sans que ça jette un froid dans l'atmosphère :

— Tu m'fous la trique, j'ai envie de baiser. Tu viens chez moi, ma jolie ?

Justement, et en accompagnant toujours les mots par un sourire (c'est comme ça qu'on évite de se faire dégager trop vite par les videurs, alertés par des nanas qui prennent peur), j'avais décidé d'utiliser deux entrées en matière radicales pour cette fois, l'une après l'autre, tour à tour.

À la première fille qui me plaisait aux environs, je disais :
« *Je crois que t'es la fille la plus moche que j'aie jamais vu* ». Cette accroche est vraiment cool. Peu de gars l'utilisent, à cause de sa violence. Pourtant elle marche du tonnerre. La plupart du temps, la meuf qui sait qu'elle n'est pas moche, justement, a une réaction de surprise si authentique en entendant ça, qu'il est possible à partir de ce mini-traumatisme de créer un dialogue. Pour se distinguer en club, il faut surprendre, interloquer, ébaubir. En général, elles répondent quelque chose comme « ... Mais... quoi ? T'as dit quoi ??? », et là je sors le contraire, par exemple : « Non, t'es une bombe, mais on doit te l'dire sans arrêt, alors c'est pas original, blablabla ».

La seconde technique du soir était plutôt une anti-technique. Elle est hyper audacieuse et je ne m'y risque que lorsque j'en suis arrivé à un point où je suis trop ivre pour ressentir de la honte, quand je descends avec délectation au dernier des derniers degrés du je-m'en-branlisme. Ce que je fais, c'est aller vers la nana, lui faire un sourire de beau gosse du mieux que je peux, à la limite du caricatural, et une fois que je suis près d'elle, je lui dis : « *Finis ton verre. Après on va chez moi. Et j'vais te faire l'amour toute la nuit* ».

Je ne voudrais pas envoyer qui que ce soit au casse-pipe. Cette technique ne marche qu'en souriant comme j'arrive à le faire. Un sourire difficilement analysable, qui ne suffit pas à indiquer à la gonzesse si le type en face est sérieux ou non.

Voilà, technique 1 et 2, tour à tour, jusqu'à ce que je réussisse, que dix meufs me mettent une tuile, ou que je me fasse carrément virer du bar. J'avais déjà empoché ma thune, donc le reste, je m'en foutais.

La première technique n'a pas du tout fonctionné ce coup-là. Les filles n'avaient pas envie de se faire traiter de boudin, même pour rire, apparemment. La drague est une science humaine, donc imparfaite.

Des fois ça marche, des fois ça ne marche pas et on rentre en se la mettant sur l'oreille.

C'est avec la deuxième que j'ai eu le commencement d'une prise. Une blonde aux cheveux courts qui portait des petites lunettes de salope. Elle était grande, très grande, et avec ses talons elle arrivait presque à ma hauteur. Je me suis approché d'elle, dans son dos, et quand elle s'est tournée vers moi, je lui ai fait un guili-guili sur le nez avec un de mes doigts. Je ne sais pas d'où m'est venu cette inspiration, mais ça a fait son effet. L'audace du geste accompagnait celle de mon baratin.

— Et si tu finissais ton verre, Jennifer, et qu'on rentrait chez moi pour niquer toute la nuit ?

Elle a reculé en riant, comme en état de choc, tout en secouant la tête de gauche à droite, l'air de se dire : « J'arrive pas à le croire ! ».

— C'est la première fois que quelqu'un me tripote le nez… et je m'appelle pas Jennifer, je m'appelle Sabine !
— Ouais, c'est pareil. Bon, on va niquer, Jennifer ?

Elle est vraiment entrée à fond dans mon jeu. Ce que les femmes peuvent être idiotes, parfois. Comment fait la chanson, déjà ? *Girls Just Want to Have Fun*… Tout est dit.

Cette fois, elle s'est esclaffée en me tenant l'épaule, et en se tournant vers ses amies pour leur montrer le phénomène : c'est-à-dire moi ! Mais toutes ses copines étaient aussi bourrées qu'elle, et la pauvre Jennifer n'a pas réussi à capter leur attention. Ça fait partie de ces fameux moments en soirée où tout le monde devient complètement pété, et où tu peux subtiliser une nana qui était venue avec un groupe de dix personnes, pour la caler dans un coin et lui faire *on sait bien quoi*… Tout ça, sans qu'aucun ni aucune de ses ami(e)s n'ait pu comprendre le pourquoi du parce que. Magie, magie !

— Non mais toi, t'es un dingue. Je m'appelle Sabine, j'te l'ai dit.

Elle m'a pris la main et m'a emmené dehors. Ça m'a fait du bien de quitter le vacarme de ce bar, qui s'était peu à peu transformé en discothèque.

Une fois à l'extérieur, j'ai compris qu'elle était beaucoup plus ivre que ce que je croyais. D'ailleurs, elle s'est accroupie comme pour vomir. Je me suis mis à son niveau pour voir si elle allait bien. Elle a eu un mouvement qui donnait l'impression qu'elle allait balancer la sauce, mais elle a réussi à se retenir au dernier moment.

Elle s'est ensuite relevée, en me traînant par la main pour m'emmener Dieu sait où. Je me préparais déjà psychologiquement à niquer avec une épave qui s'endormirait pendant la pénétration ; je me préparais aussi à penser pendant cette pénétration que j'aurais pu être avec Hélène au même instant et vivre quelque chose de réel et de beau, et au fait que j'allais m'en vouloir terriblement le lendemain.

Mais cette incroyable connasse m'a fait entrer dans un kébab avant que je puisse comprendre où j'étais en train de foutre les pieds. Punition méritée pour moi.

— Vas-y, j'ai trop faim. Faut que j'mange, sinon j'vais bé-gère. Tu veux un truc ?

Je n'ai pas répondu et je me suis assis le temps qu'elle commande. Elle était dans son monde et semblait avoir déjà oublié pourquoi j'étais entré avec elle dans ce fast-food pour vilains barbus et étudiants gauchistes. C'était plutôt gênant.

Elle a commandé un poulet sauce mayo, mais il lui manquait 50 centimes pour le payer à son prix exact.

Je ne les avais pas pour la dépanner.

Enfin, je reformule : je ne voulais pas filer 50 centimes à un gnoule, et il était hors de question que je déroge à ce principe céleste, pour contenter la faim de cette petite conne.

Elle a quand même obtenu son plateau repas, cela dit. Ça, c'est le bon côté des orientaux. Chacun a ses bons côtés, je suppose. Tu peux aller dans un kébab et avoir ton poulet mayo même s'il te manque 2 ou 3 sous pour le payer. Ils ont une mentalité à l'ancienne. C'est des à-peu-pristes, les mecs, et surtout de bons commerçants. Ils se disent que tu reviendras le lendemain s'ils ont été sympas la veille, et qu'ils ne t'ont pas pété les roustons pour 50 centimes en moins dans leur poche.

Un groupe de quatre jeunes est entré juste après ça, et Jennifer, enfin Sabine, a reconnu dedans… son mec. Tout simplement !

Parce qu'elle avait un mec, faut croire.

Elle a posé le plateau et lui a roulé un gros patin devant moi. Un bouillon de *langues-frites-sauce blanche* des plus exaltés.

— Ah, t'étais là Baptiste ? J'te cherchais partout.

AH AH AH !

Pour un peu, elle allait le chercher au bout de mon gland, son Baptiste d'amour.

La meuf était maquée, c'est invraisemblable. Pourquoi les mecs laissent leurs nanas se foutre en l'air à coups de shooter et de vodkas en soirée, alors qu'ils la passent avec elles ? Pourquoi sortir en bar ou en boîte quand on est déjà en couple ? Je ne vois pas l'intérêt, je ne comprends même pas le principe.

Je me demande bien ce qu'elle aurait fait de moi après avoir bouffé, si son mec n'avait pas réapparu comme par magie. Elle m'aurait sucé dans un coin de rue, avant de se rappeler que son officiel était dans les parages ? C'est du pur délire.

Je me suis éclipsé et elle ne s'est même pas rendu compte que je n'étais plus là. Elle a dû m'oublier en moins d'une minute après mon départ. Peut-être même encore plus vite que ça…

Ce résumé du jour n'aurait pas vraiment d'intérêt si je l'arrêtais ici-même. Ce serait encore le récit monologué d'une errance qui ne me grandit en rien et me rappelle le *pas grand-chose* que je suis depuis le début de mon existence.

Mais il faut absolument que je vous raconte ce que j'ai vu il y a une heure, alors que je rentrais chez moi.

Je suis passé par un chemin inhabituel, en longeant d'abord le canal, puis en empruntant la grande rue qui remonte jusqu'à la gare. Ça n'est pas dans ce coin que j'habite mais j'avais le cafard et je voulais traîner un peu dehors, en marchant jusqu'à dessaouler complètement ou jusqu'à ce que la fatigue me rattrape. Bien mal m'en a pris.

Dans cette longue rue pleine de kébabs, encore, et d'hôtels miteux tenus par l'envahisseur, je n'ai pas croisé un seul vrai Français. Que des bougnes et des métèques immondes.

Juste avant de déboucher sur la gare, une odeur de brûlé a attiré mon attention. Je l'ai suivie, et elle m'a conduit à une impasse dans laquelle se trouvait trois gamins de, je dirais, 8 à 13 ans. Ils étaient rassemblés autour d'une grande poubelle, depuis laquelle s'échappait de la fumée noire. Je ne comprenais pas vraiment la situation, alors je me suis approché d'eux. Régulièrement, ils jetaient un coup d'œil dans la poubelle, puis ricanaient en refermant son couvercle.

Du fin fond de ma cuite, j'ai quand même réussi à les interpeller d'un ton autoritaire :

— Oh ! Qu'est-ce que vous branlez ?

Les trois petites têtes de mômes se sont retournées vers moi.

Trois Arabes.

Le chef de la bande, enfin, celui du milieu, m'a répondu illico :

— On est en train de brûler un hérisson qu'Elyes il a trouvé. Mais il veut pas crever, ce fils de pute.

J'entendais, maintenant que j'étais près d'eux, le hérisson en train de « couiner » de douleur. Le son produit était faible, mais j'imagine que c'est ainsi que hurlent les hérissons…

Ces trois enfants, même pas encore ados, prenaient plaisir à brûler un hérisson vivant. Que dire de plus ?

Évidemment, j'ai tout de suite songé au fait que la veille, je n'étais même pas allé jusqu'au bout avec le chien, en raison de ce cas de conscience qui avait retenu mes mains au dernier moment.

Quant à eux, ils avaient quoi ? 11, 12, 13 ans peut-être… et ils torturaient un petit animal pour passer le temps, tranquillou, la fleur au fusil.

Le plus choquant, c'était la conclusion du petit arabe : « Il veut pas crever ce fils de pute ».

Fils de pute de quoi ? Non seulement ils font endurer le martyr à un être vivant qu'ils assassinent, mais en plus, ils trouvent que ce « fils de pute » ne meurt pas assez vite.

Il y a vraiment un monde d'écart entre les Occidentaux et les Arabes.

Nous faire vivre côte à côte, c'est comme de mettre un paon dans la cage du crocodile. Impossible de rivaliser avec la sauvagerie de cette race abominable.

Parmi les Blancs, un individu dérangé et susceptible de faire du mal à autrui, je l'ai déjà dit, se détecte notamment lorsqu'il prend plaisir à supplicier des animaux sans défense. Chez les Arabes, c'est normal et on ne relève même plus ce genre de pratiques. C'est culturel, vous voyez ? On est censés leur apprendre que c'est mal de brûler des hérissons vivants. Les bicots bouleversent tous les critères d'analyse psychiatrique connus à ce jour. Si vous prenez la combinaison de défauts et de dinguerie de caractère de la majorité des crouilles, disons, pour obtenir un profil type, vous arriverez à la définition médicale du *paranoïaque agressif à tendance meurtrière*. C'est comme ça qu'on qualifierait un Blanc qui se livrerait à ce genre de barbaries. La prochaine fois, au lieu de dire « psychopathe » ou « paranoïaque schizophrène à tendance meurtrière », dites juste « Arabe », ça ira plus vite.

Les peuples des sables sont remplis de fous et de tortionnaires nés qui considèrent, par exemple, les chiens comme des animaux diaboliques (c'est dans le coran, la vérité !).

J'ai ouvert le couvercle de la poubelle pour voir où en était le hérisson. Mais c'était déjà trop tard pour lui. Son nez et ses petites pattes avaient littéralement fondus. Son corps allait bientôt se disloquer sous l'effet des brûlures extrêmes. Je n'avais jamais vu quelque chose d'aussi horrible.

J'ai refermé le couvercle sans demander mon reste. Les trois « enfants » riaient à cœur joie. J'ai regardé celui qui m'avait répondu une seconde auparavant, et nous n'avons pas eu besoin de nous parler pour nous entendre. Il a compris que je le haïssais et m'a renvoyé la même impression de haine froide et surpuissante.

Je suis reparti en sens inverse, parce que j'étais sur le point de pleurer de rage, et que je refusais de donner à ces enfants du diable une telle satisfaction.

Maintenant, je suis chez moi, j'écris ce qui vient de se produire, et je me demande si toute ma vie, dans cette France occupée par les musulmans, n'est pas qu'un gigantesque cauchemar. Car la réalité de leur présence parmi nous est trop insupportable pour être acceptée par mon entendement.

Là, tout de suite, j'essaie de me guérir de ce que j'ai vu dans le fond de cette poubelle en écoutant de la musique classique, et tout en rédigeant mon rapport. Mais il est inutile d'espérer que mon cerveau effacera aisément ce souvenir de ma mémoire.

Les bougnoules souillent notre âme de gentilshommes chaque jour davantage, en se rendant coupables d'actes que nous n'aurions jamais pu concevoir, si on ne les avait pas vus prendre forme devant nos yeux ébahis.

Je les hais d'une haine éternelle et invincible.

Ce soir, je m'endormirai avec difficulté et triste à en mourir, mais convaincu plus que jamais auparavant, de la justesse de mon combat. Les nationalistes d'Europe mènent vraiment une guerre contre les forces du mal. La soumission à ces êtres de vice et de néant est inenvisageable.

J'écris ce soir depuis la petite ville de Servian, où je me suis rendu pour rencontrer les gars qui ont pour projet de fonder là-bas une communauté de Blancs nationalistes.

Je m'attendais à un village dédié, mais il s'agit plus exactement d'un petit quartier à l'intérieur de cette ville d'environ 5000 habitants, et dont quelques camarades sont en train de prendre possession. On est un peu déçu quand on va sur place dans ce genre de cas, parce qu'on s'attend toujours à voir des dizaines et des dizaines de militants plancher sur la construction d'une forteresse imprenable. Mais dans les faits, les porteurs de projets sont généralement un ou deux au maximum, et le reste des effectifs dépasse rarement la demi-douzaine.

Je ne critique pas ces personnes ni leurs initiatives, j'établis un constat amer et juste. C'est déjà extraordinaire que des mecs aient la force de se « lancer » en dépit des vents contraires que nous, racistes biologiques, devons braver au quotidien dans cette France de merde.

Aujourd'hui, j'ai aussi revu Hélène ; je l'ai trouvée encore plus merveilleuse et excitante que la première fois.

Elle n'était pas la seule femme présente lors de cette réunion (il y avait aussi les compagnes de Stéphane et Alexis, les deux hommes à l'origine de ce *Village païen* qui n'en était pas vraiment un, on va le voir, ainsi que la femme d'un certain Loïc) mais elle flottait une classe au-dessus des autres. Comme je l'avais découverte un soir de grosse fatigue et en fin de vacances, je me disais que ma mémoire l'avait surcotée *a posteriori*, et qu'elle ne devait pas être aussi resplendissante, aussi fabuleuse et exempte de défauts, tout bien considéré, qu'elle ne l'était restée dans mon souvenir.

J'avais tort. Elle scintillait et vous donnait envie de mourir pour elle à la seconde où ses yeux de feu se fixaient sur les vôtres.

Mais avant de parler de cette expérience revigorante, je voudrais faire un point sur les choses sérieuses.

Il est 22h40 et nous sommes le 22 avril 3017.
Demain, les Français voteront pour le 1er tour des présidentielles. Le moment de vérité est enfin venu.
Le dernier résultat de sondage que j'ai eu le courage de consulter était absolument catastrophique.
Il donnait Martine De Laine au second tour, mais derrière Emmanuel Maçon. Deux à trois points derrière lui, d'emblée. Je ne peux pas croire que ces chiffres soient réels, et j'espère que demain, à 20 heures tapantes, les tendances seront toutes autres et feront mentir les prédictions de la presse *mainstream*.

Si De Laine est déjà derrière, cela signifie :

• Que le remplacement ethnique est d'une plus grande ampleur et plus rapide que ce qu'on croyait. Comme nous ne disposons d'aucune statistique ethnique fiable, il est impossible de savoir combien « ils » sont. Mais leur nombre est peut-être déjà trop élevé et puisqu'aucun d'eux (ou presque) ne vote pour nous…

• Les Français eux-mêmes forment aujourd'hui un peuple de mauvaise qualité, qui souhaite sa propre disparition et l'accélère, même, par des choix politiques suicidaires.

Ce qui m'ennuie le plus, c'est d'avoir commis une sérieuse erreur d'analyse.

Pour moi, le Front allait être devant au premier tour, compte-tenu des circonstances (pays ravagé, meurtres de masse au nom d'allah partout en Europe, insécurité dans toutes les villes de France, bilan économique pitoyable de François Groland, etc.), j'imaginais Martine en avance de quatre ou cinq points sur Fignon ou Maçon, et l'attentat sur Perlod entre les deux-tours n'aurait fait qu'accentuer cette fracture entre le peuple et les politiciens du système, donnant la victoire à notre camp.
Si j'avais pu, après réflexion et analyse, en arriver à la conclusion qu'elle serait derrière dès le premier tour, j'aurais agi avant ce premier tour, justement. En tentant le tout pour le tout au début du mois d'avril…

C'est tout de même incroyable. Pas une journée sans qu'un acte horrible ne soit commis dans ce pays, pas un seul jour de calme depuis des années, mais ces putains de Français à la con s'inquiètent seulement de savoir s'ils doivent oui ou non conserver la monnaie unique. Avant-hier, le 20 avril, un flic s'est fait *allahu akbardiser* la cervelle en plein milieu des Champs-Élysées, et le Dupont lambda n'arrive pas à comprendre que c'est là un signal d'alerte, un code rouge fluo ! Il se demande si « De Laine est assez solide sur les questions fiscales et si elle a assez de cadres pour gouverner à ses côtés ». Je lis ça, j'entends cette rengaine partout aux terrasses de café. Le FN n'est plus diabolisé comme autrefois, mais les médias ont réussi un autre tour de force : nous faire admettre que la De Laine n'a pas tort dans le fond et qu'après tout, on a le droit de tenir certains propos contre l'immigration, mais qu'elle n'a pas la carrure présidentielle et que son parti ne sera jamais en mesure de gouverner.

Avant, le problème, c'était nos idées. Maintenant, c'est paraît-il une question d'incompétence politique. On a vaguement raison, mais on n'a pas le diplôme de la grande école de mes glaouis pour nous autoriser à le dire. Les gens, et la presse qui les lobotomise, auront toujours une bonne explication pour ne pas voter l'arrêt de l'immigration.

Même si Martine était une chèvre, il faudrait encore voter pour elle et exprimer notre désarroi face à l'invasion sans précédent qu'on se prend dans la poire.

Nos ennemis doivent éclater de rires en songeant qu'en France, un Karim de merde peut tuer un Xavier, policier bien de chez nous, sans que la colère de la plèbe ne se fasse entendre… Mais qu'est-ce qu'il leur faut, bon sang ? Une bombe nucléaire qui raserait l'Île-de-France ? Qu'est-ce qu'il leur faut pour haïr ceux qui doivent être haïs ?

Grâce à moi, on le saura bientôt.

J'ai téléphoné en début de journée à mon contact de Dieppe, où Jean-Pierre Perlod se rend chaque week-end dès que les beaux jours arrivent. Pour m'assurer, précisément, que c'était toujours le meilleur moyen de le coincer et de l'abattre à l'abri des regards.

Le « jeu » était pour moi d'appeler régulièrement Cédric le Dieppois, de parler de tout et de rien, de faire semblant de prendre des nouvelles désintéressées de lui et de ses proches, tout en demandant à chaque fois s'il n'avait pas croisé notre bon JPP pendant sa tournée de facteur. Si quelqu'un est bien en mesure de comprendre un jour que je suis (enfin, que j'allais être) l'assassin de Perlod, ça ne pourra être que Cédric. Mais je ne crois pas à l'hypothèse d'un petit Cédric se transformant subitement en enquêteur de génie.

D'abord, comme tous les gens de peu, Céd' est vraiment content de connaître une célébrité et de la croiser si souvent près de son lieu de vie. Il a donc un réel plaisir à m'en parler.

Ensuite, Céd' ne sait rien de mes opinions politiques. Et pour cause : on ne s'est pas vus depuis plusieurs années. C'est d'ailleurs assez miraculeux qu'on ait gardé le contact malgré tout. Pour faire du prosélytisme nationaliste, j'utilise un pseudonyme sur internet, et quand je publie du contenu politique sur mes pages (légal ou non) je le fais toujours sous proxy. Cédric est un honorable facteur qui ignore que je rêve du matin au soir d'une France expurgée de tous les non-Blancs la salissant. Même s'il le savait, il serait encore moins capable de comprendre pourquoi je veux la tête de Jean-Pierre Perlod, dans le but de déclencher une guerre ethnique. Cédric ne s'intéresse pas à la politique et il n'a pas un esprit retors. Cet affreux assassinat le dépassera toujours.

Prudence étant mère de sûreté, j'ai toutefois attendu plusieurs minutes avant de mettre le sujet sur le tapis :

— Au fait, qu'en est-il de notre cher JPP ? Toujours dans ton coin en ce moment ? Avec les élections, ils doivent être bien occupés sur TFa, comme partout d'ailleurs.

— Oh, ben je sais pas s'il est plus occupé que d'habitude, je l'ai croisé la semaine dernière à la sortie d'un troquet, avant qu'il prenne sa voiture pour rentrer chez lui. On a discuté un peu, toujours aussi sympathique, le gaillard !

— Tu crois qu'ils vont finir par le virer, comme ils l'ont fait avec Patrick Côte d'Armor y'a quelques années ?

— Ils en sont capables, c'est sûr. Mais je crois que lui ne l'vivrait pas comme une tragédie. C'est un type simple qui aspire à une vie tranquille. Il a gagné largement assez d'oseille pour survivre à son licenciement…

— Et puis, il a pas l'air très mondain. S'il remonte vers Dieppe toutes les semaines pour rester peinard, c'est que, comme tu dis, c'est un gars qui n'attend pas grand-chose de la vie, qui veut juste être heureux et qu'on lui foute la paix.

— Oui, voilà. Tu sais, quand je fais ma tournée vers chez lui, les jours où il présente pas son journal et qu'il y est, je le vois à travers sa baie vitrée pendant que je distribue des lettres aux voisins. On se salue toujours. Je suis pratiquement sûr de le voir à tous les coups. Il a un bureau qui a vue sur la Manche, et il y bouquine de longues heures, en regardant la mer quand ça lui chante. Il aime cette ville, il aime le calme qui règne ici…

Comment pouvais-je lui demander si Perlod allait être à Dieppe avec certitude, au moins un jour, dans le courant de la semaine prochaine ? J'ai tenté une question subsidiaire.

— Dis, je vais peut-être devoir aller jusque dans le Pas-de-Calais pour voir de la famille, le week-end prochain. Ça me ferait plaisir de te revoir Cédric ! J'ai envie d'entendre les mouettes et de sentir un peu l'air marin. Je pourrais faire une halte un jour avant par chez toi, qu'est-ce t'en dis ?

— Bah moi, tu sais où me trouver. Ce serait avec plaisir, même si y'a pas grand-chose à faire ici. Le tour du coin, tu le fais en 5 minutes. Tiens, ben je te présenterai Perlod, tu feras un bout de tournée avec moi, pour voir la ville d'en haut, et on lui passera le bonjour. Le samedi par exemple, c'est sûr qu'il y sera. Il me l'a dit.

— Comment ça, il te l'a dit ? T'es devenu son meilleur copain ou quoi ?

— Non… enfin non, j'crois pas (il avait l'air flatté à l'idée de pouvoir être l'ami de Perlod). En fait, je lui disais l'autre fois qu'il avait une bien jolie maison, et il m'a dit qu'il aimait habiter là, mais qu'il allait revendre la maison pour en acheter une à côté un peu plus grande. Et il m'a dit qu'un agent immobilier devait faire une estimation pour la maison qu'il va vendre, et qu'ils vont se voir samedi prochain pour ça. Après, peut-être qu'il va simplement faire l'aller-retour depuis Paris, mais en général, quand il vient ici, il reste le week-end entier. Je le vois parfois en ville, prendre son café en feuilletant le journal, le dimanche.

Il est vrai que les 13h de Perlod ne passent qu'en semaine. Il était tout à fait possible que Jean-Pierre reste à Dieppe tous les week-ends et intégralement, afin de s'y reposer.

J'avais donc cette information cruciale (sa présence certaine, le samedi suivant), qui me tombait droit dans le bec et presque sans effort. Je le répète, les petites gens aiment faire circuler les ragots, vrais ou faux, et tout ce qu'ils savent des rares personnalités qu'ils fréquentent.

J'aurai donc une fenêtre samedi 29 avril pour remplir mon devoir d'homme de bien. Il faudra bien sûr que je fasse une planque toute la nuit qui précède en me cachant dans ma voiture, avec vue sur sa maison. J'arriverai la veille pour tailler le bout de gras avec Cédric, je lui dirai de me montrer où Jean-Pierre Perlod habite, puis je ferai semblant de reprendre ma route vers le Nord en train. Il faudra que je rejoigne Cédric depuis la gare, d'ailleurs, sans lui montrer que je suis venu avec mon véhicule, qu'il pourrait reconnaître le lendemain si l'envie lui prend d'aller serrer la pince de Jean-Pierre, après ou avant son rendez-vous avec l'agent immobilier.

Récapitulons : il me faudra donc venir en nationale jusqu'à Dieppe pour éviter les caméras de surveillance, placées aux barrières de péage autoroute. Depuis quelques jours déjà, je roule avec une fausse plaque d'immatriculation que j'ai fait installer par un Arabe (quelle ironie). De là, je garerai la voiture légèrement en dehors de la ville, puis je finirai le chemin à pied. Après avoir fait des repérages avec Cédric, je reviendrai jusqu'à la bagnole de nuit, puis j'irai stationner aussi près du domicile de Perlod que possible, sans éveiller ses soupçons ni ceux du voisinage. Céd' m'a dit que la baraque de Jean-Pierre était plutôt isolée, et je ne peux que le croire sur parole tant que je n'aurais pas étudié la topographie des lieux. Sans savoir exactement où était la bonne, j'avais fait un peu de *Gogol Map* dans le coin, en constatant effectivement que la colline était pleine de villas assez éloignées les unes des autres.

Bon, il n'y a rien de parfait ni de certain dans les détails de ce plan. Je m'en rends compte en l'écrivant en ce moment même.

Comment entrerai-je chez lui ? Comment le faire sans que personne d'autre ne me voie ? Quand le faire ? Le vendredi dans la nuit, en entrant par effraction ? Le samedi dans la journée, après le passage de l'agent immobilier ? Si c'est en journée, je passerais par la porte de derrière, « toujours ouverte » selon Cédric, en me faufilant jusqu'à lui en chaussettes pour le surprendre et lui sauter dessus, couteau à la gorge ? Et si elle était fermée exceptionnellement pour cette fois, cette putain de porte, quel serait mon plan de secours ?

Il y a tellement d'inconnues dans cette équation… Si je devais estimer les chances de réussite du projet, je les mettrais à hauteur de 15%.

Est-ce bien suffisant pour se risquer à un tel sacrifice ?

Des questions sans réponses, encore et toujours depuis des mois, je commence à en avoir ma claque. La seule réponse que le héros doit se donner à lui-même, c'est qu'il faut faire ce qui est à faire, ou mourir en essayant. Parce que l'accomplissement du devoir approche chacun de nous du bonheur vrai.

J'ai achevé la conversation avec Cédric en me mettant d'accord avec lui pour nos retrouvailles, et j'ai clos ce chapitre dans ma tête avant de rejoindre Hélène au village.

Bah ! J'aurais encore trois jours pleins à partir de lundi pour améliorer ma stratégie d'attaque. Quatre jours, si on compte celui que je passerai en voiture pour monter de Perpignan à Dieppe (13h30 de route, aïe, aïe, aïe ! Je dormirai dans ma voiture le jeudi soir, quelque part en Normandie).

Qui vivra verra !

Sans transition : je n'étais qu'à une heure de Servian et de son *Village païen*, il semblait donc raisonnable que je m'y rende en bagnole. Hélène devait nous rejoindre depuis Bordeaux en covoiturage, un peu plus tard dans la journée. Évidemment, elle n'avait trouvé personne pour la déposer à Servian même, et il était question que le conducteur la laisse à Pézenas vers midi et demi. Un gars du village s'était proposé ensuite pour aller la récupérer et la ramener à nous dès qu'elle serait arrivée.

Je suis parti à 9h50, après avoir eu la gloutonnerie de m'enfiler à la suite trois pains au chocolat, achetés la veille à la supérette près de chez moi.

Comme prévu, je suis arrivé à Servian une heure plus tard ; là, un minuscule comité d'accueil m'attendait près du panneau indiquant le nom de la ville. C'est Hélène qui avait tout arrangé et qui leur avait parlé de moi. Ils faisaient tous une tête intimidante, mais c'est souvent comme ça qu'on est accueilli par des Fafs. D'abord, chacun se tire la tronche sans véritable raison, la simple gêne de l'inconnu dirons-nous, puis les choses se détendent peu à peu.

Il faut dire que les natios sont angoissés à mort à l'idée d'une infiltration par des agents doubles, qui feraient semblant d'être des natios, mais qui seraient en fait des flics. Leur naïveté m'amuse. Aujourd'hui, la police n'a pas besoin de faire de filature, elle consulte nos téléphones portables à distance, nos conversations sur internet… elle ne se met en branle que lorsque des mots clés inquiétant pour la sécurité de l'État « apparaissent » dans leurs écoutes. Enfin, c'est surestimer le danger qu'on représente pour eux, que de croire qu'ils vont noyauter de l'intérieur un groupe de sept païens désirant vivre côte à côte, et à la fraîche.
Un certain Loïc m'a serré la main à travers ma vitre descendue, tout en se présentant, puis il est monté sur le siège passager afin de me guider à travers la ville. Les autres sont remontés dans un grand monospace et nous ont suivis.

— Toi c'est Lionel, c'est ça ? M'a demandé Loïc après avoir claqué la portière.
— C'est tout à fait moi ! On attend d'autres camarades ?
— Alors, y'en a deux qui sont déjà arrivés, et qui forment un couple. Un autre a annulé au dernier moment, maintenant y'a toi et Hélène devrait pas tarder. On va envoyer quelqu'un la chercher.
— Cool.
— On va pas très loin, je vais te guider. Je te remercie d'avoir fait le déplacement jusqu'à nous.

Le contact a tout de suite été bon avec Loïc, comme il le sera d'ailleurs avec le reste des troupes.
En arrivant dans la maison de Stéphane, le « chef » de projet, j'ai compris que j'avais fait une erreur en me gavant de viennoiseries un peu plus tôt. La table de la salle principale débordait de mets exquis donnant envie d'être dévorés. L'accueil était vraiment super, rien à redire. Je voulais attendre Hélène pour déjeuner mais la femme de Stéphane m'a poussé vers le buffet, presque contre ma volonté.

— Allez-y, on a préparé des patates et cinq gros poulets pour le repas, en plus du vin et des fromages. Y'en aura pour tout le monde, je vous l'garantis !

Ah, d'accord. Tout ce que je voyais devant moi n'était pas encore le repas, ça n'était que les hors-d'œuvre. Un grand délire. Les mecs s'étaient préparés à être trente, enfin, c'est l'impression que ça donnait. Mieux vaut trop que pas assez, comme on dit.

Alors j'ai commencé à grignoter en me retenant un peu, parce que je ne voulais pas être bouffi et ballonné au moment où Hélène viendrait me claquer la bise. D'ailleurs et ça me faisait rire de moi, je m'étais fait propre et beau pour l'occasion. Chaussures de ville bien cirées, jean tout neuf, chemise repassée… La veille, j'étais aussi allé chez le coiffeur pour me faire faire une petite coupe à la mode. Rien de bien fou, simplement de quoi plaire à la majorité des femmes.

Je me servais un verre de jus de pomme quand Stéphane a pris la parole :

— Bon… bienvenue chez moi, les amis, bienvenue chez nous. Je ne vous cache pas qu'on s'attendait à être un peu plus, mais c'est comme ça, et l'important, c'est de rencontrer des gens de qualité. Ce que je dis toujours à ma femme, c'est que ce village et cet esprit de village, on mettra peut-être plusieurs années à le construire, mais que l'essentiel, c'est de le faire avec des gens de valeur. Le but est de mener une vie communautaire, et ça, c'est pas possible avec des mecs ou des nanas qui envoient de mauvaises ondes autour d'eux. Au moins, et puisqu'on est peu nombreux aujourd'hui, on aura le temps de bien apprendre à se connaître, et de voir si on peut faire des choses ensemble. Je vous propose d'abord un rapide tour de table, Hélène n'aura pas besoin de se présenter à son arrivée, puisqu'elle est le lien entre nous tous, et que chacun la connaît déjà.

Nous avons acquiescé. Mais en réalité, je l'ignorais encore une minute auparavant. Je ne savais pas que Hélène connaissait également le couple qui était venu à cette rencontre. Il fallait constater que cette étonnante Hélène était très active pour la cause nationale. Que le racisme politique n'était pas seulement pour elle un hobby de femme ni quelque chose de passager, mais une véritable passion, un vrai mode de vie.

Pendant que je songeais à cela, le jeune mec du couple en visite, a parlé à son tour :

— Alors moi, c'est Gwen, je viens de Bretagne, enfin, on vient de Bretagne avec ma copine, Aurélie.

— Salut à vous, les Bretons ! a clamé Stéphane. Ça fait loin, de la Bretagne à chez nous ! Si c'est pas de la motivation, ça, je sais pas c'que c'est !

Aurélie est entrée dans la conversation après son petit ami.

— Oui, on est venus avec notre voiture, mais on a fait le trajet en deux fois. En prenant un hôtel à mi-chemin.

— C'est pas souvent, a repris Gwen, qu'on entend parler d'initiative comme la vôtre, alors on a sauté sur l'occasion. On regrette pas de s'être déplacés, c'est super ce que vous faites.

Stéphane a ri de bon cœur, tout en disant :

— Mais vous savez pas encore ce qu'on fait ici, on n'a pas présenté le projet en détail, on a pratiquement rien écrit sur le net !

— Oui, insistait Gwen. Mais pour nous, y'a déjà l'essentiel : la cohabitation entre nationalistes de sensibilité païenne. On n'a jamais trouvé ça près de chez nous. Ou quand on a pensé l'avoir trouvé, on est tombés sur des gauchos qui se faisaient de la vraie culture bretonne une idée complètement folklorique. On n'a jamais trouvé personne qui soit sur la même longueur d'onde que nous.

Stéphane s'est alors tourné vers moi en répondant à Gwen et à tous les autres en même temps.

La femme de Stéphane tenait un bébé de quelques mois dans ses bras, juste derrière lui. Un autre de leurs enfants, une fille, était accrochée à sa jambe et me regardait avec une forme d'inquiétude amusante. Loïc était lui aussi au bras de sa femme. Il y avait une autre femme dont j'ai cru comprendre qu'elle était l'épouse d'Alexis, puisqu'en me serrant la main à l'entame, elle m'avait dit : « Je suis l'épouse d'Alexis ». Enfin, il y avait deux autres hommes. Un de 25 ans environ, et l'autre qui avait dépassé la quarantaine.

Toutes ces personnes me semblaient saines et bienveillantes. J'avais hésité à venir mais j'étais finalement bien content d'être là. Je me sentais dans mon élément et entouré de frères et de sœurs. Il est bon de rencontrer des Français qui survivent encore sous l'immense tas de nègres qu'est devenu ce pays : de savoir qu'ils tiennent encore la dragée haute et se reproduisent, donnent le carburant moral nécessaire à la poursuite de l'effort.

Stéphane, disais-je, a continué de la sorte :

— Ce que vient de dire Gwen me rappelle ce qu'Alexis répète à chaque fois. Alexis est le garçon avec qui j'ai lancé ce projet. Malheureusement, il n'a pas pu être là aujourd'hui parce que sa mère est malade… Je voudrais donc rappeler qu'être païen pour nous est d'abord un état d'esprit. Qu'il y a des choses qu'on voudrait faire en communauté pour créer un lien fort entre nous, mais que sur un plan dogmatique, chacun est libre de croire en ce qu'il veut. Par exemple, moi, je connais absolument rien aux mythes et légendes bretonnes. Mais alors rien du tout. Quand je vais méditer, je vais donc pas essayer de communiquer avec les dieux de Gwen et d'Aurélie qui me sont inconnus, je vais méditer avec Gwen et Aurélie, oui, au même endroit peut-être, en même temps parfois, mais en me tournant vers les forces qui me parlent à moi, que je sens palpiter au fond de mes entrailles, les forces qui me guident.

Ce qui m'a toujours fait chier avec les païens d'aujourd'hui, c'est qu'ils sont incapables de définir ce qu'ils sont et ce en quoi ils croient. On vient d'en avoir un exemple remarquable : « En me tournant vers les forces qui me parlent à moi »… de quelles forces parle-t-il ? De quoi il cause, sérieusement ? Vous avez déjà entendu une force vous parler, vous ? Face à ce genre de discours, à chaque fois j'ai l'impression d'être un étudiant qui se serait trompé d'amphithéâtre et qui serait entré par erreur dans un cours d'ésotérisme pour 5ème année. *Une force, des forces, mes dieux…* L'air, le vent, les fleurs ? Je ne pige pas.

— Toi, par exemple, Lionel, qui es-tu et qu'est-ce qui t'anime ?

Zut. C'était mon tour. On est obligé de parler nous aussi, on ne peut pas se contenter d'écouter les autres témoignages ?
C'est chiant.

— Comment dire : je sais pas si j'ai ma place ici. Moi, je suis un catholique de culture, baptisé, confirmé, et qui aime la figure de Jésus. Ce qu'il a été, son message, et ce que le christianisme a fait de l'Europe. Même si j'admets sans problème que l'Église est devenue un poids pour la survie de notre peuple aujourd'hui. À part ça, j'ai jamais vraiment compris ce qu'était le paganisme, je viens là parce que je crois utile que les Blancs se regroupent et se retranchent dans de petites villes comme la vôtre, pour se préparer au débarquement des Noirs et des Arabes. J'adore la vie en ville, je suis plutôt un citadin, mais j'aime pas la vie en ville avec les Arabes.

Stéphane a eu un grand et beau rire qui a résonné dans toute sa demeure. Tout le monde a ri d'une manière analogue.

— J'ai envie de te dire… déclara-t-il en continuant de se marrer… j'ai envie d'te dire que ton racisme rattrape bien ton christianisme ! Non, je plaisante ! Faut bien comprendre quelque chose, c'est qu'on est plus en position de faire la fine bouche. Un mec avec une gueule d'Européen qui me dit qu'il veut construire quelque chose avec moi pour barrer la route aux boucaques et autres merdes du genre, ça m'suffit, je valide la collaboration. Si on a appelé le projet *Village païen*, c'est pour exprimer l'idée que tous les Blancs sont les bienvenus à nos côtés. En réalité, on a utilisé le mot « païen » dans son acception purement chrétienne. Est païen aux yeux du chrétien ce qui n'est pas chrétien, c'est simple. Nous, ça nous dérange pas de créer un truc avec des non-païens, tant que ça dérange pas un chrétien de vivre et de construire du solide avec des non-chrétiens. Mais si t'es ici, c'est que t'as déjà compris tout ça, que t'es quelqu'un d'ouvert et d'intelligent.

J'ai enchaîné ainsi :

— C'est-à-dire que ce qui m'importe le plus, c'est surtout que l'Europe reste européenne. Ça sera trop tard pour se demander si on est païens ou chrétiens quand on sera tous mélangés avec des bicots… donc pour moi, c'est un faux débat.

À nouveau, rire général dans la pièce.

Stéphane s'est avancé vers moi. Je n'avais jamais vu un type aussi baraqué, c'était carrément impressionnant. Ce n'était pas des biceps qu'il avait, c'était des ballons de rugby. Il aurait pu me tuer rien qu'en s'imaginant en train de le faire. Je ne sais pas combien d'années à la salle de sport me séparent du corps qu'il a. Il doit avoir une méthode d'entraînement à l'ancienne. Il soulève des menhirs à deux mains, il jongle avec…

— L'important, a-t-il déclaré en me tapotant amicalement l'épaule, c'est de comprendre que chacun ici est libre de penser ce qu'il pense. Je veux dire, à un degré spirituel. Ce qu'on veut pas, c'est des gars qui, après deux semaines chez nous, cherchent à convertir ou à imposer leurs coutumes et leurs obsessions au reste de la bande. Ce qu'on refuse, c'est des créateurs de désordre ou des branleurs à grande bouche. Des mecs qui cherchent à se taper la femme du copain ou qui tournent en rond dans le village parce qu'ils savent pas quoi glander de leurs journées. Y'a toujours quelque chose à faire sur Terre. D'ailleurs suivez-moi, je vais vous montrer ce qu'on fait nous, à notre p'tit niveau !

Il est sorti et nous a invités d'un geste à emboîter son pas.

Une fois dehors, j'ai été foudroyé à la vue d'Hélène, mon Hélène (pour la première fois, je me disais dans ma tête : « Elle est à toi »), qu'aucun de nous n'attendait si tôt au village.

Elle a souri en me découvrant derrière Stéphane, et m'a fait un coucou de la main avec les yeux plissés, parce que le soleil lui faisait face ; à ce moment précis, on aurait dit une touriste Japonaise qui vous salue depuis un bateau-mouche sur la Seine. Je m'étais bien parfumé pour rendre agréable la bise qu'elle allait (je le pensais, en tous cas) me faire, mais elle a salué tout le monde de la main sans nous embrasser, et elle a dit :

— La covoitureuse était hyper sympa ! Elle a fait un détour pour me déposer directement ici. Par contre, je l'ai travaillée un peu au foie pendant le trajet, et j'ai compris qu'elle allait voter Merluchon demain. Donc, quelque part, qu'elle crame en enfer !

Hélène…

Cette fille a une saisissante capacité à rendre tout ce qu'elle raconte craquant. La même phrase prononcée d'une façon légèrement différente, et vous auriez l'impression que vous vous trouvez en face d'une personne dérangée et fondamentalement mauvaise. Mais c'était simplement son humour à elle, décapant, brutal, sans frontières, irrésistible.

J'avais constaté que le couple breton n'avait pas ri à sa blague sur Merluchon. C'était sûrement des abstentionnistes. Il y a une suffisance chez l'abstentionniste qu'on peut ressentir en un instant. Il ne rit jamais des blagues électorales, jamais. C'est sérieux, l'abstention, ça se gère avec gravité… LOL

Non mais quelle plaie ! Non seulement vous devez convaincre les Français qui n'ont rien compris au film de mettre le bulletin Front dans l'urne, mais en plus, vous devez aussi pousser les gens de votre bord à voter pour ce même Front, et donc pour le programme qui se rapproche le plus de ce que chacun de nous, si je ne m'abuse, souhaite pour ce pays.

Bon, c'est hors-sujet, et je ne peux pas éduquer individuellement chaque facho de France. J'ajoute que le bon sens, ça ne s'apprend pas. Hélène, elle l'avait, elle, le bon sens ! En plus de la beauté et de l'humour.

— Tu tombes bien, jeune fille, a dit Stéphane à Hélène, j'allais faire aux autres le tour du propriétaire. Ça m'évitera de le faire deux fois ! Monte à bord !!!

Hélène a rejoint les rangs en marchant à mes côtés.

Elle m'a offert un sourire de nouveau, et je le lui ai rendu en inclinant la tête.

— Que fais-tu en terre païenne, vieux filou ? m'a-t-elle chuchoté discrètement.

— Oh ! Moi je suis venu pour la bouffe et le pinard, mais ne l'dis à personne.

Après ces petites gamineries, on a suivi Stéphane qui nous a simplement emmenés de l'autre côté de sa maison et du jardin.
À l'imaginer, je me sentais idiot, mais j'avais envie de prendre la main d'Hélène dans la mienne comme le font les écoliers en promenade, deux par deux. Je n'ai pas osé le faire. Même si je savais qu'elle avait de l'affection pour moi, je craignais qu'elle soit gênée de la montrer soudainement en public. Il y aura des moments plus propices…

— Cette maison est la mienne, celle où nous sommes présentement. En face, il y a celle d'Alexis. Ce jardin est notre jardin commun. On y a planté plusieurs pommiers, là, regardez, ça pousse tout doucement. On n'cherche pas à devenir agriculteurs, mais on veut que nos enfants comprennent qu'un fruit ne naît pas dans un rayon de grande-surface, et que l'eau est pas produite par les robinets. Maintenant, regardez ces trois maisons à droite.

Il y avait trois grandes maisons à droite du jardin, alignées et quasiment collées les unes aux autres.

— La première a été achetée par Frédéric il y a 6 mois. Il vit dedans, tout près de nous.

Derrière nous, Frédéric, petit et trapu, quadragénaire chauve à la mine sympathique, s'est signalé en levant la main.

— Les deux autres sont à « nous », mais en viager pour l'instant. Loïc et sa femme en seront les propriétaires. En attendant, ils louent une autre maison en ville, à quelques minutes à pied. De vous à moi, l'homme seul qui vit dedans n'en a plus pour très longtemps. Il a survécu à deux cancers et y'en a un autre qui est apparu dans son foie en début d'année ; le mec a 93 ans. Inutile d'en dire plus, je pense que vous m'avez compris. De toute façon, il est très sympathique et en accord avec nos idées. S'il ne meurt pas, on finira par l'inclure dans notre groupe et tant pis pour toi Loïc, faudra trouver une autre maison ailleurs, ah ah ah !

— Tu as deux chambres d'amis Steph', a ricané Loïc. Ça tombe bien, on est deux : ma femme et moi. Attention à ce que tu dis ! On a appris à déménager très vite au fil des années.

— Je vous prendrais bien, mais pas avec vos chats à la con ! Non, sans rire, un peu de patience, et Loïc et Ludivine seront nos voisins. La seconde maison en viager sera à Fabien…

Même jeu, Fabien a levé la main pour se présenter à nous.

— … avec Fab, c'est du plus long terme, a repris Steph'. Lui compte travailler encore 4 ans à Montpellier, le temps de mettre assez d'argent de côté pour vivre tranquillement avec nous ensuite. Donc il n'habite pas encore ici, mais il vient nous rendre visite tous les week-ends. On est déjà une petite communauté soudée.

Après ces premières explications, Stéphane a proposé qu'on s'assoie sur la grande nappe que sa femme avait étendue sur l'herbe. Peu à peu, elle nous apportait de quoi nous restaurer, pendant que l'on continuait à suivre l'exposé enthousiaste de Stéph'.

Il a bien insisté sur le fait que chaque foyer était indépendant. Que le principe était de se réunir à intervalles réguliers, mais de mener des vies distinctes et libres, chacun de son côté.

Ils avaient déjà créé une habitude de groupe, néanmoins : une fois par semaine, le samedi ou le dimanche, ils allaient tous avec femmes et enfants dans un coin de nature à 40 kilomètres à l'entour, pour se recueillir et rendre hommage à l'un de leurs ancêtres. J'ai vite compris que c'était pour Stéphane le fondement de son paganisme : la vénération des ancêtres. Chaque semaine, un des membres de la communauté devait raconter la vie d'un de ses grands-parents, arrière grands-parents, oncles décédés, etc., pour le faire vivre à nouveau et au présent dans l'esprit de tous. Ce rituel était accompagné d'un petit feu, que toute l'équipe participait à faire démarrer, et à côté duquel on plaçait photos et objets appartenant au défunt.

Ce que voulait Stéphane, c'est que ses enfants et ceux de ses amis n'oublient jamais d'où ils viennent. Qu'ils sachent qui était le père de leur père, qui était le père du père de leur père, et ainsi de suite… Glorifier les aïeux et développer l'idée que dans notre sang coule un souvenir, celui de ceux qui ne sont plus mais sans qui nous ne *serions* rien. Ça me plaisait beaucoup. Je l'écoutais attentivement.

Le repas ne s'est en fait jamais arrêté et nous avons parlé entre nous le reste de l'après-midi, tout en mangeant, jusqu'à 17h30 !

Même si régulièrement, Hélène et moi avons blagué et discuté de choses et d'autres, le principe de la journée était surtout d'apprendre à connaître Stéphane, Loïc, leurs femmes, Fabien et Frédéric. Ce n'était pas le lieu ni le moment de débuter notre romance ; plusieurs fois, pourtant, j'ai été seul en face d'elle sans évoquer, et pas même de façon allusive, mes sentiments. Plus la journée avançait et plus cela me frustrait. Je savais que ce serait à moi d'avancer le prochain pion parce qu'elle avait fait tout ce qu'une femme peut faire, pour montrer à un homme l'intérêt qu'elle lui porte. À moi de jouer le reste de la partition…

On ne faisait pas que manger, bien sûr, on chopinait aussi beaucoup ! La région produit de bons vins et Stéphane s'était fourni auprès d'un ami viticulteur. Il n'y avait que de la qualité, notamment plusieurs bouteilles d'un rouge délicieux qui nous avait tous rendus pompettes. À un moment, Frédéric, le quadra, s'est approché de moi, une bouteille à la main. Il sentait l'alcool et avait le teint pourpre, mais il parlait distinctement et j'ai eu plaisir à l'écouter.

— J'étais chrétien avant, comme toi, a-t-il commencé. C'est de famille chez moi. Tout le monde est catholique. Et puis, je suis passé à autre chose. Y'avait un duel dans mon âme entre le racisme et la religion. Et le racisme a gagné.
— Si ça peut te rassurer, ai-je poursuivi, moi je suis beaucoup plus raciste que chrétien, sinon, je pense que je serais pas là.
— Ouais mais c'est pas suffisant. Il faudra qu'un jour tu oublies le logiciel chrétien. Complètement. Sinon, y'aura toujours une barrière dans ta tête, une barrière invisible que tu crois avoir enlevée, mais qui en fait est toujours là. Tant que t'as le « virus », tu restes dans la com-

passion et l'espoir. Mais c'est pas de ça dont on a besoin. Faut pas de la compassion, faut de l'égoïsme racial. Et faut pas de l'espoir, faut de l'héroïsme.

J'étais d'accord avec lui. Mais pour moi, cela revenait simplement à se comporter comme un chrétien d'antan. Un Croisé, par exemple, pourfendeur d'Ottomans. Mon modèle absolu. Mais je restais ouvert aux propos de Frédéric.

— Écoute petit : les cathos, je les connais très bien. Ils ont un problème qui relève de la psychiatrie. Pour eux, la France va mal depuis la décapitation de Louis XVI. Je les appelle les Gogols 89, parce qu'ils nous appellent les Gogols 88. Le problème est racial, seulement racial, mais eux, ils confisquent le combat nationaliste avec leur fixette sur les « Lumières », qui étaient soi-disant des philosophes diaboliques. Admettons, mais on peut passer à autre chose, ok ? On dirait des dingos quand ils en parlent. La grille raciale explique tout tellement mieux. Tu retires les Juifs, les Noirs et les Arabes du concept de France, et tu te retrouves au Valhalla, bonhomme, sans avoir à mourir pour y goûter. Si t'en doutes, tu peux aller faire un tour en Islande ou en Hongrie. Des pays avec une faible pratique religieuse, mais habités par 95% de Blancs ethniques. Bonheur pur. Le truc qui peut même pas se décrire. Ben tu vois, sans toute la clique d'Afrique et d'Orient sur notre cul, la France, ça redeviendrait ça. Comme la Hongrie d'aujourd'hui, mais à la place du Hongrois bien bourru, t'aurais des Français, des Allemands et des Italiens de souche à 120 de QI, entièrement dégauchisés, qui se rappellent soudain que les aptitudes de leurs ancêtres sont dans leur sang, et que ces ancêtres ont construit l'Europe entière, putain. C'est racial, c'est tout ! Je peux même te faire une hiérarchie entre Européens, si t'as le sentiment que la haine des non-Blancs m'aveugle. Allons au plus court : l'Allemand est tout en haut, le Balkanique et le Bulgare, tout en bas. Le Portugais est à égalité de médiocrité avec les Yougoslaves. Mais en pire, vu que les Portugaises sont laides, tandis que les femmes serbes ou croates sont canons. Évidemment, on parle d'une situation à l'instant T, ne commence pas à me sortir que le Portugal a pondu Vasco de Gama. Un mec comme ça au Portugal, t'en trouves plus. C'est comme en Grèce, ça fait 3000 ans qu'on y trouve plus de Grecs. Faut enfin que ça soit dit et arrêter la branlette mémorielle sur un peuple qu'existe plus. Juste en-dessous de l'Allemand, on a le vrai Français puis l'Italien du nord, et j'te parle pas de la fin de race de Calabre, je te parle du vrai Piémontais, du vrai Lombard, du Vénitien pur jus. Bien sûr, je m'réfère à des races en nommant des pays, là, je fais un raccourci de langage. Quand je dis l'Allemagne, je pense à l'Allemagne, l'Autriche et la Suisse. Tout ça, c'est des Alpins qui viennent d'un même ventre. Tu leur laisses le Sahara 5 minutes, ça devient une forêt. Ce sang là vient des anges.

Je suis étonné quand je rencontre quelqu'un de plus radical que moi. Quand je crois que je suis allé trop loin dans la haine, il y a toujours un type dans la fachosphère qui se pointe et qui me donne l'impression d'être un petit garçon débutant dans le racisme.

Frédéric en avait encore sous la pédale.

— J'ai vécu dans le 16e arrondissement de Paris avec mes parents. Ils étaient catholiques et ne fréquentaient que des catholiques de leur quartier. Ces gens-là ont une manie qui me met particulièrement en colère. Pour se donner bonne conscience et économiser quelques euros, regardez bien et vous verrez (à présent, il s'adressait aussi à Hélène, qui s'était assise à côté de moi) qu'ils font garder leurs enfants par des babysitters négresses ou par des musulmanes. Qui donne son enfant à garder à une femme voilée, à part des tarés de compétition ? Eh bein', les bourgeois catholiques ! Je me faisais balader par une grosse Fatima pendant que mes vieux menaient la vie parisienne, entre deux prières à l'église. Et croyez bien qu'ils sont tous ravis de faire bosser des étrangers, ils sont là, genre : « *Regarde comme Banania s'occupe bien de nos enfants. Le salaire qu'on lui donne, c'est dix fois ce qu'elle gagnait chez elle !* ». Ah, on est ravis ! Grâce au fric des cathos millionnaires, Banania pourra faire 3 enfants de plus sur le sol français. Quel enchantement ! MERCI JÉSUS !!! Quand on pense au nombre de jeunes filles blanches qui tueraient pour être filles au Pair à Paris pendant leurs études. Des filles d'Europe de l'Est, fiables, gentilles, des Italiennes, des Françaises aussi… Ce manque de solidarité ethnique n'a pas de mots. Les cathos, ils ont que le Christ dans le cœur. Pas de place pour toi ou moi là-dedans. Ils ne pensent pas « Europe », ils pensent « salut de leur âme ». Et le salut de leur âme, ça passe par le fait d'aider toute la lie de l'univers… je peux plus me les voir.

— J'ai l'impression que tu confonds bourgeois et catholiques, ai-je argué. Fred, tous les catholiques ne sont pas bourgeois.

— Ah bon ? Je suis désolé, mais en France, si. On est sur du 80/90%. Les ouvriers que je connais vont pas à la chapelle en sortant du boulot. Chez les prolétaires, y'a que les Polaks et les Portos qui pratiquent encore en allant à la messe. Mais je te parle de la France et des Français. Les pauvres en France ne croient plus en un Dieu interventionniste. Les fils de bourges te disent « mais Dieu est amour, tu ne sens pas sa présence ? »… c'est sûr qu'eux, avec papa et maman qui leur paient leurs études et leur offrent un appartement à 20 ans, ils se sentent aimés de Dieu.

Depuis quelques minutes, en réalité, je n'avais plus la tête à cette discussion. Je me sentais fébrile, j'avais un peu de fièvre et le ventre douloureux. Je savais bien que j'avais trop mangé depuis le début de la journée, et que j'allais le regretter à un moment ou à un autre. Mon système digestif est vraiment exécrable.

Il était question à partir de 18 heures de faire une veillée dans un bois près de Servian, pour honorer la grand-tante de Loïc, lequel devait nous raconter les détails de sa vie. Un rituel commun auquel on tenait déjà beaucoup dans ce petit village païen. Je me suis dit qu'il fallait vite qu'ils trouvent de nouvelles idées de célébrations ou bien d'autres membres pour gonfler leurs effectifs, parce qu'on n'a pas forcément des dizaines et des dizaines de destins familiaux à partager chaque semaine avec les autres. Mais le concept en lui-même était bon.

Je suis allé voir Stéphane pour lui expliquer que je ne me sentais pas bien et qu'il valait mieux que je reste chez lui jusqu'à leur retour, voire même que je reste dans la chambre qu'il m'avait préparé pour la nuit entière, et qu'on discuterait à nouveau demain matin, avant mon départ. En fait, il était question que j'occupe une des chambres d'amis disponible tandis qu'Hélène occuperait la seconde.

Oui, Hélène et moi, on allait dormir dans la même maison, ce soir.

C'est peut-être cette perspective qui m'excitait de trop, me rendant anxieux et malade.

Stéphane se sentait désolé pour moi, mais il a eu l'élégance de ne pas insister. Je suis ensuite allé prévenir Hélène de mon retrait de la soirée qui s'annonçait. Je ne voulais pas qu'elle prenne cette évasion pour de l'ennui, et qu'elle comprenne bien que ça tombait mal, certes, mais que j'étais vraiment indisposé :

— Hey ! Écoute, rouquine, moi je vais pas vous suivre. J'sais pas trop si c'est le vin ou le fait de te voir (j'essayais de glisser un peu de vérité à travers cette blague cynique) mais je me sens mal en point, là. Je peux clairement plus rien avaler jusqu'à demain, et j'vais aller m'allonger dans la chambre du haut, en attendant de voir si ça passe.

— Oh… dommage. Peut-être que tu t'sentiras mieux dans quelques heures. Tu peux descendre pour le dessert, c'est moi qui l'ai préparé. On se tient au courant par SMS.

— Oui, on se redit ça. Là, j'ai comme des petits vertiges, il faut que je reste couché. Dans le pire des cas, tu pars quand demain, que je te salue à ce moment-là ?

— Ce sera pas jouable. Je prends mon bus pour Béziers à 6h30. De là, j'ai un covoiturage qui me ramène à Bordeaux. Je déjeune avec mes parents demain, et l'après-midi, je vote !

— D'accord, si je m'sens mieux, je passerai faire coucou et goûter ton dessert. Mais j'te promets rien, tu vois ?

— OK ! T'es un fragile, en fait, hein ?…

— Oui.

J'ai mis ma main sur son épaule et je l'ai pressée légèrement. Avec un sourire qui cherchait à lui transmettre la force de mes sentiments présents. Hélène a caressé ma joue avec son pouce. Puis, elle a passé sa fine main dans mes cheveux.

— Repose-toi bien, à plus tard… M'a-t-elle dit pour finir.

Au moins, en me touchant elle avait pu constater que je ne mentais pas et que j'étais vraiment fiévreux.

C'était la première fois que nos deux corps entraient en contact. Il y avait une alchimie entre cette jolie demoiselle et moi, c'était indéniable.

Pourtant, je suis resté dans ma chambre jusqu'au lendemain.

J'ai grelotté sous la couette et ne me suis senti mieux que vers 22 heures. Heure à laquelle j'ai décidé de rédiger ce compte rendu.

Finalement, ça n'avait été qu'une vilaine indigestion. Après avoir vomi une ou deux fois (les deux chambres contenaient une petite salle de bains avec toilettes, qui tombait à pic !), j'étais redevenu un homme neuf.

L'idée audacieuse d'aller me glisser dans le lit d'Hélène, au milieu de la nuit, m'a alors effleuré l'esprit. Je le sais : elle ne m'aurait pas dit « non ». Mais je voulais que notre première fois se passe dans un endroit où nous serions seuls et sereins, avec la certitude que personne ne viendrait nous interrompre.

Alors, j'ai eu une autre inspiration…

Hélène, ma petite…

Je vais glisser cette lettre dans ton sac à main, avant que tu ne quittes le village au lever du jour. Comme je sais que tu partiras tôt, j'entrerai dans ta chambre avant l'aube et pendant ton sommeil. Je ne fouillerai pas ton sac en détail, sois tranquille, ce n'est pas dans mes habitudes ; j'en chercherai seulement la poche intérieure (tu sais, celle qu'on vérifie rarement), puis je plierai mon message en quatre et le déposerai dedans.
Je mise sur le fait que tu ne videras cette poche qu'une fois arrivée chez toi, au moment où tu rangeras le reste de tes affaires, découvrant alors mes mots insolents.
Vraiment, j'espère que tu excuseras ce procédé de petit garçon trop timide pour dire ce qu'il a à dire, les yeux dans les yeux de sa belle…

… Il me semble que je suis en train de tomber amoureux de toi, Hélène.

Amoureux de ton visage, de sa finesse, de sa perfection, amoureux de ta profonde et authentique humanité, amoureux de ton caractère bondissant, jovial, invariable quelles que soient les circonstances, amoureux de ta voix d'elfe, surtout, que j'aime cette voix flûtée, Hélène, si féminine, si mélodieuse, si douce et rassurante. À mille reprises hier, j'ai eu l'occasion d'être seul à tes côtés, et de te dire ces choses-là. Mais je n'en ai pas trouvé le courage. Pardonne ma faiblesse, je te prie. C'est la peur de l'échec qui m'a retenu. Maintes fois au cours de ma vie, j'ai approché des bonheurs simples sans réussir à les atteindre, ratant presque toujours la dernière marche, si bien que j'en suis arrivé à ne plus rien « demander », au ciel comme aux hommes, me résignant à l'existence morne et superflue que le sort semblait me réserver.
Jamais je n'aurais cru trouver, dans un hôtel-dortoir perdu au fond de l'Espagne, une femme de ta qualité, de ta classe, avec autant d'esprit et de répondant. Je n'avais jamais vraiment ri avec une femme avant de te connaître. En toute sincérité, je ne savais même pas qu'une femme

pouvait être drôle. Surtout, une femme aussi belle que toi.

Tu es une princesse qui est née par malheur dans la fange du prolétariat. Un être d'exception, une perle rare, un mirage peut-être. Pourtant, j'ai cette prétention-là : un jour, tu seras mienne et mienne seulement. Et tu porteras mon nom. Richard.

Je ne suis pas un idiot et je vois bien que je te plais aussi. Mais comme tu as de l'intuition, tu devines sans effort que je ne me livre pas complètement à ton contact, et que peut-être, je te cache des choses d'une… certaine importance.

C'est vrai : je te cache des choses. Une chose en particulier. Un projet. Un projet fou. Que personne d'autre que moi ne connaît à ce jour.

Ce que je te cache, ce n'est pas une seconde vie, ce n'est pas un harem d'adolescentes blotties les unes contre les autres, toutes nues et à disposition dans mon grenier, ce n'est pas un traumatisme familial effrayant, ni une anomalie corporelle disgracieuse que je chercherais à dissimuler à tout prix.

C'est… autre chose encore.

Si nous devenons intimes (et nous le deviendrons), tu sauras de quoi il s'agit, car c'est un poids dont je souhaite me libérer, une charge que je n'arrive plus à supporter seul. Je te fais déjà confiance, ne te méprends pas à ce sujet, mais de la confiance, il en faut davantage pour se laisser aller à ce genre de révélations. Quand le moment sera venu, je le sentirai, sans doute, et je te dirai tout.

La nuit dernière à Perpignan, vois-tu, j'ai fait un rêve illégal dans lequel je te révélais ce grand secret. Je dis « illégal », parce qu'il n'y a plus que dans nos rêves que l'État nous autorise (il n'arrive pas ici à nous l'interdire) à penser ce que nous pensons de la France. Comme si la main géante du pouvoir gauchiste, en planant au-dessus de nos têtes, m'empêchait d'être qui je suis à 100% dans la vie réelle, et que mon inconscient faisait surgir le vrai Lionel au cœur des songes de la nuit.

Je vais te raconter mon dernier rêve, tant que je m'en souviens ; un rêve dans lequel tu tenais une place de choix. Je l'ai fait à 2 heures du matin, et depuis, je n'ai pas réussi à me rendormir.

Il y a quelque chose que tu m'as reprochée plusieurs fois, et peut-être à raison : c'est de ne me satisfaire de rien. Tu m'as dit qu'une victoire surprise du Front ne suffirait même pas à me rendre pleinement heureux… Oui Hélène, je le confesse. Je ne veux pas seulement que le robinet migratoire se ferme avec nonchalance et sans éclat. Je ne veux pas entendre parler du respect des conventions de Genève. Cela ne suffirait pas à l'Europe, cela ne contenterait pas son besoin de vengeance envers les sous-humains qui l'ont tant salie ces cinquante dernières années. Ce serait peut-être une victoire, mais une victoire molle, amère, diplomatique, conclue sur tapis vert, et qui me laisserait un goût d'inachevé dans la bouche.

Non, moi je rêve de Révolution, de tourbillons de sang impur, d'apocalypses traumatisantes. Je rêve d'une nouvelle Europe où l'intellect serait roi et la beauté reine. Une Europe maîtresse du monde, à nouveau, et maîtresse de l'univers, demain.

Voici donc le rêve que j'ai fait, ma chère Hélène. Certains détails ont quitté ma mémoire, mais l'essentiel de « l'intrigue » est toujours là, je crois, et mérite d'être raconté.

Au début, nous marchions main dans la main, dans un centre-ville français comme il en existe des centaines. Je ne peux pas te donner le nom de cette ville, car je ne sais pas où nous étions exactement, sinon en France. Imagine la place principale d'une ville de 50 à 100 000 habitants que tu connais bien, et tu pourras te projeter à ton tour dans ce rêve étonnant. Imagine aussi des statues de pierres, des immeubles du XVIIIe et du XIXe siècles, imagine le pavé des rues piétonnes de n'importe quel centre historique, ou encore les banques, les enseignes qui clignotent, les fast-foods qui gâchent tout, et le bruit des mobylettes et des tramways électriques.

Nous avancions vers un magasin de chaussures, car les tiennes te faisaient mal aux pieds. Juste avant d'entrer dans la boutique, un homme est venu à notre rencontre. Il portait un t-shirt qui disait « Aidez-les », avec un dessin du continent africain cousu au niveau de l'abdomen. Il a comme surgi de nulle part avec un discours prémâché et connu de nous autres. Ce que fait ce garçon, c'est un travail – il ne défend pas ici une cause qui lui paraît importante. Chaque jour, on voit ce même pitre (comprends-le bien : ce sont les mêmes employés, chaque jour, aux mêmes endroits) défendre une cause différente. Les bébés phoques le lundi, les sidaïques le mardi, les musulmans opprimés de je ne sais où (ne ris pas, ces associations existent vraiment) le mercredi. Dans ce rêve, c'était le tour de l'Afrique :

— Bonjour, bonjour ! Est-ce que vous auriez un p'tit moment pour parler de l'avenir des Africains, les amoureux ?

J'ai détesté qu'il ait dit « les amoureux » en nous abordant, comme pour chercher à créer un lien émotionnel avec nous. Mais j'ai toutefois répondu calmement.

— Est-ce que les Africains prennent des p'tits moments entre eux, pour parler de nous et de notre avenir ? Là est la vraie question, jeune homme.

Il s'apprêtait à répondre, mais d'un coup de doigt indolore sur son nez, je l'ai rendu aphone, et à la place de son charabia humanitaire pour imbéciles politiques, ce sont des excréments qui ont quitté sa bouche.

Ah, ma douce, j'avais oublié de te prévenir : il s'agissait d'un rêve magique dans lequel j'étais doté de super-pouvoirs que je découvrais au fur et à mesure de leur utilisation. Ce rêve n'était limité que par ma fascistissime imagination ; c'est-à-dire qu'il n'avait pas vraiment de limites. Le temps d'un rêve, mon cerveau a produit un film fantastique de haute voltige et m'a donné, à l'intérieur de celui-ci, le premier rôle, celui de démiurge, de dictateur capable par sa seule volonté de construire un monde à son image.

L'audacieux essayait toujours de nous convertir à son idéal négrophile, mais plus il parlait, plus le flot de merde remontant de ses intestins vers sa grande gueule d'esclave, devenait conséquent. Je précise que ce tas d'immondices était vomi par lui de travers, sur son flanc gauche, ne nous atteignant en aucune façon, et qu'il n'avait, c'est à noter, point d'odeur. Voyons, il ne fallait pas que cette petite farce n'indispose tes jolies narines, Hélène d'amour !

Nous lui avons tourné le dos, après que j'ai conclu à son endroit la chose suivante :

— Les Noirs ne sont pas en voie de disparition, mon ami. Ils sont en voie d'augmentation, de très grande augmentation. Ne te trompe pas de combat.

Puis, en te regardant, j'ai continué ainsi…

— Les chaussures attendront, allons plus loin. D'ailleurs, je suis sûr que tu as déjà moins mal aux pieds.

En effet, tu n'avais plus mal aux pieds. J'avais envoyé des lutins jaunes et rouges te les masser en catimini.

Le klaxon d'une voiture, trop près de nous, et qui n'avait pas le droit de se trouver dans cette zone, t'a fait mal aux oreilles. Je l'ai compris parce que tu as serré très fort ma main, dans un mouvement réflexe. Cela m'a peiné. Je n'aime pas te voir souffrir, en rêve comme dans la réalité. J'ai alors puni d'un geste l'automobiliste, transformant son véhicule en bicyclette, puis, une baguette apparaissant dans la main qui avait produit ce même geste, j'ai commencé à battre la mesure de la sorte :

Un, deux, trois, et un, deux, trois, et un, deux, trois, etc.

Une valse de Vienne a alors retenti dans la ville, phagocytant les autres sons à l'entour, rendant muet tout ce qui vivait et bougeait. On n'entendait plus que la musique et nos pas sur le sol. Au milieu de la place, nous nous sommes mis à danser cette valse, chère ange, comme si nous en connaissions la technique depuis le jour de notre naissance. Parenthèse : il faudra s'y mettre pour de bon, quand nous vivrons notre amour dans le vrai monde, car je veux apprendre à danser.

Très vite et comme nous épations la galerie, nous avons été entourés de passants qui nous regardaient avec stupéfaction et allégresse. Certains applaudissaient comme applaudissent les sourds (avec les mains qui *font, font, font, les petites marionnettes*), en nous encourageant à continuer la danse. Nous faisions des tours et des tours sur nous-mêmes, de plus en plus vite. C'était assez irréel, j'avais l'impression que cette chorégraphie avait lieu sur un lac d'eau bénite. Soudain, le pavé de la ville s'est transformé en une sorte de patinoire, chaque mouvement de danse nous emportant avec grâce et en un éclair, à l'autre bout de la place.

Cette première téléportation nous a rapproché d'un défilé de manifestants qui tenaient en l'air des pancartes hostiles à l'extrême droite, et à nos saines idées raciales. Rien que de très habituel, crois-le bien, ma libellule : ces gens-là ne brillent pas par leur créativité. Des « NON au F.Haine » et autres « France sans frontières » encombraient ainsi nos champs de vision. D'un seul rot mystique aux effluves de lavande et envoyé dans leur direction, j'ai transformé le texte de toutes leurs banderoles pour te faire plaisir, seulement pour te faire plaisir… en une unique devise écrite en majuscules et en bleu azur, comme l'est le bleu de tes yeux perçants :

VIVE LA RACE BLANCHE !

N'est-ce pas là le plus beau des cadeaux, Hélène ? Obliger, rien que pour toi, des abrutis de néo-communistes à faire la promotion de ce qu'ils haïssent le plus : eux-mêmes.

D'un pas osé, mais en symbiose parfaite avec la musique, tu nous as fait valdinguer jusqu'à une fontaine, au-dessus de laquelle je t'ai penchée, afin que tu y trempes ta chevelure rutilante. L'eau du bassin était chaude, parce que je l'ai voulue chaude, pour ne pas que tu tombes malade.

Non loin de cette fontaine, un carrousel faisait sa ronde, sans personne pour jouer dessus, comme s'il fonctionnait machinalement depuis des lustres, par habitude et sens du devoir. Je t'ai dit dans un sourire :

— Fais-le, car toi aussi, tu le peux.

Tu as alors fait claquer tes talons l'un contre l'autre, et des dizaines d'enfants blancs, blonds, roux, bruns aux yeux verts et multicolore, sont apparus sur les animaux en plastique du carrousel, riant aux éclats, innocents, beaux comme des petits êtres du ciel, en un mot : aryens.

— Combien aurons-nous d'enfants ? m'as-tu demandé, avec cette coquetterie de femme que j'adore.
— Autant que tu en voudras. Viens, ma mie.

Une valse plus vive et brutale a remplacé la précédente, en remplissant l'atmosphère de sa ténébreuse majesté. C'est le moment que j'ai choisi pour t'emmener sur les grands boulevards, en volant sur le dos d'un nègre invisible (qui passait par là en faisant le taxi, coup de chance !) à qui j'ai donné le droit de parler lorsque nous sommes arrivés à destination. Tu tenais à le remercier, cher amour, mais tu l'as fait en des termes que d'aucuns estimeraient peu élogieux.

— Merci pour le transport, Bamboulino.
— *Dé rien, madame. C'était un wrai plaisir !*

Je raconterai le reste au présent ; il me semble que cela convient mieux au récit de la séquence à venir.

Nous sommes sur une immense avenue, et nous marchons là où circulent en général les voitures, voitures dont les conducteurs – comprenant cette fois à qui ils ont affaire – s'arrêtent un par un et se garent en épi sur le bas-côté. Ils descendent de leur siège à notre passage, s'approchent de nous avec respect et nous saluent d'un bras antique, romain, foudroyant, pointé vers l'infini.

Entourés ainsi de ces fidèles serviteurs, sur notre droite comme sur notre gauche, nous descendons l'avenue d'un pas cérémonieux, comme on le fait en avançant vers l'autel d'une église. Nous saluons notre public (j'oubliais de te dire que les spectateurs, bras tendu, sont classés des plus ignominieux au plus nobles d'allure, en sorte que plus nous avançons, plus l'on trouve autour de nous de Français à la génétique parfaite, celle qui rend humain, scintillant et irremplaçable) jusqu'à ce qu'on arrive enfin à un podium, où nous attend un cerf à la peau blanche, portant au cou la croix du Christ.

Nous n'avons pas besoin de prêtres pour nous unir devant l'Éternel, ce vénérable animal fera ici largement l'affaire.

Une fois sur le podium, je me glisse à tes genoux, et je sors de chacune de mes poches une chaussure, pour remplacer celles qui te faisaient du mal. Comme tu le vois, j'ai pensé à tout. Ce sont des chaussures de soirée toute blanches, en satin, et qui ont l'éclat du diamant. En cet instant, plus rien d'autre que toi, moi, et le cerf immortel envoyé par le Très-Haut, stoïque sur l'estrade entre nous deux, n'existe à l'horizon. Nous ne sommes plus sur le boulevard, nous ne sommes plus dans une ville, nous ne sommes plus en France, nous ne sommes plus sur Terre.

Il n'y a plus que Lionel et Hélène, Tristan et Iseult contemporains, l'un en face de l'autre, figés dans le temps de l'Amour. Nos corps sont immobiles, et nous nous parlons d'esprit à esprit, sans remuer nos lèvres, de la sorte :

— Hélène, me ferais-tu l'honneur de devenir ma femme ?
— Oui, Lionel.

Juste après ton « oui », nous entendons à l'intérieur de notre âme le cerf déclarer très solennellement :

— AMEN !

Mais tu n'as pas encore fini de me répondre, en réalité.

— … Oui, à condition que tu me révèles ton secret et qu'on ne se cache plus rien, à partir de maintenant et jusqu'à la fin de nos jours.

Puisque c'est là l'unique moyen de te faire mienne, je te murmure cette révélation à l'oreille, comme on souffle sur une fleur pour en libérer les pétales…

— Je vais sauver la France, mais pour y arriver, je dois d'abord assassi…

Hélas, mon rêve s'est terminé avant la fin de cette scène.

Accorde-moi un rendez-vous au plus vite, et laisse-moi te prendre avec déférence quand nous serons réunis, comme je le désire et comme tu le désires également, une nuit entière, pleine de fougue, de caresses et de baisers. Je trouverai alors la force de te présenter la part sombre de mon être insaisissable. Celle qui, je crois, pourrait nous libérer une fois pour toute du joug ennemi.

Tu auras peut-être trouvé ma lettre grandiloquente dans son style, mais ce rêve, je l'ai fait tel que je viens de le décrire, et je l'ai décrit sans aucune espèce d'exagération.

L'amour que je ressens pour toi, Hélène, est absolu et inflexible. Il n'est pas nécessaire de fréquenter une personne plusieurs années pour établir si celle-ci est une bonne ou une mauvaise personne. Je crois qu'il en va de même dans la recherche de son âme sœur. Je pensais que ce concept d'*âme sœur* n'était qu'une invention de romancier médiocre.

Mais ça, c'était avant de te rencontrer.

Puisque nous avons à vivre ensemble quelque chose de grand (c'est une certitude, je le répète), je te promets le feu de la passion mais aussi la tendresse d'un quotidien apaisé, auprès d'un homme qui prendra soin de toi, comme aucun autre ne saurait le faire.

Je te promets tout et le contraire de tout.

Le monde entier sera à toi, si tu me laisses être ton prince, ma petite princesse.

Sois sûre de ma féodale fidélité en amour, sois en convaincue,
Hélène chérie.

Ton Lionel,
22 avril 3017

La journée qui s'achève a été bouleversante. Ce qui me semblait possible hier ne l'est plus aujourd'hui. J'écris ce résumé dans ma voiture, carnet de notes contre le volant, à la lumière du tableau de bord et du réverbère sous lequel je suis garé. Mes mains tremblent par à-coups et mon rythme cardiaque est très élevé. Je sens les veines de mon cou battre au rythme de mes violentes pulsations.

Je suis à Bordeaux.

Dans quelques minutes, je quitterai ma voiture et je marcherai jusqu'au deuxième croisement, avant de prendre sur la gauche. Là, je chercherai le numéro 29, ensuite, le nom FOUCHARELLE sur l'interphone. Quand la porte d'entrée me sera ouverte, je monterai à pieds au premier étage et je franchirai le pas d'une nouvelle porte. J'embrasserai alors fougueusement Hélène sur les lèvres, puis, je lui ferai l'amour.

Si j'ai échoué à devenir un homme d'action, peut-être réussirais-je à devenir un homme de cœur, et bientôt un père de famille. Soit on tue des gens, soit on fait des enfants. Il faut choisir un moyen d'être utile à la cause, chacun en fonction de ses capacités naturelles…

Quand je me suis levé à 10h45 ce matin, bien sûr, Hélène était déjà partie de Servian. J'avais honte de m'être réveillé si tard chez des gens que je connaissais à peine, et qui avaient eu la gentillesse de me loger. Cette grasse matinée loin de chez moi me donnait l'impression d'avoir été malpoli, j'ai donc descendu l'escalier vers leur salon, l'air bête et penaud. Stéphane et sa femme y prenaient le café.

— Ah, voilà la belle au bois dormant ! s'est exclamé Stéphane. Alors Lionel, tu te sens mieux ? Je plaisante, on vient de se lever, nous aussi. On n'a pas pu s'empêcher de refaire le monde jusqu'à pas d'heure, hier soir, avec les copains. Je te sers un café ?

— Volontiers.

Je me suis assis sur le canapé, et nous avons bavardé le temps que je reprenne mes esprits. D'abord, je m'étais couché à plus de 4 heures du matin, après avoir « commis » cette étrange lettre d'amour à Hélène. Avant cela, j'avais également écrit dans mon journal pendant plus de deux heures. De surcroît, les symptômes grippaux et gastriques avaient fait une réapparition brutale avant mon endormissement. J'étais au bout de ma vie. Ce n'est pas du café qu'il me fallait, en réalité, mais de la cocaïne…

J'avais la bouche pâteuse et je n'osais l'ouvrir normalement en discutant avec Stéphane, de peur que ma mauvaise haleine ne parvienne jusqu'à lui.

— Lionel, t'as pris 10 ans en une nuit, t'es méconnaissable. Tu veux prendre une douche avant de partir ? Ou tu veux rester ici, peut-être ? Ça nous pose aucun problème, que tu restes un jour de plus…
— C'est vraiment très gentil, ai-je répondu. Mais aujourd'hui, je dois voter sur Perpignan, et je tiens à pas le faire trop tard, parce que les premiers résultats arrivent en général vers 17 heures. Si Martine a un mauvais score à ce moment-là, les patriotes retardataires vont pas se déplacer aux urnes.
— Nous aussi, on va voter ce matin, c'est mieux comme ça, t'as raison… a confirmé Steph'.
— C'est pour ça que j'aimerais être de retour chez moi vers 14 heures. Mais avant ça, ce qui me ferait plaisir, c'est de prendre l'air marin. Où est la plage la plus proche de chez vous ? Je voudrais m'y balader un peu.

La femme de Stéphane, que je croyais muette, a enfin daigné s'exprimer :

— J'en suis pas totalement certaine, mais je crois que c'est Agde. On est pas ici depuis longtemps, alors on connaît pas encore la région par cœur. Mais c'est Agde, il me semble.
— Le Cap d'Agde, là où y'a le camp de nudistes ? ai-je demandé imbécilement.

— Non. Agde tout court. C'est pas la même ville. Et je suis pas sûre que la saison des exhibitionnistes soit déjà ouverte au Cap. Il fait trop froid, hi hi hi !

J'ai bu le café qui restait dans ma tasse d'une traite, parce que je n'étais vraiment pas en état de faire la conversation plus longtemps.

— D'accord. Merci pour tout, vous avez été super. Je vais vous laisser et on reste en contact pour se revoir bientôt. Votre projet est enthousiasmant. Je sais pas encore exactement ce que je veux faire de ma vie, donc ce serait absurde que je m'engage sans être sûr de moi-même. Mais il est clair que vous essayez de créer du solide, ici, et c'est tout à votre honneur. Merci de votre accueil et de votre sympathie, vraiment.
— C'est rien, a répondu Stéphane. Mais attends, tu veux pas casser la graine avant d'partir ? T'as pas dîné hier, tu dois avoir faim. Il nous reste encore des tas de choses.
— Merci, non, je me sens encore barbouillé. Je crois que tout c'que je gobe serait dégobillé dans le quart d'heure suivant. Allez, je prends mes affaires et j'y vais.

Je suis remonté dans la chambre prendre mon sac et j'ai pris la direction de la sortie, où Stéphane m'attendait pour me saluer. Je l'ai encore remercié chaleureusement, nous avons échangé nos coordonnées téléphoniques, et j'ai pensé à lui donner le contact des autres natios que je connaissais en Alsace, lesquels étaient en train de monter un projet similaire. Même si c'est à l'autre bout de la France, je me suis dit qu'ils pourraient échanger des conseils, pour échapper à la vigilance de l'État par exemple, ou visiter chacun le village des autres, de temps en temps. C'est ainsi que débute la fraternité raciale. On recommence tout à zéro. Pierre après pierre, on reconstruit la forteresse Europe.
Il y a eu une accolade amicale entre lui et moi, et puis je suis parti. Sa femme était dans le jardin, je l'ai saluée alors qu'elle arrosait des plantes près de l'enclos qui les séparent de la maison d'Alexis – présence fantôme de ce week-end – le binôme païen à l'origine de cette initiative. Enfin, j'ai repris la route en direction d'Agde.
Je ne l'avais pas dit à Stéphane mais j'avais le désir déraisonnable de

prendre un bain d'avril dans la Méditerranée. Je me disais que seule l'eau froide et salée du printemps saurait me donner le coup de fouet suffisant pour tenir le reste de la journée.

J'avais indiqué Agde, centre-ville, à mon GPS, parce que cet idiot de GPS n'arrivait pas à trouver le bord de mer de lui-même. La ville ne semblait pas très étendue sur la carte en vue de haut, c'est pourquoi j'avais pris le parti de me garer n'importe où, avant de finir à pied jusqu'à la mer. Cette décision anodine de stationner au hasard des rues agathoises, a probablement changé ma vie à jamais.

J'ai trouvé une place sans difficultés rue Louis Bages, à quelques pas d'une cathédrale sublime, très ancienne, à l'évidence, et faite de grosses pierres noires. Je n'avais encore jamais vu une église, une basilique ou une cathédrale à l'aspect extérieur aussi atypique. Je l'ai visitée sans trop lire les panneaux explicatifs, en appréciant le silence et la beauté de l'endroit. Je n'ai retenu qu'un nom et une date : Cathédrale Saint-Étienne, XIIe siècle. Il est tout de même étonnant de constater que ce qui constitue le joyau patrimonial d'une ville comme Agde, est une construction vieille de 800 ans…

À l'intérieur il faisait frais. J'aimais l'ambiance plutôt sombre, presque lugubre régnant dans l'air. Un orgue grandiose planait au-dessus de ma tête dans la salle principale. Malheureusement, personne n'en jouait. J'ai allumé un cierge après avoir glissé 2 euros dans une urne. Puis, j'ai prié pour que Hélène ne soit pas un mirage, mais bien une femme en chair et en os : la femme qu'il me fallait. Une femme capable de me suivre en cavale, au bout du monde, quand j'aurais fait ce qui devait être fait. J'ai demandé à Dieu, le genou à terre et face à la croix, de m'accorder ce bonheur terrestre avec cette jeune Hélène que j'aimais déjà tant.

Une vieille dame assise là, sur un banc, m'a salué d'un hochement de tête. Elle m'avait vu me signer et réciter une prière en murmures. Sur le moment, j'ai eu l'impression qu'elle me donnait sa bénédiction, tout en pensant ceci :

— Il y a des choses plus importantes à faire ici-bas, mais le Seigneur exaucera ton vœu, mon garçon…

Peut-être qu'il ne s'agissait que d'une bigote folledingue qui faisait le pied de grue tous les jours ici-même, mais c'est comme ça que j'ai interprété ses salutations.

Je suis sorti de la cathédrale et j'ai marché sans savoir où j'allais, car mon téléphone ne voulait pas se résoudre à trouver du réseau dans les environs. Je me disais qu'en naviguant à l'aveugle sur une centaine de mètres, je finirais par le ramener à la vie, à consulter la carte en ligne sur ce même mobile et à trouver cette fameuse plage. Cette somme de choix et de coïncidences aura donc permis de rendre la suite possible. Quand je dis coïncidences, je pourrais tout aussi bien dire « signe divin incontestable ». Vous allez voir.

J'ai remonté la rue Louis Bages vers la mairie, que j'ai dépassée rapidement pour m'engager dans la rue aux Herbes. À l'intersection suivante, il y a une confiserie faisant l'angle avec la rue Lassusse. La confiserie *Bontés*. Je suis entré dedans et j'ai acheté deux macarons, pour contenter mon estomac sans le mettre à mal. J'avais un creux et il y avait pas mal de spécialités du coin à goûter, mais mon ventre était encore énervé de la veille, et d'expérience, je savais que si je lui donnais quelque chose de nouveau à digérer, il me le ferait payer d'une manière ou d'une autre. Des petits macarons, c'était très bien.

En sortant de la boutique, et alors que mon téléphone ne trouvait toujours aucun signal, j'ai avancé droit devant moi vers une ruelle qui m'intriguait par son nom enfantin. J'ai tendance à regarder les noms de rues des villes que je découvre. J'ignore pourquoi, mais j'aime savoir à quoi ou à quel personnage illustre se réfèrent les rues que je traverse. Cette rue que j'ai commencée à emprunter, elle s'appelait la « rue de l'Amour ».

… Savez-vous qui j'ai rencontré, rue de l'Amour ?

Un homme d'une soixantaine d'années portant un jean gris clair, une chemise à manches longues et à carreaux blancs et bleu ciel, et de grosses lunettes noires sur le nez ; il regardait vers le sol, un journal enroulé sous le bras, en marchant dans le sens contraire de ma marche. Il souriait comme s'il pensait à quelque chose d'agréable.

Cet homme, c'était Jean-Pierre Perlod.

…

Je n'avais aucun doute sur son identité. Je l'ai vu tant d'années à la télévision, en plan rapproché (du torse à la tête), que j'ai appris à reconnaître parfaitement chaque détail de son visage. Je ne pouvais pas faire erreur. C'était bien lui. Il était là, à cinq ou six mètres de moi, rue de l'Amour, Agde centre…

Il n'avait rien à faire dans cette ville *a priori* (au passage, les infos de mon pote étaient au top, je croyais JPP en Seine-Maritime chaque week-end. Champion du monde, le Cédric !). Moi, je n'avais rien à y faire non plus. C'était la première fois que je venais à Agde. C'était la première fois que j'empruntais cette rue de l'Amour. La première fois que je rencontrais Jean-Pierre Perlod.

Quand je l'ai vu, je me suis arrêté net. Mes pieds se sont transformés en statues de marbre. J'étais physiquement incapable de bouger.

En arrivant à mon niveau, et comme je lui bloquais le passage, Perlod a levé les yeux pour me découvrir.

J'ai souri.

J'ai souri instinctivement, en oubliant que depuis quelques mois, je ne vivais que dans l'espoir de l'assassiner. Quand ses petits yeux amicaux ont rencontré les miens, à l'instant même où ce dialogue sans mots a eu lieu, j'ai su que je ne pourrais plus mettre mon plan en application.

Tout s'est terminé en une demi-seconde.

Je savais qu'il serait inutile de lutter contre moi-même, et que ma nature profonde m'empêcherait de passer à l'acte le moment venu. Que de le trouver où je ne l'attendais pas, ce sacré Jean-Pierre, m'avait probablement sauvé la peau. M'évitant ainsi un cuisant échec la semaine suivante – si seulement je l'avais trouvé à Dieppe, d'ailleurs – un échec et sans doute une arrestation ridicule, augmentée de quelques années de prison, sans avoir réussi à accomplir quoi que ce soit. J'ai déjà perdu mes moyens en le croisant aujourd'hui, alors… à son domicile… le couteau à la main… j'aurais été tétanisé et facilement maîtrisable, c'est sûr.

Je n'étais même pas déçu de moi, cette fois-ci, en songeant à mon impuissance. Ce n'est pas que je me sentais incapable de le mettre à mort, c'est que je n'en avais tout simplement plus envie. Je suis un homme de cœur, faible et émotif. Je ne peux pas tuer des gens qui ne méritent pas de mourir. Il fallait que je fasse l'expérience de cette confrontation inattendue pour le comprendre enfin.

Il doit exister des héros quelque part en France, mais je n'en suis pas et je n'en serai jamais un. Je devais me résoudre à l'évidence. Quand Perlod a ouvert la bouche, il s'est sauvé la vie plus encore, sans même en avoir conscience…

— Je sais que beaucoup de gens disent que je ressemble à ce présentateur, Jean-Pierre Perlod, mais je tiens à vous rassurer… C'est bien moi !

Il a de l'humour, avec ça. À peine croyable.

J'ai bredouillé la phrase la plus banale et éculée que contient le lexique des fans du show-business et de ses starlettes.

— Jean-Pierre… j'aime beaucoup c'que tu fais (allez savoir pourquoi, le tutoiement m'a échappé et m'a semblé naturel). Je… C'est bien, continue. Je suis juste étonné de te voir ici.

— Oh, j'avais envie de soleil ! La grisaille parisienne survit au mois d'avril. De bons amis habitent dans cette ville. Je fais un petit aller-retour, et je serai à nouveau sur Paris ce soir. Mon avion part dans quelques heures. Ils sont bons, au fait ?

— Que… quoi ?

— Les macarons ! J'allais justement à la confiserie d'où vous êtes sorti, on me l'a conseillée ! Et je vois que vous avez croqué dedans, alors je vous demande s'ils sont bons.

Comme lui me vouvoyait, je l'ai vouvoyé à mon tour.

— Pas mal, oui. Ils sont pas mal. Allez-y avant que ça ferme, je crois qu'ils bouclent jusqu'à demain, à partir de 13 heures.

— Pile à temps pour mon journal alors, a plaisanté Jean-Pierre. J'aime quand les choses se combinent bien ! Dites, si je vous signe un autographe, vous me laisseriez passer, pour que j'aille chiper quelques friandises avant la fermeture ?

Je ne m'en rendais pas compte, mais mon corps immobile faisait obstacle au sien et l'empêchait de passer réellement. Avant de discuter avec moi par sympathie, Perlod le faisait surtout par nécessité. Il fallait que je me pousse pour qu'il avance et, après quelques mots courtois, il venait de me le faire comprendre. Pour me donner une contenance, j'ai sorti un prospectus de ma poche (une publicité pour un salon de massages qu'on avait plaquée derrière les essuie-glaces de ma voiture) et je lui ai tendu le verso, vierge de toute inscription, afin de le laisser écrire dessus.

— Vous vous appelez comment ?
— Lionel. Je m'appelle Lionel. Lionel Richard.
— Je signe Lionel, ou Lionel Richard ?
— Comme vous voudrez…

Il a sorti un stylo de la poche haute de sa chemise et a griffonné quelques mots sur mon papier.
Je me suis écarté pour lui laisser la voie libre, après cette séance d'autographe ubuesque, et il m'a rendu le prospectus.
Il avait écrit dessus une phrase type mais efficace :

« Pour Lionel, amitié sincère, Jean-Pierre Perlod »

— Et voilà. Je vous laisse maintenant, je suis attendu. Si je reviens sans confiseries à la maison, je pense que mes amis vont m'engueuler. À bientôt, Lionel. Ravi de vous avoir rencontré.
— Moi de même. Bonne continuation. Au revoir, Jean-Pierre.

Il s'en est allé, avant d'entrer un peu plus loin dans la confiserie *Bontés*.
Bon, bon… Faisons un point : je voulais lui trancher la gorge jusqu'à décapitation, j'avais finalement obtenu son autographe. Il me semble qu'on appelle ça un échec.

J'ai avancé dans la rue de l'Amour jusqu'à son terme. Puis, je me suis assis sur le trottoir en allant vers la droite, rue Hoche. Là, j'ai été pris d'un fou rire nerveux. Je n'arrivais plus à m'arrêter, au point que c'en est devenu quasiment douloureux. Mais cette crise de rires m'a libéré et enlevé le poids que j'avais sur le ventre depuis plusieurs mois. J'ai tellement ri que j'ai fini par en pleurer.
À présent, j'arrivais clairement à analyser la situation.

Ce projet d'attentat n'a jamais été qu'un fantasme adolescent pour moi, car je ne me suis jamais donné les moyens réels de le faire aboutir.

Je ne suis pas allé une seule fois sur place, à Dieppe, pour vérifier les propos de mon « indicateur », faire des repérages, établir une stratégie précise, constater en l'absence de Perlod que la porte de derrière était bien toujours ouverte comme le prétendait Cédric, prendre mes marques afin d'attaquer à un moment propice, etc.

J'ai passé 10 jours de vacances pour m'amuser en perdant thunes et énergie, plutôt que de préparer sérieusement mon coup. À mon retour d'Espagne, j'avais continué de sortir, de picoler et de draguer, via des applications de rencontres (sans en parler dans ce carnet), et même plusieurs fois en bar, à l'ancienne, pour tirer quelques coups et sans même y parvenir.

Le chien du paraplégique, Flyke, je n'ai même pas réussi à le tuer. Je dois arrêter de me mentir à moi-même, je ne l'ai pas épargné par miséricorde, mais par faiblesse. Parce que tuer est au-dessus de mes forces actuellement. C'est un fait indéniable.

La vérité, c'est que je ne me suis jamais mis en position de changer la donne concrètement.

Que je n'ai fait que rêver aux conséquences d'un tel acte, sans faire les efforts nécessaires pour garantir sa réalisation.

L'autre vérité, plus lourde de sens encore, est que l'idée de cet assassinat de Perlod par des islamistes – et sa conséquence, forcément positive, sur le réveil des masses – relève de l'utopie depuis le début. L'utopie du dilettante qui cherche une solution unique pour régler un ensemble de problèmes complexes.

Détruire est rapide et aisé ; construire demande un vrai travail qui s'inscrit dans le temps long.

Construire est fastidieux, lent, chronophage, difficile, et demande de la patience, de la constance dans l'effort, un sérieux au quotidien dans sa vie, une grande force de caractère, une motivation sans faille.

Imaginer qu'une seule mort puisse tout changer revient à attendre un *Deus ex machina* fictif, une pirouette scénaristique de bande dessinée en guise de dernier espoir. Je me trouve ridicule, à avoir développé sur des centaines de pages des théories qui n'en étaient pas… « et là,

Perlod est tué, tous les Français prennent les armes et c'est le début de la Révolution, c'est sûr ! ».

Non, ce n'est pas sûr. Loin de là.

Pour remercier les Arabes d'avoir liquidé 130 des leurs au Bacatlan, le lendemain même, les Blancs de Paris continuaient de manger des kébabs sans songer une seule seconde à boycotter ces scélérats. Je le sais, je l'ai vu, j'étais sur place à ce moment-là. Comme si rien ne s'était passé la veille, comme s'il n'y avait aucune fracture dans la société entre nos deux peuples. Ce degré d'indignité n'avait encore jamais été atteint par notre civilisation. C'est inédit. Trois minutes après l'horreur et le recueillement, ils repartent se divertir pour oublier qu'ils vont mourir un jour, et peut-être bien sous la lame d'un musulman. Les gens continuent leur vie malgré les morts quotidiennes liées à l'immigration, de la « petite délinquance » (entendre par là : se faire crever pour un regard de travers) au terrorisme à grande échelle, et rien n'empêchera les Français de jouir et de consommer. Le lendemain du Bacatlan, ils rient au kiosque à journaux avec le demi-bicot qui les leur vend. Ils baisent le soir même de l'attentat à Nice, ils arrivent à mouiller et à bander, allez savoir comment. Ils touitent : « Oh, c'est horrible, soutien aux victimes », avant de retourner à leurs occupations de gosses de 40 ans. *The show must go on !*

La vie continue, oui. C'est bien ça le problème. Pour certains de nos camarades, la vie s'est arrêtée le 13 novembre 3015, ou le 14 juillet 3016… et qui sait si elle ne s'arrêtera pas demain pour d'autres.

Le vrai problème, ce n'est pas la politique, les intellectuels ni même les médias. Le problème, c'est le peuple. Le Français ne veut plus participer à sa propre existence. Il fait confiance à sa bonne étoile et avance avec des œillères sur un terrain miné.

Mon envie d'en découdre a ressurgi brièvement, alors que je songeais à cela, assis sur le rebord d'un vieux trottoir. Au loin, deux gitans fumaient des cigarettes sans regarder dans ma direction. Un pigeon est venu me rendre visite. Je lui ai donné les restes de macarons que je tenais dans ma main, en les broyant pour les rendre plus facile à becter. Pendant que je me disais… que si… que si tuer un homme bon et appartenant à mon camp ne faisait plus partie du registre des possibilités, tuer un ennemi était déjà beaucoup plus envisageable.

Le but est connu : mettre la France à feu et à sang.

Hâter la guerre pour être sûr de la gagner. Tant que nos effectifs sont majoritaires, évidemment. Celui qui ne pense pas à la natalité burlesque des Africains et des Arabes, ne pense pas au plus important.

Avec cette nouvelle perspective, j'ai donc pensé au pire. Capturer un enfant maghrébin. L'attacher à une chaise. L'égorger face caméra tout en proclamant cette déclaration choc : « Partez de chez nous ou ça arrivera tous les jours ».

Il suffisait que je chope un moins que rien qui finirait de toute façon délinquant ou meurtrier lui-même, comme un de ces trois merdeux coupables d'avoir brûlé un hérisson vivant, l'autre nuit, pour me persuader de faire couler le sang adverse.

Mais j'ai ensuite songé aux retombées probables. Parce qu'une telle mort porterait les banlieues à ébullition jusqu'au débordement de la casserole. On ne peut pas imaginer la violence de leurs réactions dans un cas comme celui-là. Or, ce sont les miens que je veux réveiller. Pas les Arabes. Eux n'ont pas à devenir plus barbares qu'ils ne le sont déjà !

Mettons, je deviens un djihadiste nazi. Je tue un des leurs au hasard. Un gosse ou une mère voilée. Sur le moment, ça me ferait me sentir fort. Masculin, intransigeant, sans pitié. Alors, bien sûr, ce serait le début du feu d'artifice, de part et d'autre de l'échiquier ethnique. Maintenant, imaginons qu'une semaine plus tard et par ma faute, un de mes meilleurs amis ou ma propre mère se fasse kidnapper et exécuter par vengeance… Cette solution de l'extrême pourrait causer des dommages collatéraux dans mon entourage, tant la haine serait forte de leur côté. Des gens que j'apprécie en pâtiraient. Des gens de ma famille. Des gens d'une valeur inestimable à mes yeux ; non, je ne suis pas prêt à envisager une option aussi dangereuse.

Le terrorisme aveugle, d'où qu'il vienne et quelles qu'en soient ses raisons, est bien la pire des saloperies. Même moi qui me prépare à la destruction de mon pays et qui cherche à l'empêcher, je ne peux pas compter sur ce seul recours pour redresser la barre.

Je sais que cette violence multidirectionnelle planterait des graines de rancœur susceptibles de nous éclater demain à la figure. Il y a trop d'individualisme dans nos rangs pour être certain à 100% de gagner cette guerre du tous contre tous. C'est notre continent qui est en jeu, on ne peut pas se permettre d'échouer. La première des solutions est de créer un esprit fraternel n'existant plus entre nous. De s'organiser en communauté, de fabriquer un autre peuple de Blancs d'exception, capables un jour proche de renverser la vapeur. Le vrai challenge, c'est de construire sur les cendres de cette Europe cacochyme une nouvelle Europe. Une Europe qui, à nouveau, saura faire peur au monde entier. Pour cela, il faudra réseauter, s'entraider, se soutenir à la vie à la mort, pondre des familles de 20 enfants. Un plan plus difficile à concrétiser qu'un simple assassinat. Un projet faramineux, celui d'une existence toute entière. Un projet qui s'étalera sur des décennies et décennies. Nous sommes dans la situation des peuples juifs du Moyen Âge, tout en bas de l'échelle rouillée. Nous rasons les murs en attendant des jours meilleurs. Pour les faire venir vite, il faut s'organiser et penser une doctrine, des dogmes immortels, des obligations de survie raciale, et surtout s'y tenir fermement.

Tout est à faire, ce n'est que le commencement d'une belle histoire, comme nous seuls savons en écrire ! L'Europe s'est réinventée des dizaines de fois. Elle saura y parvenir encore.

Quand je me suis senti un peu plus serein, j'ai consulté à nouveau mon téléphone. Deux barres de réseau… je pouvais enfin me servir de ce maudit appareil.

J'ai décidé sur un coup de tête d'appeler Hélène.
Trois longues sonneries, et elle a finalement décroché.

— Hélène, c'est moi. C'est Lionel.
— Je sais bien. Ton nom s'affiche quand tu m'appelles. On est en 3017, 'faut se réveiller ! Tu sais ce qu'est un répertoire téléphonique ? C'est une invention fabuleuse, ça enregistre le blaze des gens qui t'appellent le plus souvent.
— Arrête. Je suis sérieux. T'as eu mon mot ? Enfin, ma lettre, tu l'as lue ?
— Quoi ? Une lettre, quelle lettre ?

Elle ne l'avait pas encore trouvée. Tant mieux. Il est toujours préférable de rendre une femme accro grâce à un rapport physique intense et mémorable pour elle, avant de lui dédier des poèmes ou des nouvelles. Je lui montrerai la lettre après avoir déposé ma semence au fond de son sexe d'ange.

— Tu es bien à Bordeaux aujourd'hui ? On pourrait y être un moment seuls, tous les deux. Ce soir par exemple ? Il me faut environ 5 heures pour arriver. Tu n'as qu'à me dire oui.
— Euh… attends… j'comprends pas trop là… oui, je serai seule ce soir, mais je t'ai dit, je vois mes parents avant et j'comptais rester devant la télé après, pour rega…

Je l'ai interrompue brutalement.

— Je veux te prendre toute la nuit, Hélène. Je sais que tu es destinée à être ma femme. Tu le comprendras aussi quand je m'enfoncerai en toi et que je te donnerai tout c'que j'ai au fond du cœur. Je bande rien qu'en te parlant au téléphone, je bande littéralement d'amour pour toi. J'arrive.
— … Alors viens.

Ce « Alors viens » est peut-être la dernière chose dont je me souviendrai avant de mourir. Mais d'abord :
Parce que je sentais mauvais et pour me ressusciter après une quasi nuit blanche, j'ai trouvé la plage de la ville et je m'y suis baigné. La mer était encore plus froide que ce que j'avais imaginé, je n'ai tenu que quelques minutes.
Avant de quitter Agde, j'ai pris un sandwich simple, jambon-beurre, dans une boulangerie ouverte le dimanche, près de l'endroit où j'avais garé ma voiture. Je voulais avoir bonne haleine quand je galocherai ma princesse à pleine bouche. Les premiers instants d'un amour sont les plus importants, il ne faut pas les rater par manque de préparation. J'ai décollé après cet encas, en réglant le poste de ma bagnole sur une onde qui diffusait de la musique classique.
Un chapitre de ma vie se terminait, et j'en commençais un nouveau avec enthousiasme.

À présent, il est 20h35. Nous sommes le 23 avril 3017.

Je suis venu jusqu'à Hélène. Agde-Bordeaux.

Je m'étais arrêté plusieurs fois sur des aires d'autoroutes pour faire des pauses toilettes, ce qui a considérablement augmenté mon temps de trajet. J'étais encore un peu malade du jour précédent. Je voulais que tout soit… réglé, au niveau intestinal, avant que je ne rejoigne ma femme.

Mon autoradio a grésillé à l'approche de la ville, et j'ai perdu le contact avec la chaîne qui passait du classique en boucle. Il y a des jours où je suis à cran, et où je ne peux écouter que ça. En théorie, l'autoradio a une application interne pour me maintenir sur le bon programme, en changeant d'ondes automatiquement malgré mes déplacements, mais en pratique bien sûr, ça ne marche jamais. J'ai essayé de retrouver l'onde manuellement. C'est là que je suis tombé sur les informations du soir.

RÉSULTATS DU PREMIER TOUR

Nom d'une pute borgne ! J'avais tout simplement oublié de voter. Le devoir militant le plus simple que ceux qui ne font rien se doivent de faire, je ne l'avais même pas rempli. Absolument inconcevable. Ce qui était tout aussi inconcevable, c'étaient les résultats en eux-mêmes.

Maçon : 24,01%
De Laine : 21,30 %

NUL. À. CHIER !

Je n'ai pas cherché à en savoir davantage, j'ai éteint la radio et continué à rouler. Cette défaite cuisante dès le premier tour m'amène à penser que la mort de Jean-Pierre Perlod n'aurait rien changé au Schmilblick. Non, c'est terminé. Il y a trop d'étrangers en France qui votent à gauche et trop de Français de souche qui veulent crever. Pris entre ces deux feux ennemis, nous, nationalistes, sommes impuissants et minoritaires.

Il faut que je réussisse au moins ma vie personnelle, ma vie d'individu lambda, d'homme blanc sans histoire.

Cette vie débutera dans quelques minutes.

Je ne veux pas faire attendre Hélène plus longtemps. Je lui avais dit que je serai chez elle à 19 heures. J'ai beaucoup de retard, déjà. Même quand je tiens à une rencontre plus que tout, j'arrive à me mettre en retard, c'est vraiment maladif. Mais je saurai me faire pardonner cette fois.

J'y vais, les copains. Que la force du chibre soit avec moi !

Dernière vérification d'usage : pas de bouts de salades entre les dents, pas de crottes séchées dans les yeux, quant à mes oreilles, elles ont l'air assez propre… D'accord, j'ai les cheveux en bataille à cause du sel marin, mais ça me fait une coupe amusante. Je suis sûr que ce côté déjanté plaira à Hélène.

Adieu la France, longue vie à Jean-Pierre Perlod…

24 juillet 3017.

Je reprends l'écriture de ce journal le temps d'y mettre un point final.

C'est assez étonnant. J'ai l'impression que le projet abracadabrant de faire mourir Perlod a été pensé dans une autre vie, et par quelqu'un qui m'est étranger. Pourtant, en avril encore, je préparais étape par étape mon passage à l'acte.

Les changements de vie sont souvent si radicaux, abrupts, et en apparence irrationnels, qu'on se demande quelques fois si notre existence n'est pas qu'une succession de rêves brisés. Je me dis que Dieu a créé pour chacun de nous un jeu, et que ce jeu, c'est la vie ; un jeu qui se déroule comme dans les premiers *Mario Brosse* auxquels on jouait sur les consoles d'antan. Quand un de nos cycles de vie s'achève, on change complètement d'univers et on se retrouve propulsé à l'autre bout de la matrice. On passe sans transition du monde de l'eau à celui des nuages, du désert, puis des géants à celui des tuyaux verts et jaunes, puis au monde caché sous-terrain…

Il m'arrive souvent de ne pas voir de liens logiques entre ce que je fais à l'instant T, et ce que je faisais six mois en arrière. Si je ne vois pas ces liens, c'est, peut-être, qu'ils n'existent pas.

Honnêtement, et même si j'essaie de trouver raisonnable ma décision d'abandonner le militantisme pour me concentrer sur la création d'un foyer, je ne peux toujours pas dire avec certitude si j'ai fait ce choix par intelligence tactique ou bien par lâcheté. Je crois que je n'ai pas envie de connaître la réponse. Toujours est-il que je m'accroche à cette sensation profonde : je suis plus heureux qu'avant. Je suis très heureux avec Hélène. Elle me rend heureux, sincèrement heureux.

Très vite, je lui ai proposé qu'on emménage ensemble pour mettre à l'épreuve nos sentiments, et déterminer à quel point on arriverait à se supporter en vivant au même endroit. Je ne crois pas à cette connerie de « routine » qui ferait sombrer inexorablement les couples vers l'ennui ou la détestation mutuelle. Les drames permanents n'excitent que les amateurs de séries américaines pour féministes névrosées.

Une vie de couple heureuse est une vie sans histoire, sans engueulades artificielles, sans mauvaises surprises.

Parce que le bonheur est dans le calme.

Nous avons donc essayé la colocation amoureuse pendant un mois chez elle, et voyant que cela fonctionnait à la perfection, d'un commun accord, nous avons cherché un plus grand appartement pour nous y installer durablement.

Notre choix s'est porté sur la ville de Pau. L'immobilier y est peu cher, alors même que les rues du centre ne sont pas encore envahies de « vous savez quoi ». Il y a peu d'étrangers à Pau et il y fait bon vivre. Aussi, c'est un détail, mais il y a une donnée climatique que je ne connaissais pas avant de venir ici, et qui me plaît assez : malgré la latitude méridionale, il pleut souvent dans le coin. J'aime les ciels obscurs et les temps d'automne. Si on devait vivre à l'automne toute l'année, cela ne me dérangerait pas du tout. En fait, on ne déprime – quand il pleut ou que le ciel est gris – que lorsque notre vie va à vau-l'eau. Alors, le froid et les pluies répétées peuvent user le moral et nous rendre morose. Quand tout va bien à la maison, tout va bien à l'extérieur également ; la pluie retrouve alors son caractère poétique, inoffensif, et la beauté simple et attachante qu'on lui prêtait à raison quand nous étions enfants.

En parlant d'enfant, notre plan à court terme avec Hélène est clair : en concevoir un le plus vite possible pour inscrire notre amour dans l'éternité.

Une vie de couple sans enfants est absurde. Je connais des amis qui ont une copine depuis le lycée, la même copine avec laquelle ils ont l'air de s'entendre très bien, et pourtant, toujours pas de mômes au programme dans les chaumières. Après 5, 10, ou 15 ans de vie commune. À quoi ça sert ? Pour une personne qui a des valeurs de droite, la conception d'un enfant est le témoin, en même temps que le garant, d'un amour indéfectible entre celui et celle qui l'ont conçu. C'est un lien qu'on ne peut plus jamais briser. De n'importe quel côté qu'on le prenne, enfanter apparaît être l'objectif même de l'engagement amoureux. Nous aimons pour donner la vie. La chose est entendue depuis des millénaires, à part dans la tête de quelques dégénérés contemporains ayant décidé de vivre leur vie à l'envers pour être bien certains de la rater…

En revanche, le mariage attendra.

Pour avoir un beau mariage, il faut de l'argent. Or, nous n'en avons pas. L'important est d'abord de créer une lignée. D'assurer nos arrières et de nous construire un havre de paix loin de toute cette chienlit. Ce n'est pas parce que j'ai abandonné l'idée de devenir un vrai guerrier que je n'ai plus conscience des réalités présentes. Sauf à gagner un salaire très élevé – du côté des deux partenaires, je précise – il est impossible en France de se projeter sur trois décennies en restant optimiste. Objectivement, c'est mort pour les Blancs issus du prolétariat et n'ayant pas su s'en extraire. Il n'y a que l'argent qui puisse (et encore ?) protéger de la « diversité », et ni Hélène, ni moi, n'en aurons assez pour protéger les 4 à 6 enfants que nous désirons avoir.

Dès qu'on le pourra, on s'éloignera de la ville elle-même pour s'installer à la campagne autour de Pau.

On y trouve des maisons à louer pour trois fois rien, avec jardin, vue sur les montagnes, espace considérable à l'intérieur pour la famille qui, peu à peu, s'agrandira. Aucun de nous deux n'exercera de vrai métier, pour que l'État aille bien se faire foutre et continue de nous alimenter en APL, avec le reste des allocs qu'il faut pour survivre et résister.

Hélène restera à la maison et fera cours à nos enfants. Moi, je continuerai la réparation d'ordinateurs au centre de Pau. C'est encore la chose que je sais faire le mieux. Pendant qu'on élèvera les deux ou trois premiers, on mettra le maximum d'argent de côté avant de passer à la phase B de notre plan : l'expatriation. Loin de ce pays qui (c'est malheureux, mais on ne peut plus inverser la tendance !) finira par étouffer sous le poids de l'Afrique, qu'il a fait venir chez lui dans des proportions invraisemblables. Hélène est d'accord pour partir à 100%. Elle déteste au moins autant que moi ce qu'est devenue la France d'une façon probablement définitive.

Si on arrive à y vivre aujourd'hui tant bien que mal, c'est que notre amour forme une bulle d'invincibilité autour de nous, et que nous nous comportons au jour le jour comme si le monde extérieur n'existait pas.

On cherche à avoir le moins de contact possible avec le reste des Français. Au début, Hélène a suggéré qu'on s'installe dans le *Village païen* qui pousse du côté de Servian. Le refus est venu de moi. Je n'aime pas la promiscuité, j'en suis navré mais c'est mon caractère. Même si Stéphane m'a assuré que chacun pouvait respirer dans son propre espace une fois installé là-bas, ce n'est pas l'impression que j'ai eue en y allant.

Quoi qu'il en soit, le problème n'est pas là. Les mecs du village cherchent du durable, et nous, on veut partir de France dès que possible, pour le bonheur et la prospérité de notre progéniture.

Notre choix d'exil s'est porté sur la Pologne. Pas parce que le peuple y est catholique, non, Hélène déteste les catholiques, même ceux qui tiennent des discours plus ou moins racistes (à part moi, c'est vrai, je n'en connais aucun autre dans cette catégorie).

On veut se fixer en Pologne parce que d'une part, c'est le pays le plus ethniquement blanc d'Europe, et que de l'autre, hors de la capitale, dans les campagnes et les petites villes, y acquérir un bien immobilier est peu coûteux. D'ici à ce qu'on s'y installe, le prix du mètre carré aura sans doute augmenté, mais pas suffisamment pour nous empêcher de devenir propriétaires et nous faire changer de perspective. Mon âme d'Aryen méticuleux aurait été plus excitée à l'idée d'un départ pour l'Islande ou la Norvège septentrionale, mais le coût de la vie là-bas est prohibitif. Ce sera donc la Pologne.

Nous voulons vraiment faire les choses bien et ensemble, Hélène et moi apprenons la langue (qui est difficile) à raison de 3 heures d'entraînement par jour. Le but est d'arriver sur place en parlant couramment le polonais. Pour l'enseigner à nos enfants et qu'ils s'adaptent vite à leur nouvel environnement. C'est pénible de parler entre nous une autre langue que le français, notre langue maternelle chérie, mais on le fait en ce moment même pour le bien de cette famille que nous formons déjà. Nos progrès en la matière sont encourageants. C'est la bonne chose à faire, alors on se force à ne plus parler le français, même dans l'intimité de notre lit…

C'est Hélène qui m'a convaincu au sujet de la Pologne. J'hésitais avec d'autres pays d'Europe centrale, comme la République Tchèque ou la

Slovénie (l'Autriche n'étant pas dans nos moyens). Mais après un bref voyage « découverte » à travers quelques villes polonaises, elle m'a dit :

— Ce qui est bien avec les Polonais, c'est qu'eux, ils deviendront jamais gauchistes.
— Ah oui ? Qu'est-ce qui t'fait dire ça ?
— Ils sont vraiment trop méchants pour être gauchistes. C'est regrettable mais la méchanceté, ça protège de beaucoup de choses.
— Ça s'voit que tu connais pas les Russes. Si les Polonais sont méchants, alors les Russes sont démoniaques…
— Mais oui, ils le sont ! Purée, je veux pas vivre en Russie ! En plus, mon cœur, la cote du Français a énormément baissé en Russie. J'ai trois amis qui habitent là-bas, qui s'connaissent pas entre eux et qui pourtant m'ont fait le même retour… Les Russes disent qu'on est envahis de musulmans ingrats et qu'on se laisse faire en continuant de voter pour des cons…

Dis-moi pour qui tu votes, je te dirai qui tu es.

Elle n'avait pas tout à fait tort. La *French touch*, c'est du passé.

Je suppose qu'après cinq décennies de mauvais choix politiques, et à regret sans doute, les peuples d'Europe les plus sains ont fini par conclure que nous sommes irrécupérables. La baguette et le vin rouge ne suffisent plus à nous rendre respectable, qu'on se le dise. Les gauchistes ont détruit la confiance et l'admiration que le monde entier portait à la France. Encore un crime à mettre à leur crédit…

L'actualité politique, je ne la suis plus. Martine De Laine ne se remettra jamais de sa prestation catastrophique lors du débat du second tour. Ce fut un grand moment de solitude pour elle, mais aussi un moment d'horreur pure pour les patriotes de tous horizons. Son incompétence effarante a ridiculisé nos idées pour quelques années de plus, qui sont autant d'années de trop. Je ne vois pas comment un colleur d'affiches de la première heure pourrait lui pardonner d'avoir foutu en l'air des années de travail militant par son incapacité à dire ce qu'il faut comme il le faudrait au moment opportun. C'est pourtant censé être son rôle de chef de parti, bordel ! Non, je ne vois pas qui voudra encore bosser pour elle avec ce fanatisme nécessaire à tout engagement politique. Elle n'a même pas réussi à « profiter » du meurtre d'un policier d'une balle dans la tête, quelques jours avant le scrutin (j'en ai parlé quelques pages plus haut dans ce même carnet). Le FN est trop péteux pour utiliser ce genre d'évènements et en faire une occasion de ralliement autour de la cause nationale, et les gens restent trop anesthésiés par la propagande médiatique pour comprendre que de telles attaques sur notre sol sont graves et inadmissibles.

Le pire, c'est que pour l'instant, dans son rôle de plus jeune président de la République, Maçon est plutôt bon. On l'avait tous un peu sous-estimé, moi le premier, je l'admets. Je ne parle pas du fond de sa politique, ni des réformes qui devraient être faites pour sauver la France et qui ne le seront pas.

Je parle de la forme. Du style. De sa com'.

Il est franchement bon, et c'est terrible : la semaine dernière pendant une conférence, il s'est moqué sans s'en cacher, des Africaines qui pondent six à neuf chiards sans réfléchir aux moyens qu'elles auront de les nourrir. Il dose, il slalome entre les opinions des Français et finalement, il arrive à plaire à tout le monde. Au sein des différentes sphères nationalistes, les gens ne savent pas comment l'attaquer, sinon sur ses manières arrogantes ou son libéralisme économique, dont les tenants et les aboutissants n'intéressent pas le peuple, qui n'y entend rien. Certains des nôtres vont même jusqu'à l'apprécier. On a quand même élu un président homosexuel et gérontophile, ce qui fait de nous la risée de la planète. Mais ici, ça passe… parce que *Paris est une fête !*

À mon avis, il sera réélu en 3022.

Pour avoir une opposition forte, il faut un président faible et beaucoup de talent du côté des contradicteurs. Qu'avons-nous de beau dans le camp national ? De Laine qui s'accroche alors qu'elle ne sera jamais élue, et sait très bien qu'elle est nulle, archinulle, archiduchesse de la nullité consacrée ? Martine est dans une impasse totale. Je ne vois pas comment elle pourrait renverser la vapeur, se retrouver face au Maçon de l'année 3022 – expérimenté, convaincu de son bilan et fort de sa cote de popularité, qui à mon avis, sera excellente en fin de mandat – et devenir soudain ce qu'elle n'a pas été face au Maçon 3017.

Il arrivera d'ici là à gérer avec classe les lendemains d'attentats (« *il faut être intraitable avec le terrorisme* », de grandes phrases comme ça n'empêchent pas les futures bombes d'exploser, mais rassurent les électeurs imbéciles) et De Laine ne pourra même pas surfer dessus pour faire buzzer nos idées, ce que d'ailleurs, elle ne fait déjà plus depuis longtemps.

En l'absence d'espoir politique, il s'agit de se concentrer sur l'essentiel : nous-mêmes.

J'ai voulu mettre un peu de magie dans la manière de concevoir notre premier enfant, et créer un souvenir qu'Hélène et moi, on garderait entre nous, jusqu'à la fin de nos jours. Je ne sais plus exactement comment cette fantaisie sexuelle et tendre m'est venue en tête. Je crois que c'est en lisant des contes traditionnels (que j'achète par dizaines en ce moment, pour les lire bientôt à mon fils ou à ma fille), que j'ai trouvé et voulu imiter ce concept, mais sans certitude…

Autrefois, pour s'assurer que l'enfant à venir serait bien le sien, le mari pouvait décider d'assigner sa femme à résidence jusqu'à ce qu'elle tombe enceinte de lui. En l'enfermant à l'intérieur de la maison lorsqu'il s'absentait, ou en haut d'une tour dorée, quand cet homme-là était roi, par exemple.

Ce principe m'a inspiré et je l'ai adapté à notre époque.

Hélène m'a dit il y a quelques jours que c'était le bon moment pour procréer. Alors je lui ai parlé de ma petite mise en scène, et elle a tout de suite était emballée par l'idée. Neuf jours durant, elle n'est pas sortie de notre appartement. Chaque fois que je devais sortir pour faire des courses, poster une lettre ou aller bosser, je l'enfermais de l'extérieur pour qu'elle reste seule chez nous, à écouter son corps lutter pour créer la vie. Bien sûr, nous avions pris de grandes précautions, et j'étais joignable à toute heure sur deux téléphones mobiles différents, au cas où l'immeuble se mettrait à prendre feu. Je trichais d'ailleurs, car mes sorties se limitaient au tour du quartier, quartier que je n'avais pas besoin de quitter du reste, puisqu'une supérette se trouvait à deux pas de chez nous et que mon local de travail était tout aussi près.

La plupart du temps, je quittais le domicile pour le principe, qui m'excitait en lui-même. L'idée que ma femelle chérie m'attende sagement, pendant que je ramène le pécule du foyer, me faisait avoir un sourire bête et fier quand j'arpentais les rues de Pau. Dès que je me rapprochais de la maison, il montait en moi et par avance, une sévère érection, en imaginant que mon Hélène se tenait à disposition, prête à s'offrir sur le champ, sans chichis, comme je constituais pendant cette période d'ovulation où elle était enfermée à double tour à demeure, sa seule source de divertissement.

Ça a été un morceau d'existence inoubliable, et j'ai le sentiment qu'on ne l'a pas vécu ici, mais dans les étoiles. Neuf jours de baise, d'enlacements et d'embrassades enjouées. Ça me faisait tellement de bien, de me sentir si Homme, et Hélène, si Femme, si uniquement et merveilleusement Femme, réduite à sa fonction d'orifice ouvert qui trépigne d'impatience en attendant de recevoir LA VIE.

Hier, quand je me suis réveillé, Hélène n'était pas à mes côtés dans le lit. J'ai cru un bref instant qu'elle n'avait plus supporté d'être cloitrée à l'intérieur de l'appart, et qu'elle était allée chercher du pain ou acheter un magazine au tabac-presse, histoire de se dégourdir les jambes.

Je me suis levé avec une petite gaule au garde-à-vous, et j'ai marché vers la cuisine pour me préparer un petit déjeuner. Entre la chambre et la cuisine, dans le couloir qui donne sur la salle de bains, j'ai vu Hélène, accroupie devant la cuvette des toilettes, l'air las, mais apaisé. Elle avait un peu de vomi collé sur les joues ; il était impossible que ce soit là les symptômes d'un début de grossesse, parce qu'ils n'apparaissent pas aussi tôt après une fécondation. À moins qu'on ait réussi notre coup avant que je ne « l'enferme » à la maison.

Je lui ai posé la question directement, sans romantisme.

— Tu es enceinte ?

Elle m'a jeté le bâton test (que j'avais acheté en prévision de ce moment, avant de commencer notre jeu érotico-amoureux), ce fameux bâtonnet qui permet de déterminer si le miracle de la vie a eu lieu chez une femme. Mais elle manquait tellement de force que le bâton a atterri plus près d'elle que de moi.

Alors, je l'ai crue sur parole quand elle m'a répondu.

— Oui. Je suis enceinte.

Un sourire s'est dessiné sur son visage blême. Ainsi que sur le mien. J'ai dit d'un ton léger :

— C'est le dégueulis le plus joyeux qu'on aura jamais à célébrer. Je vais nous acheter une bouteille du meilleur soda à la supérette. 'Faut fêter ça. Du soda, de la soupe… et de l'ultra-levure pour tes maux de ventre.

Elle n'a pas eu la force de me répondre, mais elle a fait basculer sa tête légèrement vers l'arrière, tout en riant.

Moi, j'avais besoin de sortir à l'air libre pour penser à cette nouvelle et à ses conséquences directes. Je suis d'abord allé embrasser son pied gauche, qui sortait des toilettes de quelques centimètres (elle a de si grandes jambes !), et je lui ai dit… « *merci* » …

Merci pour le cadeau qu'elle allait bientôt me faire.

Elle a pris ma main et m'a regardé droit dans les yeux.

J'ai ressenti énormément d'amour dans ce simple échange de regards. Puis, elle a dit faiblement, comme dans un murmure :

— C'est le début de la vie, pas vrai ?

J'ai hoché la tête pour lui montrer que j'étais d'accord.

Oui, c'était le début d'une nouvelle vie. Une vie responsable, saine, avec une large gamme de possibilités qui s'ouvraient enfin devant nous. On allait avoir un bébé, un beau petit bébé !

Mon analyse politique en arrivait finalement à cette unique conclusion : il ne faut pas « changer d'Europe », « détruire l'UE », « reconquérir les territoires perdus de la République ».

Non, ce qu'il faut, c'est commencer par l'étape 1 : recréer un peuple européen.

Un peuple fort, enraciné, tribaliste et conquérant.

J'étais heureux d'apporter ma modeste contribution à ce projet d'envergure, à cette véritable renaissance européenne.

Parce qu'il n'y a qu'un seul combat à mener, et c'est celui du sang.

Plus nous serons nombreux, plus vite nous conformerons la génération à venir à nos principes moraux inflexibles, plus nous augmenterons nos chances de victoires futures, quand le conflit interethnique et planétaire sera devenu inévitable.

Un jour, je le sais, cette Terre sera celle des Blancs et des Blancs seulement. Nous n'avons besoin de personne pour faire évoluer l'humanité jusqu'à son niveau d'intelligence et de civilisation optimum, un niveau qu'aucune autre race ne saurait atteindre à notre place.

Nous ferons de ce monde un monument vivant à la gloire du Beau, du Juste et de l'Amour éternel.

Que Dieu marche à nos côtés dans cette guerre sainte, et qu'il nous offre la victoire finale.

SAGUÉRA !

Contact - ledictateur@tutanota.com

Dépôt légal 1re publication : janvier 2018
Imprimé en Slovénie

Les Éditions Petit Jean